ज्ञान गरिमा के

65 वर्ष

भारतीय ज्ञानपीठ

णाणं

पयासयं

2470

1944

भारतीय ज्ञानपीठ

इस जंगल में

दामोदर खड़से

भारतीय ज्ञानपीठ

लोकोदय ग्रन्थमाला : ग्रन्थांक 956

ग्रन्थमाला सम्पादक

रवीन्द्र कालिया

सह-सम्पादक

गुलाबचन्द्र जैन

ISBN 978-81-263-1554-3

प्रकाशक :
भारतीय ज्ञानपीठ
18, इन्स्टीट्यूशनल एरिया, लोदी रोड
नयी दिल्ली-110 003

मुद्रक : विकास कम्प्यूटर ऐंड प्रिंटर्स, दिल्ली-110032

आवरण-चित्र : राधेश्याम अग्रवाल
आवरण-सज्जा : चन्द्रकान्त शर्मा

पहला संस्करण : 2008
मूल्य : 120 रुपये

IS JANGAL MEIN
(Hindi Stories)
by Damodar Khadse

Published by
Bharatiya Jnanpith
18, Institutional Area, Lodi Road
New Delhi-110 003
e-mail : jnanpith@satyam.net.in, sales@jnanpith.net
website : www.jnanpith.net

First Edition : 2008
Price : Rs. 120

सुमित्रा,
स्वाति-राहुल
और कुणाल के लिए...

अनुक्रम

फिरौती

फोन का रिसीवर रखते ही निशिकान्त बेचैन हो उठा। पास ही बैठे उसके छोटे भाई श्रीकान्त ने महसूस किया ज्यों किसी ने उसके भैया के कलेजे में धारदार चीज चुभो दी हो। भैया की आँखें गुस्से से लाल हो आयीं या डर से, वह तय नहीं कर पा रहा था। पर इतना तो तय था यह फोन एक दहशत, एक आतंक बो गया उसके भैया के दिमाग में। पास आते ही वह एक बार फिर पूछ बैठा, ''भैया बताइये न, किसका फोन था... क्या परेशानी है। सारी व्यवस्था हो जाएगी... आप निश्चिन्त रहें... जब तक आप बताएँगे नहीं, इन्तजाम कैसे होगा, भैया आपको मेरी कसम... प्लीज।''

निशिकान्त ने अपने छोटे भाई की ओर देखा। उसे कुछ सहारा तो मिला था। पर वह डर रहा था कि श्रीकान्त तैश में आकर कुछ ऐसा-वैसा न कर बैठे। निशिकान्त केवल कह पाया, ''श्रीकान्त, सब ठीक हो जाएगा... चिन्ता करने से क्या होगा... तुम तो शादी की तैयारियों में लगे रहो... मैं सब सँभाल लूँगा।''

''भैया, कुछ और पैसे चाहिए तो निःसंकोच कहें। व्यवस्था हो जाएगी।'' श्रीकान्त स्थिति का अन्दाज लेते बोला।

निशिकान्त को मालूम है श्रीकान्त बचपन से उस पर जान छिड़कता है। लाड़ला भी तो रहा है उसका। अपने भैया पर बड़ा गर्व था उसे। अपने भैया के लिए वह कुछ भी कर सकता है। सेन्ट्रल एक्साइज में अच्छे ओहदे पर है इसलिए ऊपर के अफसरों से उसकी अच्छी जान-पहचान है।

भैया की बेटी की शादी किसी उत्सव से कम नहीं थी, उसके लिए। इसलिए संयुक्ता की शादी में वह दस दिन पहले ही आ गया छुट्टियाँ लेकर। संयुक्ता का नामकरण उसी ने किया था। इस रिश्ते के लिए भी उसी ने अपने शहर के लड़के से बात चलायी। लेन-देन में भी वह जुड़ा रहा। इसलिए उसे चिन्ता अधिक हो रही थी, कहीं लड़के वालों ने कोई नयी फरमाइश तो नहीं कर दी।

निशिकान्त फोन की वारदात उसे सुनाकर चिन्तित नहीं करना चाहता था। किसी तरह संयुक्ता का विवाह समारोह ठीक से पूरा हो जाए। शान्ति से सब कुछ पूरा हो, बारात खुशी-खुशी विदा हो... बस यही चिन्ता थी। पैसों की, सुविधाओं

की सारी व्यवस्था निशिकान्त ने कर ली थी।

लेकिन श्रीकान्त निर्द्वन्द्व नहीं हो सका। दूसरे दिन भी भैया के चेहरे पर, भाभी के व्यवहार में और संयुक्ता की आँखों से वह एक भरपूर आतंक के साम्राज्य को अनदेखा नहीं कर पाया। शादी से सम्बन्धित किसी तैयारी के सिलसिले में वह निशिकान्त से बात कर रहा था, तभी फोन घनघना उठा। श्रीकान्त आगे बढ़ा। निशिकान्त ने उसे रोक दिया। बोला, ''रुको, मेरा होगा।''

रिसीवर कान तक पहुँचाते ही निशिकान्त की आँखों में वही खून उतर आया। जोर से चिल्लाया वह, ''शट अप... बार-बार फोन क्या करता है... तेरे से जो बनता है कर ले... धमकी किसे दे रहा है...।'' धड़ाम् से रिसीवर रख तो दिया उसने, पर उसका समूचा शरीर काँप रहा था। श्रीकान्त यह समझ नहीं पा रहा था कि निशिकान्त गुस्से से काँप रहा है या सचमुच आतंक ने भैया को हिला दिया है।

निशिकान्त को सोफे पर बिठाया। तब तक संयुक्ता आ गयी और उसकी माँ भी। संयुक्ता को कुछ नहीं सूझ रहा था पर उसकी माँ विमला के मुँह से निकल ही पड़ा, ''श्रीकान्त भैया, मैं इनसे कह रही थी शादी नागपुर से ही करेंगे। इस छोटे शहर में हमारी बरकत कई लोगों से सही नहीं जा रही है। मेहनत तो लोगों को दिखाई नहीं देती, बढ़ते धन्धे से जलन होती रहती है...।'' विमला रुआँसी हो गयी। संयुक्ता को इशारे से भीतर जाने को कहा। आँचल खींच लिया चेहरे पर और किचन में चली गयी विमला।

जब विषय खुल ही गया है तो निशिकान्त भी श्रीकान्त के साथ सोफे पर आ गया। श्रीकान्त की आँखों में झाँकता बोला, ''सारी बातों की जड़ श्यामलाल है।''

''श्यामलाल अंकल?''

''हाँ, श्यामलाल... तुमको नहीं मालूम रिटायर हो गया है और उल्टे सीधे काम करता रहता है।''

''वे तो पुलिस अफसर थे कहीं...?''

''हाँ वही... सब-इंस्पेक्टर था। पता नहीं कहाँ-कहाँ से बटोर लिया है। नयी कॉलोनी में मकान बनवा लिया है। इस कस्बे में वह वर्दी में ही मोटर साइकिल पर घूमता, जबकि यह उसका इलाका नहीं था... किसी से सीधे मुँह बात न करता। तुम काफी दिनों से बाहर हो इसलिए बीच के हादसे तुम्हें मालूम नहीं... मैं बताना भी नहीं चाहता था... पर अब विषय निकल ही गया है तो...'' कहते हुए निशिकान्त किचन की ओर देखने लगा। विमला चाय लेकर आ रही थी। विमला ने ही कहा, ''ये आपको सारी बात साफ-साफ नहीं बताएँगे। मैं बताती हूँ।'' श्रीकान्त को चाय थमाते उसने कहा, ''उसका बड़ा बेटा एकदम निकम्मा और आवारा है। पढ़ाई लिखाई तो कुछ की नहीं... तुमको मालूम नहीं होगा। यह भी

वैसा ही था। इसलिए बिरादरी में अच्छी जगह शादी तो उसकी हो नहीं पायी। इंस्पेक्टर बनने के बाद रौब झाड़ता है...।" विमला भी मुख्य बात को छिपा गयी। "... पर इस फोन का कारण...? यदि उसने कोई बदतमीजी की है तो उसे मजा चखाएँगे... आप लोगों के डर का कोई खास कारण?"

"सच बताऊँ श्रीकान्त... उसकी नजर हमारे कारोबार पर है। फिलहाल इस शहर और जिले की सबसे बड़ी कपड़े की दुकान हमारी है। चारों तरफ हमारे बारे में ग्राहकों का विश्वास है... उसने अपने बेटे के लिए कुछ धन्धा शुरू करने की कोशिश की। पर फटे मुँह क्या कोई धन्धा कर सकता है। व्यापारी को तो नरमाई सीखनी चाहिए... यह तो उनके खानदान में नहीं है..." "तो..." श्रीकान्त को अब भी मुख्य बात चूकती लगी।

"उसकी हिम्मत तो देखो... एक दिन वह अपने बड़े बेटे के लिए संयुक्ता का हाथ माँगने आ गया... वर्दी में। रिटायर होने में एक साल बचा था और बेटा कोई काम-धन्धा तो करता नहीं था... वैसे भी उसके घर और संयुक्ता... मैं सोच भी नहीं सकता..."

बीच में ही विमला बोल पड़ी, "उसकी नजर जायदाद और दुकान पर थी। पर फूल-सी इकलौती बेटी क्या कोई इस...।" श्रीकान्त को अब कुछ-कुछ समझ में आ रहा था। लेकिन मना कर देने पर यह नया बखेड़ा क्या है, समझ नहीं पाया वह... "पर अब तो सब कुछ तय हो गया... फोन का मतलब?"

"तिलमिला गया वह मना करने पर... बाप-बेटे ने मिलकर जितनी कोशिश करनी थी कर ली... अरे ये संयुक्ता कालेज के आखिरी साल में थी, तब उसका बेटा उसे कॉलेज के रास्ते में रोकता, बदनाम करने की भी कोशिश की, रिश्तेदारी में भी कोई कसर नहीं रख छोड़ी, पर बिरादरी के लोग उसे भी जानते हैं, हमें भी...।"

"अब क्या चाहता है वह...।" श्रीकान्त की आँखें तन गयी थीं।

"विघ्न..."

"क्या मतलब?"

"किसी तरह हमारी फजीहत हो... और वह तमाशा देखे..."

"ऐसा कभी नहीं होगा...।" श्रीकान्त फोन के पास आ गया।

निशिकान्त को लगा कि वह किसी पुलिस या अपने मित्र को नागपुर फोन करेगा। पर इससे कुछ खास नहीं होगा।

"श्रीकान्त, ठीक हो जाएगा। तू परेशान न हो... ये तो बिलकुल नीच आदमी है... इसका कुछ नहीं बिगड़ना है, एकदम बेशरम है... नंगे से खुदा डरे...।"

निशिकान्त ने श्रीकान्त के सामने अपना सारा कसैलापन उगल दिया। पर

श्रीकान्त के लिए अब भी फोन वाली बात स्पष्ट नहीं हुई थी। ''पर भैया यह फोन... किसका है? क्या चाहता है? क्या श्यामलाल फोन करता है?''

''नहीं...।''

''तब?... उसका बेटा?''

''नहीं''

''तो?''

''ये भगत है, जिले का गुंडा...। श्यामलाल के इशारे पर। श्यामलाल आजकल उसे सारा कानूनी मशविरा देता है और अपने काम करवाता है। उसने यह काम भगत को दे रखा है। भगत को पैसे चाहिए, नहीं तो वह शादी रुकवा देगा किसी तरह।... तुम अपना काम करते रहो श्रीकान्त। मैं इसीलिए तुम्हें नहीं बताना चाहता था। तू भी मेरी तरह इसी में उलझ गया न। खैर, तू इधर की चिन्ता छोड़ दे।

श्रीकान्त दूर तक सोच में पड़ गया। यहाँ का झमेला तो किसी तरह समेटा जा सकेगा। पर संयुक्ता के ससुराल वालों में किसी ने जहर के बीज बो दिये और वे लग गये तो... शादी तक तो बड़ी सतर्कता से काम लेना होगा, बाद में ठीक से स्थितियाँ सुलझायी जा सकेंगी।... अब उसे भैया, भाभी और संयुक्ता की आँखों में समाया आतंक समझ में आया और शादी के दिन का समारोह, उसके अपशकुन, विघ्न, फिल्म की रील की तरह उसकी आँखों के सामने घूमने लगे। क्या-क्या नहीं होता। ऐसा हुआ तो? वैसा हुआ तो??

दो दिन उसके इसी चिन्ता में बीत गये। इस बीच सब काम श्रीकान्त को समझाकर निशिकान्त मुम्बई चला गया किसी और काम से। लौटकर आया तो उत्साहित था। गहने-कपड़े तैयार थे। बीच-बीच में फोन भी आते रहे। निशिकान्त उतना निश्चिन्त नहीं लगा। श्रीकान्त अपने कामों में उलझा रहा। संयुक्ता जरूर चिन्तित रहती, किसी अदृश्य अनहोनी से वह मुक्त कतई नहीं थी। हालाँकि निशिकान्त उसे आश्वस्त करने के लिए क्या कुछ न कहता।

दूसरे दिन भगत गिरफ्तार हो गया। किसी और जुर्म में। निशिकान्त की चिन्ता कम हुई। पर खुद श्यामलाल का ही फोन आ गया, तुमने यह ठीक नहीं किया... तुम्हें मालूम है मैं पुलिस डिपार्टमेन्ट का आदमी हूँ। तुम्हारी यह हिम्मत... भगत कल जमानत पर छूट जाएगा... फिर वह शादी के दिन का भी इन्तजार नहीं करेगा... तुमने साँप के बिल में हाथ डाला है—निशिकान्त।''

निशिकान्त ने एक शब्द नहीं कहा। धड़ाम से फोन रख दिया। आसपास कोई नहीं था। वह दुर्घटनाओं के बारे में सोचता रहा। पर मुम्बई से लौटने के बाद कुछ सन्तुलित ही था।

फोन फिर आया। घंटी बजी। रिसीवर उठाया और रख दिया। काट दिया। पर कुछ जरूरी, किसी और का होगा तो? श्रीकान्त की बात पर वह फीकी मुस्कान में गुम हो गया। दूसरे दिन और भी कुछ गुंडे गिरफ्तार हो गये।

शादी के एक दिन पहले निशिकान्त के घर और शामियाने को चारों तरफ से पुलिस ने घेर लिया था। बारात जहाँ से आनी थी उस सारे रास्ते पर पुलिस की गश्त लग गयी थी। पूरा इलाका छावनी में बदल गया।

तमाम कयासों के बावजूद श्रीकान्त कुछ नहीं समझ पा रहा था। बहुत पूछने पर निशिकान्त ने उसे बताया, "शादी में मन्त्री जी आ रहे हैं। उनके लिए यह बन्दोबस्त है।"

श्रीकान्त कुछ आश्वस्त हुआ। चलो कुछ राहत मिली, सुरक्षा भी। बिरादरी में मान-मर्यादा बढ़ गयी। सारा कुछ आयोजन मन्त्री स्तर का होता गया। नगर के प्रतिष्ठित लोग भी आने लगे। भोजन, आवभगत उसी स्तर का हो गया। दूल्हेवाले अपनी रिश्तेदारी में इतराने लगे। शादी में मन्त्रीजी आनेवाले हैं।

जिले के बड़े-बड़े अधिकारी, डीएसपी, कलेक्टर निशिकान्त के घर आकर पूछते, "सब ठीक तो है?"

शादी के दिन स्थानीय अखबार में मन्त्रीजी का इंटरव्यू छपा था, जिसमें उन्होंने राज्य की कानून और व्यवस्था के गुण गाये थे।

मन्त्री क्या आये, सारे विवाह-समारोह का केन्द्र बिन्दु ही बदल गया। दूल्हा-दुल्हन हाशिये पर चले गये और मन्त्री ही केन्द्र में आ गये। लगा यह विवाह समारोह न होकर सत्कार-समारोह है। मन्त्रीजी ने मुस्कराकर सबका अभिवादन स्वीकार किया। दूल्हा दुल्हन के साथ फोटो खिंचवाये। कई-कई लोग उनकी बगल में पलभर दिखने के लिए लालायित हो गये थे। पूरा विवाह मंडप गहमागहमी में लीन था। निशिकान्त शान्त भाव से सबसे मिल रहे थे। श्रीकान्त भी मुक्तभाव से सबकी खातिरदारी में व्यस्त थे।

चारों ओर पुलिस। भीतर सादे कपड़ों में भी पुलिस। पता ही नहीं चल रहा था कि बाराती कौन और पुलिस कौन। लेकिन एक-एक आदमी को मेटल डिटेक्टर से गुजरना होता। यह मेटल डिटेक्टर भी आजकल भव्य स्वागत द्वार का एक प्रतीक लगता है। ऐसे में जब तक दो-चार लोग मोबाइल फोन लेकर न घूमें तब तक ऐसे वैसे की शादी लगती है। इस शादी की बात ही निराली थी। जगह-जगह पुलिस के वायरलेस लगे थे। अखबारों में मन्त्री के साथ निशिकान्त का नाम भी विशेष रूप से जुड़ा होता। वैसे निशिकान्त की 'परिधान' दुकान का विज्ञापन अखबारों में अवश्य होता। निशिकान्त के घर-परिवार के सारे लोग मन्त्री और उनके दल-बल को सँभालने में लगे थे। दूल्हे की कोई चिन्ता ही नहीं थी। मन्त्रीजी अपना काम

आशीर्वाद निपटा कर निकलने लगे। निशिकान्त से अलग से मिले। निशिकान्त गद्‌गद् हुए। अकेले में पता नहीं कितनी जरूरी बात चल रही थी, पर निशिकान्त का ध्यान केवल इस बात पर था कि उसे मन्त्री से बात करते हुए कितने लोग देख रहे हैं। देखते-देखते निशिकान्त का रुतबा डालर की तरह बढ़ता रहा...।

बारात विदा हो जाने के बाद धीरे-धीरे रिश्तेदार भी एक-एक कर विदा होने लगे। पुलिसवाले, अधिकारी और तथाकथित कार्यकर्ता भी गायब हो गये। एक दुःस्वप्न... केवल सपने का आभास रह गया। श्यामलाल की धमकी पर यह मन्त्री आगमन भारी पड़ा। रात में अधिकांश मेहमानों के रवाना होने पर श्रीकान्त ने अपने भैया से अत्यन्त कौतुक से पूछा, "भैया, मन्त्री वाला सिलसिला तो आपने जोरदार ढंग से फिट कर लिया। पर यह हुआ कैसे? क्या मन्त्रीजी हमारे सचमुच इतने परिचित हैं कि शादी में आ गये..."

"अरे श्रीकान्त, मन्त्री भी किसी के हुए हैं...।" फिर अपनी चतुराई, शेखी और कुछ गर्व से निशिकान्त ने कहा, "यह तो श्यामलाल का काट था... पर कुछ महँगा पड़ गया... इज्जत रह गयी, साख बढ़ गयी... बस पूँजी समझो इसे... विज्ञापन भी खूब हो गया... वसूल हो जाएगा इस दीवाली पर।"

"महँगा पड़ गया... वसूल हो जाएगा...!" श्रीकान्त की कुछ समझ में नहीं आ रहा था।

"ऐसा है श्रीकान्त, आजकल सरकारी पैसे हड़पना कोई आसान बात नहीं रही। घोटालों ने सब घोटाला कर दिया। अखबार भी चैन नहीं लेने देते। आयोग बड़े सनकी हैं और न्यायालयों को पता नहीं क्या हो गया है...।" श्रीकान्त मुँह फाड़कर एकटक अपने भैया को सुन रहा था। कई बातें समझ से बाहर थीं, पूछ बैठा, "भैया इन पुलिसवालों पर कितना खर्च किया?"

"कुछ नहीं..."

"फिर, यह सब मुफ्त में कैसे हुआ? कोई बड़ा आदमी पहचान का है?"

"नहीं"

"तो?"

"अरे मन्त्री को कुछ देना पड़ा। आजकल इस तरह पैसे लेना उनके लिए सहज है। एक शादी के एक लाख लेते हैं। उनका जनसम्पर्क बढ़ता है और जिसके घर जाते हैं, उसका सम्मान बढ़ता है... हमारी तो सुरक्षा भी हो गयी। श्यामलाल देखता रह गया। अब कभी नहीं टकराएगा। अच्छा सबक मिला उसे...।"

"पर वे गुंडे... भगत?"

"अरे वे सब दो कौड़ी के हैं। मन्त्री के सामने क्या हैं?"

"पर भैया एक लाख..."

"अरे समझो दहेज ज्यादा दे दिया। पर कितना बड़ा आतंक था। धन्धे में क्या है, दूसरी तरह वसूल हो जाएगा।" विमला को देखते ही निशिकान्त को कोई बात याद आ गयी।

श्रीकान्त सोचने लगा पूरा चम्बल उसके आसपास है। सरगना फिरौती लेकर किसी अखबार के लिए इंटरव्यू दे रहा होगा। ये श्यामलाल, ये गुंडे, ये भगत, फोन की धमकी मन्त्री के ही अलग-अलग चेहरे तो नहीं?

□

इस जंगल में

आज कॉलेज से लौटने के बाद अदिति बहुत अनमनी थी। भोजन की टेबल पर पिताजी ने पूछा भी था, ''अदिति क्या बात है बेटा, उदास क्यों हो...''

''कुछ नहीं...''

''अरे हाँ, आज तो तुम्हारे कॉलेज में सलमान खान आने वाला था। अखबार में तो छपा था... कोई कार्यक्रम था न...?''

''हाँ...'' अदिति अब भी संवाद के लिए उत्सुक नहीं थी। उसकी माँ ने भी संवाद में प्रवेश किया, ''आजकल यह बहुत चुप रहती है... खाना भी ठीक से नहीं खाती...''

''ठीक है...'' पिताजी ने अदिति की ओर देखा। उन्हें लगा कि अदिति की आँखों में कुछ भीतरी संवाद, उलझन और बेचैनी है। उसकी पीठ पर एक थपकी देते बोले, ''कोई बात हो तो बोलो बेटा...''

उनका 'बेटा' कहना इतना स्नेह भरा होता कि वह सारी दुनिया छोड़कर उन पर न्यौछावर हो जाती, ''पापा, आज कॉलेज में सलमान खान आया था... आपने ठीक कहा, आज जोरदार भाषण दिया उसने... बिना डायलॉग के... सूट भी बड़ा सोबर रंग का पहन रखा था, उसने...''

''हूँ...'' पापा की निगाहें अदिति के पूरे अस्तित्व में छा गयीं। पर अदिति ने पलक भी नहीं झपकी। वह कुछ कहना चाहती थी। पापा ने भाँप लिया। ''फिर, कैसा रहा कार्यक्रम...?''

''कार्यक्रम तो ठीक रहा। सलमान खान के साथ लोगों ने भी बड़े लम्बे-चौड़े भाषण दिये। लेकिन...''

''लेकिन क्या, कार्यक्रम क्या था और तुम क्या ऐसे कार्यक्रमों को लेकर गम्भीर हो गयीं...''

''आपको नहीं मालूम... भूल गये आप। दो महीने पहले जब दुर्घटना हुई थी, तब मैंने आपसे बात की थी...'' अदिति मुखर हो रही थी।

''अदिति जल्दी बोलो, मुझे कुछ याद नहीं...''

पापा को अदिति से बातें करते हुए बहुत अच्छा लगता है। अदिति अपने पापा

को दुनिया का सबसे अच्छा आदमी समझती है। वे कितनी रुचि लेते हैं अदिति की हर बात में, हर जिज्ञासा में, हर घटना और विचार में। अदिति को लगता है उसके पापा के पास अलादीन का चिराग है, जो उसके हर सवाल पर एक मखमली रोशनी डालता है। पर आज उसके दिमाग में जो सवाल कौंध रहा है, उससे उसकी बेचैनी बढ़ती ही रही। उसने याद दिलाया—

"दो महीने पहले की घटना आप भूल गये। याद है न कि बीस साल की एक लड़की को दिन-दहाड़े, चौक में एक लड़के ने अपने दोस्तों के साथ मिलकर चाकू से गोद डाला था..."

"हाँ-हाँ... वह घटना कौन भूल सकता है। प्रेम के नाम पर कलंक... कोई चोर, डाकू या गुंडा ऐसा करता तो बात समझ में भी आती... पर एक प्रेमी ने..." रुक गये कहते-कहते पापा, "पर आज... हाँ याद आया, तुम्हारे कॉलेज में 'दोस्ती' का कार्यक्रम था न आज... सलमान खान उसी के लिए तो आने वाला था... बोल क्या-क्या हुआ?"

"मुझे कुछ खास सन्तोष नहीं हुआ... सबका कहना एक ही था, इस उम्र में सन्तुलन की जरूरत है। दोस्ती, प्रेम, विवाह सबके बारे में काफी बातें हुईं। फिल्मी अन्दाज में कुछ मजाकिया प्रसंग भी आये। अधिकांश लोग सलमान खान को देखने आये थे। कुछ ऑटोग्राफ लेने, कुछ हाथ मिलाने... लड़कियाँ भी पीछे नहीं थीं इसमें... मेरे मन में कई सवाल उभर रहे थे..." अदिति ने पापा को देखा।

"फिर पूछना था..."

"माहौल नहीं लग रहा था। कोई गम्भीरता से नहीं सुन रहा था। फिर डर लगा कि यदि मुझे ठीक से उत्तर नहीं मिला तो... मुझे निराशा से बहुत घबराहट होती है..."

"इसमें घबराहट की क्या बात है..." पापा उसे सँवारना चाहते थे। तभी माँ ने टीवी का बटन चला दिया—खबरें... और अदिति टीवी में खो गयी। दीन-दुनिया की खबरें, लड़ाइयाँ, दुर्घटनाएँ, अमरीका में स्कूली बच्चों पर गोलियाँ और कुछ राजनैतिक उलट-फेर, उठा-पटक, दल-बदल और सरकारों का बनना-बिगड़ना... फिर अचानक कारगिल के शहीदों के दाह-संस्कार के दृश्य... अदिति की आँखें पापा की ओर मुड़ीं। पापा उसी को निहार रहे थे कि अदिति ने कब से खाना रोक रखा है।

अचानक अदिति हाथ धोने बेसिन की ओर चली गयी।

पापा ने माँ से कहा, "देखो तुम्हारी बेटी कितनी बड़ी हो गयी है। वह इतनी ऊँची हो गयी। यह मैंने पहली बार महसूस किया। देखो किस तरह बेसिन के आईने के सामने उसे झुककर अपने आपको देखना पड़ रहा है!"

माँ ने कुछ नहीं कहा। तीन-चार बार पलकें झपकायीं। इधर-उधर देखा, खासकर पति के चेहरे के आसपास। फिर बेवजह कुछ परोसती रही। कुछ कहना चाह रही थी, पर चेहरे के उतार-चढ़ाव ही अधिक मुखर थे। आँखों की चमक और भीतरी सुरक्षा भाव, अदिति को लेकर गर्व, पर कुछ-कुछ चिन्ता नजरों से बयाँ हो रही थी।

"अदिति कहाँ गयी... ?" पापा ने पूछा था।

"अदिति के बिना चैन नहीं पड़ता... चलो आज मालूम तो हुआ वह बड़ी हो गयी है। अब तो उसे बेटे की तरह लाड़ करके मत बिगाड़ो..."

"अदिति तो बेटी भी है और बेटा भी... मेरे लिए सब कुछ..." फिर वही आवाज...

"अदिति।"

"अब पढ़ाई करने दो उसे..." माँ ने कहा था।

"आज उसका मन स्थिर नहीं है। कई सवाल उसका पीछा कर रहे हैं। उसे हमारे बीच होना चाहिए... अदिति बेटा..."

दूसरे दिन सुबह अदिति को प्रफुल्लित, कॉलेज जाते वे निहारते रहे। कितनी ऊँची हो गयी है। जीन की नीली पैन्ट और सफेद टी शर्ट में वह और लम्बाई पा गयी है। स्प्लेन्डर मोटर-साइकिल पर सवार अदिति कितनी फबती है! आजकल सभी लड़कियाँ वाहनों पर बैठे हुए सारे चेहरे को स्कार्फ से ढाँप लेती हैं। केवल आँखें खुली होती हैं, उस पर काला चश्मा। माँ को भी उसका गर्वीला रूप बहुत लुभाता है। केवल एक बात नहीं अच्छी लगी—लड़कों की तरह बाल कटवा लिये उसने—ब्वाय कट।

इस पर भी पापा की तरफदारी, "चाहे जब वह बढ़ा लेगी। क्यों चिन्ता करती हो। उसे अच्छा लगता है, करने दो। कौन उम्र भागी जा रही है। गिनती की उन्नीस ही की तो है वह..." अदिति सड़क पर तेजी से भागी जा रही है... स्प्लेन्डर पर सवार उसका पूरा जिस्म मोटर-साइकिल के साथ एकाकार हो चुका था।

हिन्द कॉलेज, इस महानगर का अत्यन्त चर्चित कॉलेज। हर बात के लिए। खुलापन और होशियारी। कॉलेज का पूरा रोड लड़के-लड़कियों से सराबोर। कई लड़के-लड़कियाँ खड़े वाहनों पर बैठे दुनिया-जहान की बातों में मग्न। भीतरी परिसर में लगे पेड़ तो शायद युगलों को ओट देने में ही कृतार्थ हो रहे हों। पर अदिति सीधे अपनी क्लास में जाती है और खाली समय लाइब्रेरी ही उसका ठिकाना होता है। सबसे हाय-हलो... न काहू से दोस्ती न काहू से बैर।

कोई अच्छी-सी किताब अपने नाम चढ़वाकर वह लाइब्रेरी से बाहर आ ही रही थी कि अचानक गोली चलने की आवाज। कोई पटाखा समझकर उसने ध्यान

नहीं दिया। पर किसी लड़की को चीखता देख उसका ध्यान सामने गया। एक भगदड़-सी मच गयी। कोई कुछ देख पाता कुछ कर पाता इतने में दो गोलियाँ और चलीं। लड़की पहले ही ढेर हो चुकी थी। दूसरी बार गोली लड़के ने अपने आप पर चलायी थी और वह भी उस लड़की पर ढेर हो चुका था। ये दोनों अदिति के क्लास के तो नहीं थे, पर हिन्द कॉलेज के ही थे। उस बड़े नीम की ओट में उन्हें बहुतों ने कई बार देखा था। लड़के के पास पिस्तौल और लड़की के हाथ में कार की चाबी थी। दोनों सम्पन्न और सम्भ्रान्त... बातें, अफवाहें, एम्बुलेन्स, पुलिस, पत्रकार, अखबार... समाचार और समाचार... क्या हुआ कल की 'दोस्ती' का... भाषण का... तालियों का... फर्क सिर्फ इतना था आज की क्रूरता इकतरफा नहीं थी। लड़के ने स्वयं को भी नहीं बख्शा था। अदिति की स्प्लेन्डर अपनी पूरी गति से घर की ओर भागी थी।

बस माँ को इतना ही बता पायी, "एक लड़की को गोली से मारकर खुद भी मर गया एक लड़का।"

शाम को पापा आये। घटना की तह में जाना चाहते थे वे। पर अदिति की आँखों की सूजन ने उन्हें रोक दिया। कितनी संवेदनशील है... अदिति!

दूसरे दिन अखबारों में पूरी रिपोर्ट। दूसरे अखबार से तीसरे में अधिक ब्यौरा। सम्पादकीय, पुलिस की डायरी, मनोवैज्ञानिकों के परिसंवाद, प्राचार्य का निवेदन, फिर किसी 'दोस्ती' का आयोजन। किसी ने यह भी कहा कि आजकल इकलौती सन्तान का चलन व्यावहारिक माना जा रहा है, खासकर उच्च मध्यवर्ग में। इसलिए ऐसी सन्तानों में एकाधिकार की भावना सब कुछ अपने हाथ में समेट लेना चाहती है। तुम मुझे न चाहो तो... मैं तुम्हें चाहने लायक ही नहीं छोड़ूँगा।... अब शायद देवदास बनने... गीत लिखने में क्या रखा है! इस पार या उस पार—सब फास्ट फूड की तरह...।

अदिति इन सारी घटनाओं को लेकर बेचैन थी। इसी बीच उसे मालूम हुआ कि वह इसी साल से मतदान कर सकेगी। एक अजीब-सा रोमांच था, उसके मन में, क्यों? राजनीति में उसकी कोई रुचि नहीं थी... फिर क्यों? शायद जिम्मेदारी का भाव रहा हो... अब वह बड़ी हो गयी है। उसका खयाल, विचार, विचार यानी कि 'मत' भी कोई-न-कोई मतलब रखता है। पर यह जो माहौल दिखता, नेताओं, मन्त्रियों की करतूतें देखती-पढ़ती है वह अखबारों में, उससे तो उसे दो ही तरह के लोग दिखे। एक क्रूर, छल-कपट लिये हुए और दूसरे मसखरे... इनके छोटे रूप उसने कॉलेज के चुनाव में भी देखे थे... पर उसने हमेशा किसी-न-किसी का पक्ष लिया था—चुपचाप...निरपेक्ष।

अब जब चुनाव आये तो वह अपने पिताजी से नये सिरे से चर्चा करने लगी।

अपनी बात भी रखने लगी...

"इस बार आप किसे वोट देंगे?" अदिति ने चाय पीते हुए अपने पिताजी का ध्यान अखबार से हटाया। जब तक वे प्रश्न फिर से ध्यानपूर्वक सुनने के लिये "अँ" कहकर उसकी ओर निगाह दौड़ाते, अदिति की माँ ने अदिति की आँखों में एक नयी चमक देखी। सोचने लगी, यह सवाल वह मुझसे भी पूछ सकती थी। पर अदिति को मालूम है कि माँ स्थितियों को बखूबी भाँप जाती है। पिताजी की चर्चा से मालूम हो जाता है—इस बार 'बीजेपी या काँग्रेस...' उन्होंने आपस में इस बारे में कभी चर्चा नहीं की। पर दोनों ने एक ही पार्टी को वोट दिया। हालाँकि वोटिंग के बाद भी इस बारे में बात नहीं करते। परन्तु, उनकी सामान्य बातों से यह उजागर हो ही जाता है। ये दोनों, इन दोनों पार्टियों से तीसरे पर विचार भी नहीं करते। उसने सोचा इस बार पापा से चर्चा की ही जाए।

"पापा...आपने कुछ नहीं कहा?" उसके पापा ने अखबार रखते हुए कहा, "कुछ पता ही नहीं चलता बेटा... सबकी नीतियाँ घुलमिल गयी हैं। सब धर्मनिरपेक्षता का दावा करते हैं... सब कभी इधर कभी उधर चले जाते हैं..."

"तो किसी तीसरे के बारे में क्यों नहीं सोचते?"

"क्या फायदा, चुनकर आते नहीं... एक वोट बेकार चला जाएगा... अरे हाँ, बेटा तो इस बार तू भी वोट देगी। तू क्या सोचती है। हम तो बहुत बार दे चुके... कभी सन्तोष नहीं हुआ। बदलकर भी देख लिया पर कुछ नहीं बदला..."

"पापा, नरेन्द्र कौशल...?"

"वह तो अपक्ष है... वह कैसे आएगा... और राजनीति में उसका क्या दखल... राजनीति कोई खेल-तमाशा नहीं..."

"इन नेताओं के व्यवहार से तो यह खेल तमाशा से भी बदतर लगता है पापा..." बोलने पर वह कुछ सँभली। कुछ ज्यादा ही प्रतिक्रिया दे दी, वह भी दृढ़ता से।

"तू बिलकुल ठीक कहती है, बेटा... पर नरेन्द्र कौशल के पास आदमी कहाँ हैं प्रचार के लिए...?"

"क्यों? अखबार हैं, टीवी चैनल हैं और पढ़े-लिखे लोगों की एक जमात है, वे सब प्रचार करेंगे, ऐसे लोगों का। बदलती दुनिया के साथ यह भी बदलना चाहिए..."

"एकदम सही। तुम्हारा विचार अच्छा लगा।" फिर पत्नी को संवाद में शामिल करते हुए बोले, "देख अब तेरी बेटी सचमुच सयानी हो गयी है। इस बार हम इसका विचार सुनेंगे..." इतना कहकर वे अखबार में खोने-से लगे। तभी बेल बजी और थोड़ी देर से आने वाला अँग्रेजी अखबार दरवाजे पर अटका मिला।

पापा का ध्यान तो अभी तक अदिति की बात पर ही अटका था। नरेन्द्र कौशल... आदमी तो लायक है। साफ-सुथरा भी... पर अदिति को कौन समझाए, ये अखबार किनके हैं। किनके लिए ये लिखते हैं। टीवी चैनल पर समाचार-प्रचार किनके आते हैं और ये पढ़े-लिखे समझे जाने वाले लोग किस दुनिया में रहते हैं। पर यह सब कहकर वे अदिति की नयी ऊर्जा, नये विचारों या उत्साह को आहत नहीं करना चाहते थे... शायद वह सही भी कह रही हो... कई नये लोग ऐसा सोच रहे हों... उनकी विचार श्रृंखला फिर अदिति की आवाज से टूटी, "पापा ये देखिए कितना बड़ा लेख आया है कौशल पर।"

"आइ ए एस अफसर था वह। अच्छा वक्ता भी है। आला अफसर होने के कारण मन्त्रियों के स्तर की सारी बातें जानता है। नीतिगत मतभेद होने के कारण उसने इस्तीफा दिया और अब चुनाव में खड़ा है..." अदिति ने अखबार पापा की ओर बढ़ा दिया।

उसके पापा ने सोचा कि अदिति ने तो फैसला कर लिया। अपनी पत्नी की ओर देखा और पाया कि उधर भी कुछ बात समझ में आ रही है। स्वयं भी सोचा कि शायद अदिति सही कर रही है। परिवर्तन कभी-कभी दबे कदमों से भी आ सकते हैं।

पापा लेख पर नजर घुमाते रहे। उन्हें मुख्यमन्त्री से कौशल के मतभेद की समाचार कथा याद आती रही। पर यह सब गौण था। अदिति के विचार अपने हैं, वे और मजबूत हों इसलिए वे कौशल की अच्छी बातें भी गिनाने लगे, जो इस लेख में नहीं छपी थीं। बस माँ के लिए अब तीसरा विकल्प एकदम साफ हो गया था। वे मुस्कराकर अदिति के चेहरे से होती हुई किचन की ओर बढ़ गयीं—नाश्ते की तैयारी के लिए।

फिर अदिति की खुशी का ठिकाना न रहा कि कई बुद्धिजीवियों ने कौशल के पक्ष में बयान दिया। पोस्टर छपे, सभाएँ हुईं। उसके प्रिय अभिनेता चन्द्रचूड़ ने प्रचार में आना स्वीकार भी कर लिया। अखबारों में रोज कुछ-न-कुछ छपता रहा। अदिति का विश्वास बढ़ता गया। पर वह किसी सभा में नहीं गयी। चुनाव का उत्साह केवल मतदान तक था। कभी कौशल को शुभकामनाएँ लिखकर भेजने की इच्छा उभरी भी, पर वह वैसा नहीं कर पायी।

आज सुबह जब पापा कुछ देर से उठे तो देखा अदिति अखबार पढ़ चुकी है और अपने कमरे में चली गयी है। पत्नी से पूछा, मालूम हुआ कि अखबार की हेडलाइन देखकर ही उसने अखबार, पटक दिया। मुँह से एक ही शब्द फूटा था, "यू टू..."

उसके पापा उसके सामने थे। पापा ने देखा अदिति के हाथ में 'फाउन्टन हेड'

उपन्यास है। दो महीने पहले उसके जन्मदिन पर उन्होंने ही दिया था।

अदिति की आँखें बुझी हुई थीं। उत्साह धूमिल हो गया था। स्वर बोझिल था, "पापा अब बताइए... आज नरेन्द्र कौशल ने अपना नाम वापस ले लिया... ये कौन-सी राजनीति है। हमारे कॉलेज के अधिकांश लोग कौशल का प्रचार भी करने लग गये थे... बेकार है सब..." रुआँसी हो गयी।

"नहीं बेटा... इतनी जल्दी निराश नहीं होते। अब अखबारों में आएगा सब। पढ़ो। फिर तय करो।" पापा उसे सँवारने लगे। बात भी इतनी कोई व्यक्तिगत रूप से गम्भीर नहीं थी। लेकिन वे अदिति के किसी भी विचार, सपने को टूटता नहीं देख सकते थे। वे एक कम्पनी में ऊँचे पद पर हैं। उन्हें कल शाम को ही मालूम हो गया था कि कौशल नाम वापस ले रहे हैं। अफवाह यह भी सुनी थी उन्होंने कि नाम वापस लेने के लिए कौशल को एक बड़ी पार्टी ने तीस लाख रुपये दिये हैं। पर कहने वाला हमेशा अफवाह में विश्वास रखता है। इसलिए उन्होंने इस बात पर भरोसा नहीं किया। यह सब अदिति को बताने का कोई मतलब भी नहीं था।

पर एक परिवर्तन उन्होंने देखा। अदिति ने इस विषय पर पापा से चर्चा करनी छोड़ दी थी। पापा ही यदा-कदा इस विषय पर उसे खींच लेते थे। मतदान के दो दिन पहले शाम को अचानक ही पापा ने पूछा था, "मतदान की तैयारी कर ली बेटा..."

"तैयारी क्या करना है? जिसको देना था वह तो भाग गया... रणछोड़दास। पर हाँ पापा, एक डॉक्टर है। उसका बायोडाटा अखबार में पढ़ा था। पढ़ी-लिखी है, युवा है। गुमनाम है तो क्या हुआ। पर वह कुछ ठीक काम कर सकती है..." कहते-कहते उसका उत्साह अचानक ठंडा पड़ गया।

"सही कहा बेटे। नये लोगों को भी मौका मिलना चाहिए।" पापा रुक गये अदिति महसूस करती रही कि केवल मन रखने के लिए वे ऐसा कह रहे हैं।

मतदान के दिन सुबह सात बजे ही अदिति तैयार हो गयी। पापा से कहा, "मैं जा रही हूँ। मतदान के बाद मानसी के साथ खंडाला जाने का कार्यक्रम है। शाम तक लौट आऊँगी...।"

माँ कुछ कहना चाहती थी। पापा ने रोक दिया। वे कहना चाहते थे, 'मतदान करने साथ-साथ जाएँगे। फिर तुम आगे चली जाना।' पर उन्होंने इतना ही कहा, "नाश्ता तो कर लो।"

"नहीं, मैंने चाय पी ली है। मानसी के घर और दो सहेलियाँ आएँगी। वहीं नाश्ता कर हम आगे जाएँगी। पाँच बजे से पहले लौट आएँगी।"

माँ ने फिर अपने आपको रोका। केवल अदिति को देखती रहीं। अपनी ही बच्ची का छरहरा बदन उसे बड़ा मोहक लगा। रोक नहीं पायी। "अदिति बेटी, सँभलकर... फोन करती रहना।"

स्थिति सँभालते हुए पापा ने कहा, ''चिन्ता की कोई बात नहीं है। पुणे से खंडाला तक का रास्ता किसी शहर-सा ही लगता है। एक मिनट के लिए रास्ता खाली नहीं रहता...''

अदिति ने पापा की आँखों में झाँका। विश्वास तो था बहुत गहरे। साथ ही, चिन्ता भी थी, पर शब्दों में उन्होंने झलकने नहीं दिया।

बाल्कनी से माँ-पापा ने देखा अदिति कितनी विश्वास के साथ 'स्प्लेन्डर' पर सवार, दूर नजर गड़ाये, तनकर तेज गति से आगे बढ़ गयी।

माँ-पापा अदिति के बारे में ही बातें करते रहे। बड़ी दृढ़-निश्चयी है और सन्तुलित भी। बड़ी सक्रियता से वह अपनी बातों के साथ जुड़ी रहती है। इन्वाल्वमेन्ट हर काम में। पूरी पहल के साथ।

अदिति के बारे में बातें खत्म ही न होतीं उन दोनों की। उन्होंने मतदान किया और पैदल ही घर की ओर चल पड़े। इस बार का मतदान भी कैसा सूना-सूना! लौटने पर भी उन्होंने इस विषय पर बात नहीं की। ऐसा पहली बार हुआ था।

घर लौटने के बाद दोनों ने तय कर लिया कि आज बाहर कहीं नहीं जाएँगे। केवल टीवी पर समाचार सुनते रहेंगे। एक नयी किताब अदिति लायी थी। उसी में आज का समय देना तय था।

लगभग दस बज रहे होंगे सुबह के। बेल बजी। अदिति तो नहीं हो सकती... अदिति के घर पर न रहते हुए बेल बजते ही उनके भीतर अदिति साकार हो जाती है। पर अभी कौन होगा! वे उठे। दरवाजा खोला तो सचमुच अदिति और साथ ही मानसी थी।

अदिति के चेहरे पर किसी दुर्घटना के निशान स्पष्ट झलक रहे थे। पापा के कुछ पूछने से पहले ही वह बोल पड़ी, ''क्या पापा, सत्ता के लिए लोग जानवर होते जा रहे हैं। उन्हें किसी की परवाह नहीं है। शहर से बाहर निकलते ही एक भीड़ हमने देखी इसलिए रुक गये। जीप पर तीन-चार लोग सवार थे। कुछ पन्द्रह-बीस लोगों की भीड़ में से एक आदमी बाहर आया और उसने जीप पर सवार एक आदमी का सीना छलनी कर दिया। बाकी लोग जान हथेली पर लेकर भाग गये। केवल ड्राइवर जख्मी है। पर बता नहीं सकते...''

''हमने सुना कि पिस्तौल चलाने वाला मन्त्री था। उसने विरोधी पार्टी के आदमी से कुछ पूछा और गुस्से में अचानक गोली चला दी।... हम जल्दी से पीछे लौट आये... अदिति बहुत संवेदनशील है। इसलिए मैं घर तक आयी...'' मानसी ने कहा।

पापा ने आहत अदिति की ओर देखा। वह कुछ नहीं बोल पा रही थी।

पापा ने जिज्ञासा जतायी पर एक दहशतभरी चुप्पी छायी रही। थोड़ी देर में मानसी अपने घर चली गयी। तरह-तरह के विचार अदिति के चेहरे से झलक रहे

थे। उसने और भी कई बातें बतायीं कि भीड़ कितनी क्रूर, हिंसक और निर्दयी थी। शायद उन लोगों ने योजनाबद्ध ढंग से उस जीप को घेरा था। पापा द्वारा लोकतन्त्र के समझाये सारे सूत्र अदिति के सामने उलझे पड़े थे।

दो घंटे बाद ही टीवी पर विस्तार से समाचार आ गये थे। वह दृश्य टीवी पर देखकर अदिति अब भी असामान्य हो जाती है। मन्त्री को गिरफ्तार कर लिया गया था।

अदिति का खंडाला बीच में खंड-खंड हो गया था। पापा ने बहुत कोशिश की कि अदिति के मन पर इस घटना का विपरीत परिणाम न हो। वह उतनी ही निर्विघ्न, अकेली घूमती रहे। उसके उत्साह में यह घटना रुकावट न बने। अदिति वैसे इतनी कच्चे दिल की नहीं थी। पापा ने उसे और मजबूत बनाया था।

दूसरे दिन अखबारों में इस घटना के साथ और कई हादसों का ब्यौरा था।

अदिति पापा के साथ भी उतनी मुखर नहीं रही। घर में किताबें और कॉलेज में लाइब्रेरी या मानसी के साथ सामने के कैफेटेरिया में, नयी पुस्तकों पर, घटनाओं पर चर्चा। वह अपने वर्तमान में उतनी ही सक्रियता से जुड़ी रही।

सुबह उसने अखबार में पढ़ा कि उसकी प्रिय लेखिका आज शहर की किताबों की मशहूर दुकान 'इंटरनेशनल बुक शॉप' में आ रही है। लेखिका के साथ इंटरव्यू है। आज उसे लगा कि वह सब कुछ पूछेगी, जो-जो गुबार उसके भीतर उठते रहे हैं। पापा को उसके साथ आना ही था। उस लेखिका की पुस्तक पहले ही उसने खरीद ली है। उस पर लेखिका के हस्ताक्षर भी ले लेगी।

उसे यह देखकर अच्छा लगा कि टीवी पर फिल्म और छुट्टी का दिन होने के बावजूद काफी लोग लेखिका को सुनने आये हैं। अदिति अपने पापा के पास सामने कुर्सी पर बैठी थी। उसके व्यक्तित्व ने कई लोगों का ध्यान खींच लिया था—खासकर युवकों का। अधेड़ भी उसे नजरअन्दाज नहीं कर पाये। कैमरे में वह लेखिका की विभिन्न भाव-मुद्राओं को सँजो रही थी। तभी एक बुजुर्ग के सवाल ने उसे चौंका दिया। लेखिका ने उसका सवाल ठीक ढंग से सुना नहीं, फिर दुहराने का अनुरोध किया।

उस बुजुर्ग ने दुहराया, ''मैंने आपकी सभी किताबें पढ़ी हैं। पुस्तकों में जो भी लिखा गया है, उस पर कइयों ने सवाल पूछा। अभी आपने बताया कि आप बच्चों और किशोरों पर पुस्तक लिखने की तैयारी कर रही हैं...''

''बिल्कुल ठीक सुना आपने... आपको नहीं लगता कि बच्चों के लिए अच्छी किताबों की कमी है...''

''है...''

''तो...''

''मेरा सवाल कुछ और है...''

"बताइए"

"कुछ व्यक्तिगत भी है... अनुमति हो...?"

"पूछिए..."

"आपने एक इंटरव्यू में कहा है कि आपने मशहूर पत्रकार से शादी की है... आपकी मुलाकात विदेश में हुई और आपने वहीं शादी का निर्णय लिया..."

लेखिका सवाल पूरा सुनने का इन्तजार कर रही थीं।

"आपने आगे कहा है कि दुनिया की बढ़ती विद्रूपता को देखते हुए आप दोनों ने सन्तान न होने देने का निर्णय लिया है..."

"बिल्कुल सही पढ़ा है आपने..."

"फिर आप बच्चों पर कैसे और क्यों पुस्तक लिखने की सोच रही हैं..."

लेखिका ने कन्धे उचकाये। कुछ ऐसे भाव चेहरे पर उभरे कि यह भी क्या सवाल है! इसका रचनात्मकता से क्या सम्बन्ध है!

अदिति भी सोच रही थी लेखिका के काम, लेखन के इस निजी निर्णय का क्या सम्बन्ध होना चाहिए! लेखिका ने किसी अन्य प्रश्न के लिए इधर-उधर नजर दौड़ायी और आयोजक की ओर मुड़ी।

आयोजक तैयार ही था। उसके कुछ घोषित करने से पहले अदिति खड़ी हो गयी थी। इसलिए आयोजक ने कहा, "अब केवल अन्तिम सवाल की अनुमति होगी। और कुछ पूछना हो तो शॉप के भीतरी हिस्से में विस्तार से चर्चाएँ की जा सकेंगी।"

अदिति ने कहा, "आपने अपनी नवीनतम पुस्तक में समाज-राजनीति की विद्रूप और भयावह स्थितियों का चित्रण किया है। 'सत्या', 'अर्धसत्य', 'बॉम्बे' और 'माचिस' जैसी फिल्मों में हमने भयानक हिंसा, मारकाट और डरावने दृश्य देखे हैं। ऐसे ही रोंगटे खड़े कर देने वाले दृश्य मैंने अपनी छोटी-सी उम्र में पिछले केवल दो महीने में देखे-सुने हैं..."

लेखिका गम्भीरता से अदिति को देख और सुन रही थी। अदिति की तेज-तर्रार आवाज में पारदर्शी आँखों से असलियत झरती अनुभव कर रही थी। केवल कहने के लिए खड़ी नहीं थी अदिति, उसकी भीतरी संवेदनाएँ ठोस रूप ले चुकी थीं। लेखिका मुस्कराते हुए अपनी आँखों से उसे आगे बढ़ने की इजाजत दे रही थी।

"... मेरा कहना केवल इतना है कि हम रोज देख रहे हैं, उसे अखबारों में पढ़ते हैं; आपकी पुस्तकों में भी वही है। फिल्म में भी उसी को और गाढ़ा घोल मिलाकर दिखा रहे हैं... तो... मेरा कहना है कि हम जैसे लोग क्या करें? हम किसके पीछे जाएँ? किसे अपना आदर्श मानें? कहीं कुछ ऐसा दिखाई नहीं दे रहा..."

अदिति अपनी बात कहते हुए लेखिका को गौर से निहार रही थी। जब नीचे बैठी तो पापा ने कान में धीरे से कहा था, 'गुड।'

लेखिका ने कुछ क्षण नीचे निहारा। फिर श्रोताओं के बीच नजर घुमायी और अदिति के चेहरे पर उसकी निगाहें टिक गयीं... बोली, "क्या नाम बताया..."

"अदिति"

"अदिति, ऐसा है, हमने जो देखा, लिखा, स्थितियाँ बयान कीं। किसको क्या लेना है, यह बताना आवश्यक नहीं लगता मुझे। बस एक ही बात लगती है कि हर आदमी को अपना आदर्श और अपनी दुनिया खुद तलाश करनी पड़ती है..."

अदिति ध्यानपूर्वक सुन रही थी। 'अपनी दुनिया की तलाश खुद्र करनी पड़ती है...' यह वाक्य भीतर तक पापा की बातों के साथ कितना मिलता-जुलता है।

अपने वक्तव्य के बाद लेखिका ने अदिति पर एक नजर घुमायी। लेखिका को लगा कि अदिति सन्तुष्ट लग रही है पर पूरी तरह नहीं। तभी आयोजक ने फिर कहा, "कोई बात और करनी है तो शॉप में की जा सकती है... समय की कमी के कारण हमें यहाँ रुकना होगा..."

लेखिका उठी। अदिति भी उठी। दोनों ने एक साथ एक-दूसरे को देखा और उनकी अनौपचारिक मुस्कानें एकाकार हो गयीं। शब्दातीत। लेखिका के मन में अदिति के लिए गर्व और उम्मीद के भाव थे। अपने से आधी उम्र की लड़की में अपने जीवन की तलाश को लेकर। वह प्रभावित भी हुई थी। अदिति ने गौर से देखा तो लेखिका की आँखों में बहुत गहरे उसकी अपनी माँ के भाव उसे दुलार रहे थे।

कार्यक्रम के बाद लोगों ने ऑटोग्राफ के लिए लेखिका को घेर लिया। कुछ सम्पन्न से लगने वाले पालक अपने बच्चों के साथ आये थे। पुस्तकें खरीदकर बच्चों को ऑटोग्राफ के लिए आगे धकेल रहे थे...अदिति के हाथ में पहले से पुस्तक थी। उसने पढ़ा भी था उसे। कई प्रसंगों पर पापा से चर्चा भी की थी। ऑटोग्राफ देते हुए लेखिका इधर-उधर नजर दौड़ाती। पापा को लगा कि वह अदिति को ढूँढ़ रही हैं। बोले, "बेटा, आगे बढ़कर तू भी ऑटोग्राफ ले ले।"

पापा ने देखा अदिति नयी पुस्तकों के स्टैंड को घुमा-घुमाकर पुस्तकें देख रही है। पर उसका ध्यान पापा के शब्दों पर था। इसलिए जब उसे हाथ से थपथपाकर आँखों से संकेत किया तो अदिति बोली, "ऑटोग्राफ बहुत हो गये पापा, आज मैं कोई नयी किताब ले लूँ...?"

□

तेंदुआ

हर आदमी चर्च की ओर देख रहा था। बहुत पुराना चर्च है यह। कभी शहर से बाहर एकान्त में हुआ करता था। अब शहर उसे अपने में दबोच कर चारों ओर फैल गया है। चर्च की पत्थर की दीवारें पूरी गरिमा और वैभव के साथ अब भी खड़ी हैं। पत्थर का ही अहाता है। भीतर ढेर सारे पेड़ हैं। आसपास के फ्लैट इतने ऊँचे हो गये कि चर्च का यह इलाका दब-सा गया। अचानक सभी की निगाहें आज चर्च के भीतर झाँक रही हैं। वैसे शाम के समय इस चौक का जब लाल सिग्नल होता है तब इतनी भीड़ यहाँ होती है। परन्तु, आज इतनी अधिक भीड़ है कि ट्रॉफिक ही दूसरी सड़क से मोड़ दिया गया। किसी भी वाहन को इस चौक तक पहुँचने नहीं दिया जा रहा। पर भीड़ है कि खिंची चली आ रही है। पुलिस-बन्दोबस्त लगा दिया गया है।

दूर से गुजर जाने वाले लोग अपनी बात अपने इलाके में फैलाते। जितने मुँह उतनी बातें। अफवाहों ने भी अपना मुँह खोल ही दिया। धीरे-धीरे पूरे शहर में चर्च चर्चा का विषय हो गया।

दरअसल चर्च का अचानक चर्चा में आ जाने जैसा इस महानगर में कुछ भी नहीं घटा था। केवल घनी झाड़ियाँ ही कारण बनीं। वहीं एक घने पेड़ पर एक तेंदुआ दुबका मिला। आदमियों के खूंखार जंगल में एक घने पेड़ पर चीता अपनी जान हथेली पर रखकर शायद रात होने का इन्तजार कर रहा था। पर आफिस के लिए जाते लोगों के समय के बाद किसी की निगाह उस पर पड़ ही गयी। समय सुबह का ग्यारह का रहा होगा।

वह आदमी 'तेंदुआ... तेंदुआ...' चिल्लाता हुआ भीड़ में पता नहीं कब गायब हो गया और उसकी आवाज चर्च के भीतर, पुलिस स्टेशन, फायर ब्रिगेड, कारपोरेशन, कलेक्टर ऑफिस तक दनदनाती हुई पहुँची। पल भर में चर्च का परिसर खाली हो गया। सारी भीड़ अहाते से बाहर अपने कुतूहल और कानाफूसी तथा विस्मय को आपस में बाँटती रही।

''यह जंगली नहीं लगता,'' वन विभाग का कर्मचारी होगा; विशेषज्ञ की तरह आवाज थी। जीप से उतरा था। अहाते के बाहर से इधर-उधर से वह तेंदुए को

निहार रहा था, ''इसे किसी भी तरह बचाना चाहिए'' वन्य-संरक्षण आन्दोलन से जुड़े किसी व्यक्ति ने कहा।

''अरे, प्राणी संग्रहालय के अधिकारियों को बुलाओ।'' अपनी सूझबूझ पर दाद की याचना करता कोई बोला।

फिर मोबाइल की बटनें चमकीं। कुतूहल गहराता गया। चीता पेड़ से झाँकता और घनी डालियों की तलाश में पेड़ का सर्वेक्षण करता ऊपर-नीचे घूमता।

छोटी क्लास के बच्चे अपनी साइकिलों, भरपूर बस्ते के बोझ का सन्तुलन बनाते एक झलक पाने के लिए अपने आपको तैयार करते और धड़कनों पर नियन्त्रण करते हुए आगे बढ़ने की कोशिश करते। पर लोग उन्हें पीछे धकेल देते।

भीड़ बढ़ती जा रही थी। कुतूहल बढ़ता जा रहा था। बातें बनती जा रही थीं।

''अरे, अभी तो सर्कस भी नहीं है... यह कहाँ से भाग आया?''

''चुप्प! आजकल चिड़ियाघरों की हालत बहुत खराब है... पढ़ा नहीं शेर-बाघों को गलत दवाइयाँ दी जा रही हैं, सरकारी अस्पतालों की तरह...''

''अरे नहीं भई, ये तो विषाक्त खाने के डर से भागा हुआ है।''

''खामोश... उधर देखो...'' किसी ने कहा ही था कि तेंदुआ बेचैन हो इधर-उधर ताकने लगा था। शायद छलाँग लगाये, इस सतर्कता में सब अपनी पतली गलियों की ताक में इधर-उधर झाँकने लगे थे। तभी किसी ने कहा, ''झाँसे में मत रहना यह जंगली और खूंखार लगता है। जिस पर भी झपटेगा, साफ कर देगा, भूखा भी लगता है।''

इस बीच प्राणि-संग्रहालय के अधिकारियों ने राहत की साँस ली। उनकी अपनी गिनती सही निकली। इसके कुछ दिन पहले उनकी गिनती में एक कम हो गया था। पर कोई खास बात नहीं—उसने अपने पिंजरे में ही दम तोड़ा था। वैसे भी उसमें भागने का दम ही कहाँ था। बीमारियों के नामों की भी क्या कमी थी! लेकिन वह बाघ इतना बदनसीब था कि आदमियों की तरह दो बार उसका पोस्टमार्टम करना पड़ा। पहली बार तो यह जानने के लिए कि किस विषाक्त खाने से वह मरा और दूसरी बार का कारण आदमी की राजनीति थी। अखबारों में यह बाघ बहुत छपा। फिर मरने के बाद भी उसकी चर्चा थी, ''नेताओं और अधिकारियों ने मिलकर बाघ की खाल बाँट ली।''

''उस बाघ के नाखून अधिक डालरों में बिके। एक एनआरआई ने खरीद लिये।''

''आपसी रंजिश के कारण प्राणि-संग्रहालय के ही किसी कर्मचारी ने मांस में जहर मिलाकर बाघ को मारा है।''

रोज कुछ न कुछ छपता।

मेयर ने निर्णय दिया, "बाघ को कब्र से निकाला जाए, दोबारा पोस्टमार्टम किया जाए। अफवाहों को दूर किया जाए।"

बेचारे बाघ के मृत शरीर की इतनी छीछालेदर होगी, उसने सपने में भी नहीं सोचा था। बाघ को कब्र से निकाला गया। शहर के कुछ पत्रकार, विरोधी दल के सदस्य, उच्चाधिकारी, वन्यप्राणिप्रेमी आदि लोगों ने देखा कि वे सब केवल अफवाहें थीं। सब लोग राजनीतिक दाँव खेल रहे थे। खबरों में तथ्य नहीं था। बाघ की खाल गल रही थी। उसे फिर दफना दिया गया। इस तरह रोज उगती खबरें फिर मिट्टी के नीचे दफन हो रही थीं। पर बाघ तो अपनी जान गँवा चुका था, जिसके लिए वह कतई दोषी नहीं था। यह बात कई दिनों तक प्राणि-संग्रहालय के मुख्य अधिकारी को सालती रही थी। क्योंकि यह नौकरी उसके लिए केवल पेशा नहीं थी, उसका अपना मनपसन्द काम भी था। वह प्राणियों में रमता था।

उसे जब मालूम हुआ कि एक तेंदुआ राह भटककर चर्च के पेड़ पर जा पहुँचा है तो वह तत्काल वहाँ भागा। अपने साथियों और साधनों से लैस होकर। मौके पर उसने देखा कि भीड़ के बीच कुछ पुलिस वाले उस चीते को गोली का निशाना बनाने की सोच रहे हैं।

कोई कहता है, "टाइम मत गँवाओ। गोली चलाओ।"

"प्रेस वाले कहाँ हैं।"

"अरे, जरा फोटोग्राफर भी देखना।"

"वीडियो वाले हैं कि नहीं?"

"शाम के 'न्यूज' में आना चाहिए।"

"अरे, सब तैयार हैं।"

"आजकल सब बिकता है। फोटो, वीडियो टेप।"

"सभी पहुँच गये हैं।"

"उन्होंने भीड़ और तेंदुए के फोटो भी उतार लिये हैं।"

"वे सब उतावले हो रहे हैं।"

"बस, गोली चले और वे एकदम सही वक्त पर कैमरा क्लिक करते रहें।"

इधर बन्दूक चलाने वाले 'शूटर' के दिमाग में किसी रजवाड़े में देखी वह तस्वीर उभर आती, जिसमें कोई राजकुमार बाघ को मारकर उसकी छाती पर पैर रखकर अपने साथियों के साथ बन्दूक पर हाथ टिकाये बड़े रौब के साथ खड़ा है। मन-ही-मन यह अदना-सा सिपाही उस फोटो के लिए फोटोग्राफर के जुगाड़ की चिन्ता में दिखाई दिया।

तभी प्राणि-संग्रहालय का मुख्य अधिकारी आ गया। पुलिसवालों को कह गया, "इसे कोई नहीं मारेगा। हम पकड़ेंगे।"

"यह अधिकार किसने दिया।"

"यह अधिकार हमारे पास पहले से ही है। यदि हम नहीं पकड़ पाये तो जिलाधिकारी पुलिस को कह सकते हैं।"

पुलिसवालों को लगा उनकी वर्दी ही किसी ने उतार ली।

सब एक-दूसरे का मुँह ताकने लगे, आफिसर ने निगाहें तेंदुए की ओर फैला दीं और प्राणि-संग्रहालय का मुख्य अधिकारी हरकत में आ गया। वन विभाग के लोग साथ हो लिये। पर्यावरणवादी भी कुछ सन्तुष्ट लगे।

पेड़ के नीचे तिरपाल तानी गयी। तेंदुए की दिशा में बन्दूक तानी गयी। उसे कुछ चुभते ही वह चिंघाड़ा। लोग सावधान हुए। थोड़ी ही देर में वह बेहोश होकर तिरपाल पर गिरा। बन्दूक के माध्यम से बेहोशी का इंजेक्शन उसकी दिशा में 'फायर' किया गया था।

दूसरे दिन अखबारों के मुख्य समाचारों में तेंदुए ने अपनी भरपूर जगह बना ली थी। फोटो भी छपे थे। कुछ बॉक्स कॉलम भी थे। कुछ रोचक बातें भी थीं।

"यह तेंदुआ तो रात ग्यारह बजे एक सुनसान सड़क पर एक कारवाले को दिखा था।"

"पास के बँगले के कुत्ते रात भर भौंकते रहे।"

"वह तेंदुआ शायद पालतू होगा। किसी पर हमला नहीं किया उसने..."

तरह-तरह की टिप्पणियाँ। पर्यावरण बचाओ आन्दोलन के सदस्यों ने कलेक्टर को ज्ञापन दिया कि इस तेंदुए को घने जंगल में छोड़ देना चाहिए, विविध विभागों के उच्चाधिकारियों की बैठक में तेंदुए का भविष्य तय किया जाना था। उधर तेंदुआ होश में आ गया था। डॉक्टर उसकी देखभाल कर रहे थे। उसे खाना दिया गया। परन्तु, विशेषज्ञ अभी भी तय नहीं कर पा रहे थे कि वह पालतू है या जंगली...!

जिस दिन तेंदुआ चर्च के अहाते में देखा गया था, उसी दिन पूरे शहर में एड्स सम्बन्धी जनजागरण रैली का आयोजन था। कार्यकर्ता अलग-अलग इलाकों में विशेषतः झोपड़ी-झुग्गियों और गन्दी बस्तियों में अलग-अलग कार्यक्रम कर रहे थे। नुक्कड़ नाटक थे। लोगों के छोटे-छोटे समूहों में बातचीत थी। बदनाम बस्तियों में लोक-जागृति अधिक महत्त्वपूर्ण थी। प्रचार माध्यमों को जोड़ा गया था। ताकि एड्स विरोधी मुहिम तेज की जा सके। पर, आयोजकों ने पाया कि उनके कार्यक्रमों में प्रचार माध्यमों के लोग आये ही नहीं। न फोटोग्राफर, न वीडियोवाले, इक्का-दुक्का पत्रकार जरूर थे।

दरअसल एड्स विरोधी कार्यकर्ता लोगों को समझा रहे थे कि एड्स कितना खतरनाक है। किस तरह फैलता है। कितना हिंस्त्र है। कैसे बचाव करें। किसी तेंदुए

की तरह वह झपटता है और देखते-देखते केवल आदमी को ही नहीं घर-परिवार और समाज को भी लील लेता है।

लोग सुन रहे थे। नुक्कड़ नाटक देख रहे थे। एड्स का नाम लेते ही नाक-भौं सिकोड़ रहे थे। उपहासात्मक मुस्कान भी कइयों के चेहरे पर थी। कार्यकर्ता अधिकांश कॉलेज के छात्र ही थे। पूरी तन्मयता से वे अपनी बात पहुँचाने की कोशिश कर रहे थे। लेकिन एड्स के इस तेंदुए के प्रति लोगों के मन में न तो कुतूहल था और न ही किसी प्रकार का खौफ... उधर चर्च के पेड़ पर बैठे तेंदुए के प्रति कितना आकर्षण और रोमांच था!

बस यही बात सुबह के अखबारों और टीवी चैनलों पर भी दिखाई दी। पूरे शहर में तेंदुए की चर्चा। चर्च भी चर्चा में आ गया था। दबे पाँव समाज-शहर में घुस कर एड्स के तेंदुए ने अब तक सैकड़ों लोगों का शिकार कर डाला था, पर लोगों का ध्यान उस ओर मुश्किल से ही गया।

अखबारों में किसी कोने में रैली की खबर छपी। सारी जगह तो तेंदुए ने घेर रखी थी। बेचारे इस तेंदुए के लिए अपनी जान बचाना बहुत भारी पड़ रहा था। उसे लेकर शहर में खलबली थी।

दूसरे दिन 'जू' में बहुत भीड़ थी—बच्चों की। नया तेंदुआ देखने आये थे वे। पर बच्चे तेंदुआ नहीं देख पाये। क्योंकि उस पर अब तक फैसला नहीं हो पाया था। बैठक शाम को थी। तब तक उसे एक पिंजड़े में रखा गया था। उसने कुछ खाया नहीं था, यह सबके लिए चिन्ता का विषय था।

दोपहर चार के आसपास एक फोर्ड कार रुकी थी—जू के पास। उसमें से एक युवक नीचे उतरा था। उसकी निगाहें भी शायद कहीं कुछ तलाश रही थीं। निराश होकर वह अपनी कार में बैठकर निकल गया।

एक पिता अपने बच्चे को नया तेंदुआ दिखाने आया था। इस कार को देखकर उसे कुछ हैरत हुई। उसे याद आया—

"यह कार तो रोज रात ग्यारह से बारह के बीच गाँधी चौक पर होती है... यहाँ इतना बड़ा आदमी क्यों आया होगा?"

"तेंदुआ देखने..." उसके 12 वर्षीय बेटे ने कहा था।

"पर वह तो अन्दर गया ही नहीं..."

"हमें भी क्या मिला भीतर जाकर! नया तेंदुआ तो हमने देखा ही नहीं।"

"हाँ, उसे बाहर ही मालूम हो गया होगा।"

बाप-बेटे अन्दाज-पर-अन्दाज लगाते हुए बातें करते हुए, बस स्टॉप तक पहुँच गये थे। पर बाप रह-रहकर उस कार वाले के बारे में सोचता रहा।

रात की बैठक में तय हुआ कि तेंदुए को शहर से दूर घने जंगल में छोड़ दिया

जाएगा। सुबह ग्यारह बजे का समय तय हुआ। सभी सम्बन्धित अधिकारी, वन विभाग के अधिकारी और 'पर्यावरण बचाओ' के सदस्यों की उपस्थिति में चिड़ियाघर से तेंदुआ घने जंगल की ओर रवाना कर दिया गया। सभी लोग इस बात पर सहमत थे कि वह पालतू नहीं था। क्योंकि ऐसा सोचने पर उसके मालिक की तलाश करने का एक अतिरिक्त काम आ जाता। यह बात चिड़ियाघर के मुख्य अधिकारी को लगी तो थी। पर वह इस झंझट में पड़ना नहीं चाह रहा था।

कल जो आदमी अपने बेटे को नया तेंदुआ दिखाने चिड़ियाघर लेकर गया था, वह अपना कोई काम निपटाकर देर रात घर लौट रहा था। उसे वही फोर्ड गाड़ी चौराहे के किनारे खड़ी दिखाई दी। वह गौर से देखने लगा—यूँ ही। एक आदमी पान की दुकान से गाड़ी की ओर बढ़ा। वह कार लपलपाते हुए सड़क से चिपककर तेजी से आगे बढ़ गयी।

रात के ग्यारह बज रहे थे। एक थ्री स्टार होटल के किनारे यह पान की दुकान थी। इसमें फाइव स्टार लोग ही आम तौर पर पान खाने आते हैं। कहते हैं यह पानवाला इन्कम टैक्स भी चुकाता है। बड़े-बड़े सेठों के यहाँ यहीं से पान जाता है। जैसे ही फोर्ड कार उसकी दुकान से आगे बढ़ी, यह आदमी उसके बारे में पान वाले से यूँ ही पूछताछ करने लगा,

"ये सज्जन कौन हैं?"

"आपको नहीं मालूम..."

"इसीलिए तो पूछ रहा हूँ।"

"अजी यह बहुत बड़े आदमी का बेटा है।"

"वह तो मालूम हो ही रहा है... फोर्ड कार है उसके पास..."

"शहर का बहुत बड़ा अमीर आदमी है। पर शहर से दूर आधे घंटे की दूरी पर पहाड़ियों में एक बड़ा फार्म हाउस है, वहाँ रहता है।"

"पर बड़ा अजीब आदमी है। बच्चों की तरह चिड़ियाघर देखने आया था कल। इसी कार में।"

"अच्छा... पर आज तो तीन दिन बाद आया था वह, पान खाने... वैसे रोज ही आता है। पान मेरे यहाँ से ही लेता है। कभी दूसरी दुकान पर नहीं जाता। बहुत गुमसुम रहता है। न कोई यार, न कोई उसका दोस्त है... कभी-कभी ड्रिंक्स लेता है। पर एकदम सन्तुलित। शायद आज भी लेकर आया था।"

"मुझे तो बड़ा रहस्यमय लगा था—उस दिन भी, आज भी।"

"रहस्यमय?"

"हाँ, अभी लगा कि कार में और कोई था। देखा नहीं, किस तरह इधर-उधर देखकर उसने काँच से पहले भीतर झाँका, फिर दरवाजा धीरे से खोलकर झट भीतर

घुस गया।''

''मेरा ध्यान तो नहीं था। पर तीन-चार दिन पहले वह अचानक दुकान से गाड़ी की ओर भागा था। कार का दरवाजा खुला था। मैंने यहाँ से गौर से देखा था। वह कार के भीतर गया। फिर बेचैन हो बाहर आया। इधर-उधर परेशान-सा देखता रहा। तुरन्त वहाँ से गायब भी हो गया।''

इतने में होटल से और तीन लोग बाहर आये। पान की दुकान के सामने थे। पान वाले ने कहा, ''अब तो बन्द करने का समय, कब का खत्म हो गया...''

''अरे लगा दे यार पान... और बन्द कर दे दुकान।''

''ठीक है,'' कहकर पानवाला पान बनाने लगा। आखिर बड़े लोग, बड़ा पान और बड़े नोटों की बात थी।

उन तीनों में से एक ने बात शुरू की—

''यार पार्टी जोरदार थी।''

''पार्टी से ज्यादा तो बातों का मजा आया।''

''बातों में क्या रखा है। बस, बात तो तेंदुए की जोरदार रही...'' कहकर तीनों ने एक-दूसरे की ओर देखा।

''किस तेंदुए की?'' अब दूसरा कुछ व्यंग्यात्मक मुद्रा में आ गया था।

पहले ने कहा, ''भीतर पार्टी में जिस आदमी की बात चल रही थी।''... फिर इधर-उधर देखकर बोला, ''वही जो अब कम्प्यूटर की एक बड़ी कम्पनी का मालिक भी बन गया है। हाई वे पर उसने एक बड़ा फार्म हाउस बनाया है। शहर का सारा काला पैसा फार्म हाउस के रास्ते सफेद कर लेता है। कोई खेती-वेती नहीं होती वहाँ। पर सारी इन्कम उधर से दिखाता है। अपने घुम्मे बेटे के लिए पोल्ट्री फार्म लगा दिया था। इसकी भी कोई खास इन्कम तो है नहीं। पर मजदूर हैं, जिन पर वह तेंदुए की तरह झपटता है। बात-बात में पिस्तौल चलाता है... और भी बहुत कुछ करता है। फोर्ड गाड़ी में चलता है...''

''पर हाई वे पर आज फार्म हाउस... करोड़ों की बात होगी। हमारे पापा ने ऐसा कुछ नहीं किया। बिजनेस के बाद बचा समय क्लब में टेबल टेनिस में गँवा दिया... नहीं तो...''

''चुप भी कर यार, बाप को क्या कोसता है। खुद कुछ कर...''

''पर हाई वे पर तो अब कभी नहीं मिलेगा...!''

''हाई वे का क्या रोना रोता है? सब डकैतियाँ हाई वे पर ही होती हैं। गाँवों के पीछे भी बहुत जमीन मिल सकती है... बोल खरीदेगा?''

''अरे कहाँ आ गये हम... खरीदने-बेचने की बात कल करेंगे।'' तीसरे को लगा कि उतरते सुरूर पर अहं का पारा चढ़ रहा है।

पहले वाले ने पान की दुकान के किनारे चुपचाप पान चबाते इन तीनों की बातें सुनने वाले आदमी की ओर देखा। फिर पानवाले को। पानवाला पान बनाने में व्यस्त लग रहा था। पर उसकी तीसरी आँख उन तीनों से होते हुए पूछताछ करने वाले आदमी पर टिक गयी, जो खामोश होकर बड़ी सतर्कता से सब सुन रहा था।

उन तीनों की बातों से लग रहा था कि वे फोर्ड कारवाले से अच्छी तरह परिचित हैं।

"अरे, यहीं वह रोज इसी वक्त आता है, फोर्ड कार में पान खाने और वापस आधे घंटे की ड्राइव करता है।" उनमें से एक जो अधिक जानता था, दूसरे दोनों को बता रहा था।

"उस दिन भी वह आया था। बाहर हल्की-सी बारिश थी—असमय, इसलिए जल्दी में उसने कार लॉक नहीं की... और दुर्घटना घट गयी।"

"तुम्हें कैसे मालूम?"

"हमारे बिजनेस लिंक्स हैं उनके साथ। यह सब निपटाने की जिम्मेदारी उन्होंने मेरे पिताजी पर सौंपी थी। पिताजी को उन लोगों ने सब कुछ बताया है। वह रोज तेंदुए को लेकर गाड़ी में घुमाता है। रात ग्यारह के बाद निकलता है और साढ़े बारह तक वापस आता है। उस दिन वह तेंदुआ पानी की टपटपाहट से बेचैन हो गया। उसने अपने पंजे कार के दरवाजे पर पटके। दरवाजा अचानक खुल गया और तेंदुआ भाग निकला। हालाँकि, वह उसके लिए बिल्कुल पालतू कुत्ते की तरह है। बुलाने पर भी आ जाता है। उसी ने बताया कि कार से बाहर निकलते ही तेंदुआ डरकर गली में छिपता हुआ आगे बढ़ गया। अब उसके लिए बहुत डर की बात थी। वाइल्ड लाइफ प्रोटेक्शन एक्ट के तहत उसे काफी सजा हो सकती थी।"

"फिर क्या उन्होंने यह शौक छोड़ दिया।"

"अरे नहीं, तेंदुआ सही सलामत फार्म हाउस में पहुँच चुका है।"

तीसरे के विस्मय का ठिकाना न रहा। उसे विराम देने के लिए पहले ने कहा, "इसके लिए उन्हें तीन लाख रुपये गिनने पड़े!"

□

गाज

बजट का दूसरा दिन था।

ट्रेन के फर्स्ट क्लास में जाने-पहचाने, अनजाने लोगों के बीच चर्चा छिड़ गयी थी—बजट पर। 'मारुति अब चालीस हजार से महँगी! यह क्या हुआ! मजाक है। कोई बोल नहीं सकता तो जड़ समेत खा गये...'

तभी ट्रेन रुक गयी। चर्चा में कोई खास खलल नहीं। परन्तु जब घड़ी के काँटे घूमने लगे तो लोगों ने खिड़की से बाहर झाँकना शुरू किया। बाहर क्या झाँकते, काँच लगा था। बस बारिश का लहराना और झूमना देखकर कइयों ने बहस से हाथ खींच लिया और बेचैन लगने लगे। आज बम्बई आना बेकार तो नहीं होगा...

अचानक एक ने बैठे-बैठे एक कारण पा लिया। 'यूरेका-यूरेका-सा' आनन्द अपने गालों में समाये उगल पड़ा— 'एक तो ये झोपड़ी-झुग्गियाँ और ऊपर से बारिश... वह भी धुआँधार। इन झोपड़ियों के कारण पानी कहीं निकल ही नहीं पाता और पटरियों पर पसर जाता है। बस, रुक जाती है ट्रेन... आप भरते रहो मारुति के लिए अधिक चालीस हजार ट्रेन नहीं चलेगी।'

दूर तक झाँकने के हिसाब से दरवाजे पर आ गये लोग। तो देखा कि दूर तक ट्रेनें-ही-ट्रेनें। लोकल, बाहर की ट्रेनें। दो घंटे हो गये। ट्रेन है कि चलने का नाम ही नहीं लेती।

यह ट्रेन झोपड़ी-झुग्गियों के ठीक सामने है। बारिश की मार सब पर पड़ रही है। झोपड़ी पर टीन से पानी सरकता हुआ कनस्तर और प्लास्टिक के ड्रमों में गिर रहा है। लोगों को काम तो था नहीं। लगे झाँकने झुग्गियों के भीतर। एक कोने में रखे स्टोव की रोशनी दरार चीर कर बाहर आ रही थी। झोपड़ी क्या थी चार गज जमीं थी। जिसकी दो गज में एक आदमी सो रहा था। क्या नींद थी! इतना कोलाहल, बारिश और ऊपर से महँगाई। पर वह सो रहा था। शायद रात पाली से लौटा होगा। उसी के ऊपर एक साड़ी से बनाये झूले से जब भी रोने की आवाज आती एक रस्सी यन्त्रवत् खिंच जाती और झूला, झूलने लगता... रोने की आवाज धीरे-धीरे नींद में बदल जाती।

उस झोपड़ी के दरवाजे पर गृह-स्वामिनी कपड़े धो रही थी। यह भी कोई

वक्त है, कपड़े धोने का। इतनी बरसात में सुखाएगी कहाँ! पर वह कपड़े धो रही है। कपड़े धोते हुए उसके हाथों में बच्चे के रोने की रस्सी भी है, स्टोव पर दाल भी और दिमाग में न जाने क्या... क्या। पर वह ट्रेन की ओर देखकर सोचती है, दुःख उसके अकेले के ही हिस्से में नहीं है। पाँच घंटे से ट्रेन उसके दरवाजे पर रुकी है। कितने बेहाल हैं लोग! लोग हैं कि उसकी ओर निगाह दौड़ाये बिना ही या तो घड़ी देखते हैं या पटरियों से रेंगते हुए सरकार और रेलवे को कोसते हुए अपने छाते को उलटने से रोकते हुए दफ्तर की ओर अनचाहे ही बढ़ने का यत्न करते हैं—'आज एक सी.एल. तो गयी और बारिश झेली, सो ऊपर से।'

ट्रेन है कि आगे बढ़ने का नाम ही नहीं लेती। वह कपड़े फींचते-फींचते जब ट्रेन पर नजर दौड़ाती है, तो सिहर जाती है। आधी ट्रेन तो खाली हो गयी। बाकी लोग दरवाजे पर सिमट आये हैं। पर पटरियाँ तो पानी में डूब चुकी हैं। उसे लगा सारे लोग उसी को देख रहे हैं और कोस रहे हैं। जैसे वही इस ट्रेन रुकने की एक मात्र जिम्मेदार है। वह बार-बार नजर उठाकर देखती है और सिहर जाती है कि लोग कितने परेशान हैं और सब उसी को कोस रहे हैं। उसे भला क्यों कोसेंगे। उसने क्या किया है। ट्रेन के रुकने में उसका भला क्या दोष है। पर पता नहीं ऐसा क्यों लगता है उसे!

उसे साफ-साफ तो कुछ नजर नहीं आता। पर एक घटना उसकी आँखों में अब भी ताजा रहती है। हमेशा। हर प्रसंग में। शायद गाँव में, जमींदार की भैंस खेत में गाज गिरने से मर गयी। जमींदार की अच्छी भैंसों में से एक थी वह। जमींदार दुःखी कम, क्रोधित अधिक हुआ। क्रोध का कारण तो कुछ नहीं था। बात तो दुःख की ही थी। उसे अधिक कुछ समझ नहीं पड़ता था—उस बचपन में। इसलिए उस घटना ने शायद घर ही बना डाला उसके अस्तित्व में। जमींदार के दुःख और क्रोध को समझते हुए उसके आदमियों ने आसपास नजर दौड़ायी। गालियाँ बकने लगे कि भैंस को बचाया जा सकता था।

उसका बाप उस खेत पर मजदूर था। उसकी सबसे प्रिय भैंस थी वह। वह जमींदार से भी ज्यादा उस भैंस की देखभाल करता और आज वह गाज की चपेट में आकर ढेर हो गयी। वह बाल-बाल बचा। भैंस का गम उसे भीतर-ही-भीतर खाये जा रहा था। तभी जमींदार ने उस पर नजर दौड़ायी और उसके आदमी इस बूढ़े पर टूट पड़े... जितना उसे पीट सकते थे पीटते रहे। फिर भी जब जमींदार को लगा कि उसका घाटा पूरा नहीं होगा तब उसने उसे काम से हटा दिया। इतना मारने पर भी उसने उफ् न किया था। पर जब काम से हटाया गया तो वह गिड़गिड़ा उठा। हाथ-पाँव जोड़े। माँ-बाप जमींदार ने एक न सुनी और उसे काम से अलग कर दिया। उस दिन उसे लगा कि गाज भैंस पर नहीं उस पर गिरी थी। भैंस तो मर

कर मुक्त हो गयी। पर वह तो मर भी रहा है और मुक्त भी नहीं हो पाता...।

उस रात जब वह अपने घर लौटा तो उसे लगा कि उसका सारा शरीर गाजग्रस्त है। बिजली-ही-बिजली कौंध रही है, फिर भी वह चल रहा है, साँस चल रही है। उसकी आँखों में वह मरी भैंस अब दुख का उतना कारण नहीं रह गयी थी। उसे अपनी बेटी की जिन्दगी की चिन्ता थी। उसकी बेटी की नन्ही-नन्ही पुतलियाँ उसकी आँखों का बोझ नहीं उठा पा रही थीं। उसकी बेटी अपने बाप की हालत देख-देखकर सहमती जा रही थी। उसके बाप के शरीर में सचमुच बिजली घुस गयी थी। भयंकर बुखार था उसके शरीर में। पता नहीं कितना पीटा गया था उसे! उसके हड्डी और शरीर में इतनी पीड़ा थी कि यह बताना मुश्किल था कि अमुक जगह दर्द है। पता नहीं वह घर तक कैसे आ गया! अब तो पानी पीने को भी नहीं उठ सकता। बारिश है कि थमने का नाम ही नहीं लेती। बुखार है कि चढ़ता ही जा रहा है। आँखों में खून के थक्के उतर आये और उसकी डबडबायी आँखें अपनी बेटी को देखकर अचानक थिर हो गयीं... आज भी यह दृश्य उसकी आँखों से ओझल नहीं होता।

मेरा कोई दोष नहीं। ट्रेन रुकती है तो रुके। लोग मुझे कोसते हैं तो कोसें, तभी झूले की रस्सी हिली। उसके आदमी ने फिर करवट बदली। ट्रेन का क्या है रुकती ही रहेगी। आज भरपूर बारिश है। कपड़े ढंग से साफ होंगे। नहीं तो सारे कपड़े गटर के पानी से ही धोने पड़ते हैं। आज कितना सुख है पानी का! भूख का क्या है, कभी भी उग आएगी। पर इतना साफ पानी कभी-कभी ही बरसता है। फिर कितने दिनों से साफ पानी में कपड़े नहीं निचोड़े... ट्रेन का क्या रुकती रहेगी... चलती रहेगी। वह अपनी झोपड़ी के दरवाजे पर जमकर बैठ गयी और पानी की धार नल की तरह उसके कपड़ों पर बरस रही थी। वह खुश थी। पानी बरसता रहा...। ट्रेन रुकी रही...। वह कपड़े धोती रही...।

□

साहब फिर कब आएँगे माँ!

रिसेप्शन से मैनेजर के लिए फोन था—कलेक्टर ऑफिस से।... अब क्या है? मैनेजर मन-ही-मन बुदबुदाया। यह सुबह से पाँचवाँ फोन था। हर फोन कोई-न-कोई परिवर्तन लेकर आता, परन्तु झल्लाहट को औपचारिकता इस कदर ढँके रहती कि उस छोर पर कोई बात जाहिर न होती। व्यावसायिक मृदुभाषा। और इतने बड़े ग्राहक को सिर पर उठाने के अलावा मैनेजर के पास और विकल्प भी क्या था! "हैलो... मैनेजर स्पीकिंग... होटल गोल्डन गेट...।"

"देखिए, मेनू में एक खास परिवर्तन करना है...।"

"लेकिन साब... कल से तीन बार तो चेंज हो गया है...।"

"यह आखिरी होगा, पर बहुत जरूरी है...। दरअसल कल की मीटिंग में मुख्यमन्त्री भी आएँगे। इसलिए उनका लंच भी वहीं होगा...।"

"सर, हम सारी व्यवस्था कर लेंगे... सिर्फ सिक्योरिटी के बारे में आप ठीक से...।"

"सिक्योरिटी तो हम देखेंगे ही, पर लंच के बारे में मन्त्रालय से खास हिदायतें हैं। इसे ठीक से नोट कीजिए।" कलेक्टर का पी.ए. पूरी अधिकार-वाणी से बोल रहा था।

मैनेजर के पैड पर दो शब्द उभरे 'मक्के की रोटी' और 'सरसों का साग'। इसी के साथ तेल की, मिर्च की मात्रा... और सब कुछ बिल्कुल सादा!

'गोल्डन गेट' के मैनेजर ने 'यस सर' इतनी बार कहा कि हिदायतों की संख्या आसानी से गिनी जा सकती थी। मैनेजर तो था ही इसी काम के लिए। वैसे मुख्यमन्त्री जैसा मेहमान उसके होटल में पहली बार आ रहा था। इसका लाभ पब्लिसिटी के लिए भी होगा। मुख्यमन्त्री हैं तो कोई घोषणा भी होगी। उसके होटल का नाम दूर-दूर तक गूँजेगा, बिना किसी खर्च के...

मैनेजर के आदेश थे कि सब कुछ ठीक से होना चाहिए। होटल के मालिक भी इस व्यवस्था को लेकर सतर्क थे। आखिर मन्त्रालय से उनके सम्पर्क हैं, जिनके कारण यह मीटिंग उनके होटल में हो रही है। दूसरे उन्होंने युक्ति सुझायी कि किसी और होटल से इसका इन्तजाम किया जाए, लेकिन इससे दूसरे होटल को इसका

श्रेय जा सकता था या इसका अपप्रचार भी हो सकता था। होटल की अपनी प्रतिष्ठा है और आजकल अखबार भी... ओफ... इनको सामग्री पता नहीं क्यों नहीं मिल पाती! वे ऐसी बातें जरूर छाप देते हैं। आखिर वहाँ पत्रकार भी होंगे। कोई विरोधी उनके कान में यह डाल सकता है।

इतने में मुख्य रसोइये ने मैनेजर से मुलाकात की। प्रसन्न था वह। विजयी मुस्कान बता रही थी कि उसने कोई समाधान पा लिया है, "सर, बात बन जाएगी... मैंने मंगली से बात की..."

मैनेजर ने चौंककर पूछा, "यह मंगली कौन है?"

"सर वो बर्तन माँजनेवाली।"

"आप निश्चिन्त रहें सर... सब इन्तजाम हो जाएगा।"

मैनेजर ने तुरन्त होटल मालिक को बताया और सबने राहत की साँस ली।

आज मंगली की स्थिति होटल के 'सेफ' की तरह हो गयी। अचानक महत्त्व मिलने पर वह कुछ हड़बड़ायी। आज उसे खाना पकाना है। किसके लिए, उसे नहीं मालूम, पर आज उसकी जरूरत महसूस हुई, इससे उसे बहुत अच्छा लगा। प्रसन्न हुई वरना होटल के पिछवाड़े ढेरों बर्तनों के बीच वह अपनी साथिनों के साथ बर्तन माँजती रहती और जूठन की भी मोहताज रहती। प्लेटें उठानेवाले बेयरों तक ही सारा अच्छा जूठन गायब हो जाता, आज तो वह खुद पकाएगी, लेकिन उस पर रसोइयों को विश्वास नहीं था कि वह मुख्य मेहमान को सचमुच खुश कर सकेगी, परन्तु मंगली में आत्मविश्वास था।

मंगली को सारा सामान मुहैया किया गया। कल सुबह खास मेहमान के भोजन का भार उस पर था। इसलिए अचानक आज उसकी हैसियत बढ़ गयी थी। आज काम करते हुए किसी ने उसे नहीं डाँटा। रात को घर लौटते समय उसे भोजन दिया गया। उसने नहीं खाया। छोटे बेटे की याद आ गयी। बँधवा लिया उसने पूरा भोजन। आज अचानक अपने लिए इतना सम्मान पाकर वह फूली नहीं समा रही थी। हालाँकि उसे बचा भोजन ही दिया गया था, पर इससे क्या फर्क पड़ेगा। वह कितने दिनों बाद अपने बच्चों को ठीक से खिला पाएगी और इतना बढ़िया खाना पाकर वे कितने खुश होंगे!

होटल से निकलते समय उसे कितनी बार हिदायतें दी गयीं। वह चुपचाप सुन रही थी। जिसे आज तक रसोई में घुसने न दिया हो, उसे कल भोजन बनाना है—मके की रोटी और साग...

उसने सबको अपनी ओर से आश्वस्त किया। आश्वस्त क्या करना था। बस, गर्दन झुकाकर हामी भरनी थी।

भोजन का प्लास्टिक का बैग हाथों में लेकर कितनी प्रसन्न थी वह। उसके

पैर अचानक पंख लगने लगे उसे। घर की ओर तेज कदमों से निकली वह। बार-बार प्लास्टिक की थैली को ठीक से टटोलती— इसमें क्या-क्या होगा... कितना होगा। तीनों बच्चों को पूरा पड़ेगा या नहीं... पता नहीं किस-किस बात का अन्दाज लगाकर वह अपनी झोंपड़ी की ओर चल पड़ी।

होटल से बाहर की दुनिया उसके लिए चिर-परिचित है। बिल्कुल बाहर ही भिखारियों की भूखी आँखें देखने का उसे मौका नहीं मिलता। आज भिखारियों की ओर उसने देखा, परन्तु भिखारी उसकी ओर क्यों देखते? वे अपने ग्राहक तलाशने में जुटे थे। दूसरे लोगों को देखते ही भिखारियों का हुजूम अपना राग अलापने लगता। प्लास्टिक की थैली को उसने कब पोटली बना लिया, उसे भी नहीं मालूम। बगल में मजबूती के साथ उसने दबा लिया। अचानक ही उसके मन में आया कि कोई इसे झपट ले तो वह क्या कर लेगी, परन्तु किसी भिखारी ने उसकी ओर देखा तक नहीं। फिर भी उसके कदमों में एक बेचैनी थी, जल्दी घर पहुँचने की। आज उसका आदमी भी नहीं घर पर। वह चौकीदार है और आज उसकी रात-पाली है। कितना अच्छा होता, वह भी आज घर पर होता। बस, खाने का दृश्य ही उसकी आँखों के सामने घूम-घूम जाता।

रास्ते में कई-कई बार उसके दिमाग में मक्के की रोटी और सरसों के साग को बेहतर ढंग से बनाने के विचार उभरते, परन्तु वे ज्यादा देर तक न टिकते। बच्चों के चेहरे दिमाग में उभरते ही उन्हें बगल में दबाया खाना खाते वह देखती होती। गन्ध भी कम अच्छी नहीं थी।

बहुत दिन बाद उसे अपना ही घर दूर लगने लगा। कितनी देर से चल रही है वह! रोज घर जाते समय उसके मन पर बोझ होता, खाना बनाने का। बच्चे आसपास से लकड़ियाँ चुन लाते थे। आदमी अक्सर शराब पीकर आता। घर में खाने की रोज किल्लत। घर पहुँचने पर बच्चों का किसी से झगड़ा। उसका काम से लौटना— एक थका शरीर और अभावग्रस्त निराशा के अलावा कुछ न होता। इसलिए घर भी कम शक्ति का चुम्बक ही होता। वह भारी कदमों से घर की ओर निकलती पर आज स्थिति उल्टी थी। घर भाग रहा था उससे और वह उतावली हो रही थी, घर पहुँचने के लिए।

घर पहुँची और छोटे बेटे को बेतहाशा चूमने लगी। दो साल का होगा। उसे छह साल की बेटी सँभालती है। दस साल का बड़ा बेटा पिछले दिनों से होटल के एक ठेले पर काम करता है। पानी और चाय पहुँचाता है वह। अभी तक वह घर नहीं लौटा था। पहाड़ की तराई पर बसी यह झोंपड़पट्टी बहुत घनी थी। उसने झट टीन का दरवाजा खींच लिया और ढिबरी जलाकर दोनों बच्चों को दुलारने लगी। थैली खोली तो उसमें काफी खाना था, परन्तु इतना भी नहीं था कि पाँचों के लिए

पूरा पड़े। फिर भी उसने थोड़ी मिठाईनुमा चीजें निकालकर अलग रख दीं, अपने आदमी और बड़े बेटे के लिए। कुछ पुलाव और रोटी-साग दोनों बच्चों को परोसा। ऐसी रोटी की गन्ध बच्चों को पहली बार करीब से मिल रही थी। उसे तो फिर भी कभी-कभी कुछ मिल जाता था होटल में, पर चीजें खराब हो जाने पर ही उस तक पहुँच पातीं।

बड़े बेटे के आने तक वह जागती रही। उसी के साथ थोड़ा खाना खाया। बेटा थका हुआ था। खाना खाते ही सो गया। अब वह अकेली रह गयी। बच्चे खाकर सो गये। उनके चेहरे का सन्तोष उसे सुख दे रहा था। अब उसके दिमाग में कल के भोजन का एक-एक दृश्य घूमने लगा।

पति के न होने के कारण वह खाना भी न खा पायी। बच्चों के साथ चखा बस, उतना ही। अकेले खाना उसे कुछ अपराध-सा लगने लगा। सुबह जल्दी उठने की मजबूरी में वह आज जल्दी सोना चाहती थी। आज सुबह का बचा-खुचा खाकर वह भी सोने की कोशिश करने लगी। आज उसे खाना नहीं बनाना पड़ा, यह उसके लिए कम सुखद नहीं था।

आज की रात भी समूची झोंपड़पट्टी में कहीं न कहीं गाली-गलौज, झगड़ा-फसाद और चीखने-चिल्लाने की आवाजें उठ रही थीं। उसके लिए पड़ोस में शराब पीकर पति द्वारा पिटती पत्नी का प्रतिकार और पति की गालियाँ कोई नयी नहीं थीं। ऐसी घटनाएँ उसकी झोंपड़ी में भी उठती हैं कभी-कभार। कोई ऐसे झगड़ों में दखल नहीं देता। सब कुछ अपने आप ही शान्त हो जाता है। उसे कब नींद लग गयी, पता ही नहीं चला। वह नींद में भी कुछ बुदबुदा रही थी। उसके चेहरे पर आज सुबह के लिए खौफ नहीं, एक जिज्ञासा थी। उसे याद नहीं पड़ता कभी जिज्ञासा लेकर वह सोई हो, पर आज उसके चेहरे पर जिज्ञासा के भाव थे। आँखें जितनी गहरी मुँदी थीं, दिमाग उतने ही रंगीन दृश्य बटोरने लगा था... सरसों का साग और मके की रोटी बड़े साहब को खूब पसन्द आयीं। सब खुश हुए, सभी उसी की चर्चा करने लगे। होटल में यह भोजन हमेशा के लिए चल निकला... और वह स्थायी तौर पर वहाँ रसोइये की हैसियत से रख ली गयी। बच्चों को खाने की किल्लत नहीं है। उसके आदमी ने बहुत मिन्नतों के बाद पीना छोड़ दिया है। बड़ा बेटा अब पास के नगरपालिका स्कूल में पढ़ने जाने लगा है। उसकी झोंपड़ी अब कोई नहीं उजाड़ सकता। अब तो नल और बिजली के कनेक्शन भी आ गये हैं। देखते-देखते शहर में 'गोल्डन गेट' का पर्याय सरसों का साग हो गया है... उसे अपने इस हुनर पर गर्व हुआ... उसने करवट बदली और कानों ने पानी के लिए बर्तन टकराती आवाजें सुनीं।

हड़बड़ाकर उठी वह। देर तो नहीं हो गयी? पर नहीं, अभी तो सूरज भी नहीं

उगा है।

नहा-धोकर वह होटल पहुँच चुकी थी, पर होटल सुनसान था। कोई बात नहीं, वह इन्तजार कर लेगी।

थोड़ी ही देर में पूरे होटल परिसर को पुलिस के हवाले कर दिया गया। दस बजे से ही भीड़ शुरू हो गयी थी। दरअसल लघु उद्योग पर राज्य स्तर की एक मीटिंग मुख्यमन्त्री की अध्यक्षता में ही होनी थी, पर किसी कारणवश वे नहीं आ रहे थे, लेकिन समय पर उनकी उपस्थिति से कई प्रकार के परिवर्तन करने पड़े। मुख्यमन्त्री के आते ही पूरा होटल ज्यों चुम्बक की तरह उसकी ओर मुड़ गया। मुख्यमन्त्री अपने पाइप से धुआँ उड़ाते किसी स्थानीय नेता से बात कर रहे थे। हॉल में गहमागहमी थी।

मुख्यमन्त्री ने अपना भाषण दिया। कोई दस मिनट वे बोले होंगे। इसमें से पाँच मिनट स्थानीय नेताओं की प्रशंसा में निकल गये। पाँच मिनट से यही संकेत मिला कि लघु उद्योगों को प्रोत्साहन मिलना चाहिए। गरीबों का उत्थान होना चाहिए। फिर अचानक वे 'गैट' पर भी कुछ बोले, परन्तु इसके बारे में कुछ भी किसी को स्पष्ट नहीं हुआ।

छुटभैये नेता मुख्यमन्त्री के साथ फोटो खिचवाने में अपना सारा अस्तित्व ही दाँव पर लगा रहे थे। कोई समस्या के कागज उन्हें थमाता, कोई कान में कुछ कहता लगता... कोई और करीब आने की कोशिश करता। मुख्यमन्त्री सबके साथ भोजन लेने लगे। हालाँकि उनके लिए अलग से व्यवस्था की गयी थी।

फिर अचानक उन्होंने होटल मैनेजर को बुलवाया। मैनेजर वहीं मँडरा रहा था। मुख्यमन्त्री ने मके की रोटी और सरसों के साग की भरपूर तारीफ की। यहाँ तक कहा कि बरसों बाद इतना मनपसन्द खाना बना है। मुख्य रसोइया 'थैंक्स' की रट लगा रहा था।

मुख्यमन्त्री द्वारा प्लेट रखते ही सरकारी अधिकारियों की प्लेटें भी नीचे आने लगीं।

सब लोग मुस्तैदी से होटल के बाहर जमा हो गये थे। मुख्यमन्त्री पाइप से धुआँ उगलते गोल्डन गेट से बाहर निकल चुके थे। आयोजकों को छोड़कर सभी जाने की तैयारी में थे।

मंगली की बड़ी इच्छा थी, बड़े साहब को देखने की, परन्तु वह नहीं देख पायी। हाँ, मुख्य रसोइया आया। बहुत खुश था। उसने मंगली को पचास रुपये दिये। जिस टोकरे में मंगली सरसों का साग लायी थी, वह टोकरी भी उसने भर दी थी— रोटियाँ, पुलाव और साग-भाजी, सब एक साथ मिल गया था। निकलते समय वह मुख्य रसोइये से मिलना चाहती थी, परन्तु वह जा चुका था।

वह भी अपना टोकरा उठाकर होटल से निकल पड़ी। पूर्ववत अनजान और अपरिचित।

घर पहुँची तो देखा— छह साल की बेटी उसका बेसब्री से इन्तजार कर रही है। टोकरा उतार कर झोंपड़ी में रखते ही वह सारे सने हुए भोजन से अपनी मनपसन्द चीजें निकाल रही थी। नन्हा बेटा भी टोकरी पकड़कर खड़ा था।

वह कहना चाह रही थी, ''अरे, कुछ धीरज रखो,'' पर वह कुछ नहीं कह पायी। वहीं बैठ गयी। बच्चे दोनों टोकरी से चीजें निकालकर खा रहे थे। आज भरपूर था, इसलिए अलग निकालने की आवश्यकता उसने महसूस नहीं की। सिर्फ डर था, कहीं रात तक खराब न हो जाए। आज भी उसकी इच्छा नहीं थी खाने की, पर भूख लगी थी। उसने भी बाद में बच्चों के साथ उस टोकरे से खाया।

रात में उसने बच्चों को बताया था, ''होटल में बहुत बड़े साहब आएँगे। उनके लिए खास भोजन बनेगा...।''

बच्चों का पेट भर गया था। वे टोकरे से अलग हो गये। घड़े से पानी पिया। एक गिलास पानी मंगली को देते हुए उसकी छह साल की बेटी ने पूछा, ''माँ, साहब फिर कब आएँगे?''

□

श्रवण कुमार का अन्त

श्रवण कुमार अपने मुहल्ले का सबसे चर्चित आदमी। कई लोगों के लिए वह दयनीय था, तो कई लोगों के लिए हँसी-मजाक का विषय। मैं सोचता इसका अन्त बहुत खतरनाक होगा। या तो वह दो-चार को मार डालेगा या आत्महत्या कर लेगा।

श्रवण कुमार परिवार का बड़ा बेटा था। बुद्धिमान, कुशाग्र, परीक्षाओं में आगे। आसानी से नौकरी पाने का भाग्य था उसका। परिवार के लिए अत्यधिक सचेत। कभी-कभी तो लगता, वह उस परिवार का मुखिया है। पिता को भी किसी बात की चिन्ता न थी। श्रवण कुमार युवा होता जाता। उसका बाप, बच्चे पैदा करता रहता। कभी-कभी उसे शर्म आती, अपने बाप पर। अब तक उसकी शादी हो जानी चाहिए थी और भाई-बहन चले आ रहे हैं। बाप चिन्ता करता तो सिर्फ इस बात की— 'पैसे नहीं पूरे पड़ते।' वह अनाज का व्यापारी था। श्रवण कुमार को व्यापार में कोई रुचि न थी। वह ज्ञान का भूखा था। वह पढ़ता गया, पढ़ता गया। उसे मैडल भी मिले। पर बाप उससे आर्थिक मदद चाहता। उसे जब नौकरी लगी बाप खुश हो गया।

एक दिन श्रवण की शादी हो गयी। श्रवण ने जीवन के बारे में कभी सोचा ही नहीं। वह जीवनसंगिनी के बारे में क्या सोचता? हाँ, कुछ सपने अवश्य थे उसके। वह भी आम युवकों की तरह वैवाहिक जीवन के सपने। पर शादी हुई और घर महाभारत का मैदान बन गया। श्रवण कुमार ने अपनी माँ का सास-अवतार देखा। फिर भी वह अपनी बीवी को दोषी पाता। उसने घर पर कभी विरोध नहीं दर्शाया। अलबत्ता, अपनी बीवी को खूब फटकारता। खाते-पीते घर से आयी उसकी बीवी यहाँ आकर काफी घुटन पाती। फिर भी वह श्रवण कुमार के सामने मुँह न खोलती। कुछ न बोलती। उदास रहती। चुपचाप घर का काम करती रहती।

श्रवण कुमार मास्टर था। घर आते-आते छोटे भाई को प्राइमरी स्कूल से लेते आता। साइकिल पर। घर आते ही उसे लगता वह चक्रव्यूह से घिर गया। सभी तरफ तीखी चुप्पी। बीवी उसकी तरफ न देखती न बोलती। माँ बर्तन पटकती। बहन अपनी भाभी की शिकायतें करती। श्रवण महसूस करता शादी के बाद उसका घर तनावपूर्ण हो गया है। उसे समझ नहीं पड़ता कि वह शादी के लिए राजी ही

क्यों हुआ? वह चाहता बीवी सहन करे। घर के लोग नरमाई से पेश आएँ। पर कुछ न होता। पिताजी कहते– 'यह घर नहीं, नर्क हो गया।' माँ अलग कुढ़ती– 'किलकारियाँ सुनना नसीब नहीं, नाजो-नखरे उठाते रहो।' और अगले साल फिर उसके एक भाई ने धरती को छुआ। घर में किलकारियाँ-ही-किलकारियाँ। इस सबके बीच श्रवण की आकांक्षा, उम्मीद हवा हो जाती। यह भी कोई बात हुई कि बहू, सास की जचकी की सेवा में लगे। श्रवण कुमार मारे शर्म के पानी-पानी हो जाता। बीवी की तिरछी निगाहें उसे पीट डालतीं। बाप काम-धन्धे पर सुबह ही निकल जाता। श्रवण देर रात तक ट्यूशनें निपटाकर घर आता। थककर चूर-चूर आकर सोचता कि बीवी का स्नेह उसे ले उड़े। पर बीवी बर्तन माँजती होती। माँ कराहती होती। सिर पर कपड़ा बँधा होता। सारे कमरे में बाम की तीखी गन्ध। आते ही छोटे भाई-बहन लिपट जाते। बाप, जो सोने की मुद्रा में होता, श्रवण कुमार के आते ही खँखारता। बेटा, खाने के बाद बच्चों को जरा रामायण की दो-चार चौपाइयाँ सुना देना।

श्रवण खाना खाकर अगले दिन के लेक्चर की तैयारी करता। ऊँची आवाज में रामायण के दोहे-चौपाई गाता। पड़ोसी कहते—बेटा हो तो ऐसा। और बीवी भीतर कुढ़ती रहती। वह कहना चाहता कभी-कभी रामायण पढ़ ले, जरा अक्ल आ जाएगी। पर वह कुछ न कह पाता। राम के साथ सीता के प्रसंगों में वह रामायण पढ़ते-पढ़ते उदास हो जाता। अपने भीतर राम को तो वह बहुत जगह पाता। बीवी उसके कमरे में सोने की बजाय सास के हाथ-पैर दबाते सो जाती। जहाँ उसकी जवान बहनें भी सोयी होतीं। वह वहाँ कोई पुल न बना पाता। शायद उसकी बीवी जानबूझकर वहीं सोती ताकि श्रवण कुमार को दंड मिले। श्रवण कोई उपन्यास के पन्ने पलटता और देर रात गये सोचते-सोचते उसकी आँखें लग जातीं। सुबह लड़के ट्यूशन के लिए हाजिर। बीवी चौके में व्यस्त। बाप नाश्ता कर बाजार रवाना। वह जल्दी चाय के लिए बीवी पर झपटता। शायद रात का गुस्सा हो। माँ-बहनें खर्राटे से सोती होतीं। उसकी आवाज से ही जाग उठतीं। उसका क्षणिक एकान्त भी शहीद हो जाता। बीवी खाना बनाने में व्यस्त। श्रवण ट्यूशनों में।

भीतर किसी बात को लेकर माँ चिल्लाती। बीवी चुपचाप काम करती। श्रवण से रहा न जाता, वह भीतर जाता। कुछ कहा न जाता। माँ चावल चुनती होती। बीवी कपड़े पीटती होती। वह चुपचाप वापस चला आता। अपने विद्यार्थियों से कहता— 'बाकी कल।' बच्चे चले जाते। पूरा घर किसी मौन युद्ध में व्यस्त। सिर्फ माँ बुदबुदाती रहती। बहनें हामी भरती रहतीं। बीवी कोयले की सिगड़ी का दूसरा दौर सुलगाती। उसकी आँखों की पुतलियाँ काली हो गयी हैं। शायद वह सोयी नहीं। चिन्ता में है। कैसे चलेगा ऐसे। आँखें लाल हैं, गुस्सा है। दुःख है। रोयी है। परेशान

है। इन्हीं आँखों ने कितने सपने देखे होंगे, शायद सपनों का खून, आँखों में उतर आया हो। श्रवण कुमार यह सब देखकर सोचता— क्या यही गृहस्थी है। किचन की तरफ जाता। शायद बीवी एक बार पूछे— चाय बनाऊँ, थोड़ी-सी। पर नहीं, वह झटके से साग छौंकती होती। माँ लम्बी छींक छोड़ती— 'जरा मिर्ची तो कम डाला कर। मालूम नहीं? कितनी महँगी हो गयी है! महीने का सामान बीस दिन में ही खत्म कर डालती है।' वह चुपचाप लाइब्रेरी निकल जाता। पढ़ा न जाता उससे। चित्र देखते रहता। नेताओं की खबरें पढ़ता। चटपटी खबरें। मित्रों के यहाँ जाना बहुत कम हो गया है। उसी के मन में डर होता। मित्र उसके बारे में भला-बुरा कहते होंगे। चुपचाप आता। खाना खाता। स्कूल रवाना।

स्कूल में बच्चे उसकी बहुत सुनते। वह मन लगाकर पढ़ाता। दूसरे मास्टर उसकी इस सफलता पर जलते। फिर उसके घर की पोल खोलते। अपने अहं की तुष्टि करते। पिछले दिनों उसने एम.काम. किया। मेरिट में आया। खुश खबरी। मिठाई देने जब स्टाफ में गया तो एक ने चुटकी ली— 'शादी में तो आ नहीं पाया। बच्चे के लड्डू खाने कब बुला रहे हो, कि परीक्षा के पेड़े ही खाते रहेंगे।' और सब हँस पड़ते। वह भी, 'ही:ही:' करता हुआ छुटकारा पाने की कोशिश करता। साले कितने कमीने हैं। परीक्षा की नन्हीं-सी खुशी में भी साथ नहीं देते। खोद डाला सारा घाव। और वह सारे बदन पर तेज नाखूनों के हमले महसूस करता। उसका सारा शरीर लहूलुहान हो जाता। उसका सिर लोहे के गोले की तरह सख्त। असहनीय बोझ। फिर भी उसकी आवाज में बुलन्दी।

फिर अचानक श्रवण कुमार मौन हो गया। उसकी आवाज की बुलन्दी शिथिल हो गयी। बात-बात पर चिढ़ उठता। हर आदमी की नजर उसे भाला-बर्छी लगती। उसकी बीवी का भाग जाना श्रवण के जीवन की बहुत बड़ी घटना थी। वह सीता-सी बीवी की कल्पना में राम बना बैठा रहा।

एक दिन तनाव के झटके में वह भी भाग गया। लोग तरह-तरह की बातें करते। बीवी को लाने गया है। संन्यासी हो गया। गंगा में डूब गया। पागल हो गया। पर नहीं, कुछ दिनों में श्रवण कुमार लौट आया।

श्रवण कुमार के पिताजी स्कूल गये। हादसे का स्पष्टीकरण अपनी तरह से बयान किया। निवेदन किया कि श्रवण को भावनात्मक सुरक्षा की आवश्यकता है। किसी तरह उसकी छुट्टी एडजेस्ट की गयी। और मुर्दे की तरह, निर्विकार श्रवण कुमार स्कूल आता। ट्यूशनें न लेता। खाली समय में मन्दिर के कोने में अँधेरा खोजकर बैठ जाता। या नदी के किनारे घूमता। बाप कहता— 'अच्छा हो गया तू आ गया बेटा। घर की जिम्मेदारी अब तुम्हें ही सँभालनी है। मेरा क्या! बहू की चिन्ता न कर अच्छा ही हुआ, यह पाप हमारे घर से निकल गया। किसी अच्छी

नौकरीवाली पढ़ी-लिखी लड़की से शादी करेंगे!' और श्रवण को सिर्फ सुनना ही था। माँ अब उससे कतराती। बहनें अब भी अपनी भाभी के बारे में खुसर-फुसर करतीं— 'शुरू से ही उसका चाल-चलन ठीक नहीं था।'

श्रवण कुमार सोचता रहता— बहुत कुछ कर सकता था। मौका ही नहीं मिला। परिस्थितियों के हवाले अपने आपको छोड़ने पर वह पछता रहा था। वह औरत होकर विद्रोह कर गयी। श्रवण को बहुत-बहुत पश्चाताप, क्रोध, दया न जाने कितने भाव चेहरे पर गहरा जाते। इसीलिए तो घर से निकल गया था वह। पर नहीं रह पाया। पता नहीं क्या बात थी वह छोटे भाई-बहनों को निर्दोष पाता— इनके लिए तो मुझे कुछ करना ही चाहिए। हालाँकि अब वह माँ पर चिढ़ता भी। सयाने होते भाई-बहनों के बारे में भी उसकी खीझ कम नहीं थी। पर वह नहीं रह सका। लौट आया। फिर एक नयी कुढ़न, यातना और आत्मकुंठा की जिन्दगी का वह हकदार बना। अकेले बुदबुदाता हुआ सड़कों से निकलता। समझदार कहते— एक अच्छा लड़का पागल हो जाएगा। कुछ सीधे कहते— पागल है साला कहीं का!

सचमुच वह भी अनुभव करता कि उसका दिमाग उसका आदेश नहीं मान रहा है और कई ऊटपटाँग घटनाएँ घट जाती हैं। शारीरिक रूप से वह अपने आपको निष्क्रिय पाता। बीवी के भाग जाने पर तो उसे मानो विश्वास ही हो गया कि वह सचमुच उसे सन्तुष्ट नहीं कर पाया।

श्रवण कुमार ने अपना गाँव-घर-शहर सब छोड़ दिया। वह अमरावती में, जूनियर कॉलेज में लेक्चरर हो गया था। कुछ उत्साह जगा उसके भीतर। नये लोग। नया कॉलेज। नयी दुनिया। कुछ उन्मुक्त हो गया था वह। पर घर नहीं छूटा। वह हर माह कुछ-न-कुछ घर भेजता। हालाँकि अब घर से उतना आसक्त नहीं रह गया था।

पिताजी ने एक बार कहा था— "बेटा अब तो शादी कर लो।" पर नहीं, उसे औरत से नफरत हो गयी थी। लोग कुछ भी बोलें। वह शादी नहीं करेगा। अकेला जिएगा।

उसका छोटा भाई भी नौकरी पर लग गया। बम्बई में। उसने राहत की साँस ली कि वह कुछ अपने बारे में सोच सकेगा। तभी उसे घर से पत्र मिला— छोटू को नौकरी पर लगे सात महीने हो गये। अभी तक उसने एक पैसा भी नहीं भेजा। सिर्फ एक-दो चिट्ठियाँ शुरू में मिलीं। बाद में कुछ नहीं। श्रवण कुमार का नन्हा-सा भ्रम भी टूट गया।

जब कभी घर आता। खुशी का नामोनिशान नहीं। रिश्तों की लम्बी-चौड़ी लिस्ट। सबसे छोटे भाई पर अब भी उसका प्यार उमड़ पड़ता। वह सोचता— मीना यदि उस दिन पानी की टंकी के पास न फिसलती तो उसका भी एक बच्चा होता इससे एक साल छोटा। मीना का सन्दर्भ आते ही उसका मुँह कड़ुवा हो आता। और

वह अमरावती रवाना।

एक दिन उसे पिता के मरने की खबर मिली। हार्ट अटैक। वह उस घर का कर्ता-धर्ता बना। अघोषित पालक। जिम्मेदारी उसने कभी नहीं नकारी। एक भाई और बहन को पढ़ाने के लिए अमरावती ले आया।

हर आदमी किसी दूसरे की निजी जिन्दगी में अधिक रुचि लेता है। भले ही, उसके भीतर कितना ही अँधेरा क्यों न हो। यही जिज्ञासा, अमरावती के रास्ते श्रवण कुमार का भूतकाल ढोने लगी। और धीरे-धीरे सम्बन्धित लोग श्रवण कुमार की पिछली जिन्दगी के बारे में सही-गलत और तमाम अफवाहों से भरी जानकारी का आदान-प्रदान कर, अपने खाली समय को चटखारे ले-लेकर चाटते।

पर श्रवण कुमार के कान अब लोगों के लिए नहीं थे। वह चुपचाप अपना काम करता। खाली पीरियड में रिसर्च की किताबें पढ़ता। स्कूल से आने के बाद लाइब्रेरी में बैठता। खाना खाने के बाद फिर किताबें लेकर बैठ जाता। उसका जीवन-क्रम पूरी तरह तय था। बहुत मुश्किल से उसमें परिवर्तन हो पाता।

अब वह चालीस पार कर गया था। इस बीच उसके साथ रह रही बहन ने अपनी मर्जी से शादी कर ली। छोटा भाई वापस गाँव लौट आया। उसे शिकायत थी कि भैया उस पर कठोर नियन्त्रण रखते हैं।

श्रवण कुमार नितान्त अकेला था। कभी-कभी नींद की गोलियाँ खानी पड़तीं, तब कहीं उसे नींद आती।

कुछ ही दिनों पहले उसके कॉलेज में एक नये लेक्चरर आये। अशोक सोनी। चंचल और बातूनी। बातों-बातों में उन्होंने श्रवण कुमार का अध्ययन कर लिया। घुलमिल गये। श्रवण कुमार पहली बार किसी के सामने अपना दुःख व्यक्त करने में नहीं हिचकिचाया। सोनी उसे सेक्स के किस्से सुनाता। श्रवण कुमार सोचता, जिन्दगी कितनी रंगीन चीज है। पर उसके सिर से बाल उड़ चुके थे और तोंद अपना आकार बढ़ा रही थी। जवानी चीज ही और होती, इतनी आकर्षक कि हर आदमी आगे बढ़ जाने पर जवानी की याद से सिहर उठता है। श्रवण कुमार भी सिहर उठता। उसके पास भी एक शरीर है। परन्तु जवानी भर यह शरीर उफनते तेल में तलता रहा। अब भी उसमें हरारत है। लेकिन सही-गलत सूझने नहीं देते। पर जवानी का उतार सारी जिन्दगी समेट लेना चाहता है। श्रवण कुमार को लगता उसका बुढ़ापा नजदीक है। कुछ तो करना ही चाहिए। प्रो. सोनी के दर्शन से वह प्रभावित भी होता— जिन्दगी में जो अच्छा लगे कर डालना चाहिए। और फिर इस बात के आधार के लिए प्रो. सोनी बड़े-बड़े महापुरुषों के नाम से सेक्स के किस्से सुनाता। पुराने राजाओं-महाराजाओं के हरम के किस्से सुनाता। कल रात लिये, शरीर-सुख का आनन्द, श्रवण के सामने परोस कर रख देता। श्रवण सही-गलत

के बीच झूलता रहता। फिर रामायण के संस्कार उसे पापी कहकर चिढ़ाते। वह सिर झटक देता। श्रवण कुमार सोचने लगता वह कुछ दिनों में सेक्स-सुख से वंचित तो नहीं हो जाएगा। बाथरूम में वह तरह-तरह की कल्पनाएँ करता। फिर सोचता, नाहक इतने दिन संयम में शहीद कर दिये। आज उसे प्रो. सोनी की याद आ रही थी।

पहली बार श्रवण कुमार ऐसी सीढ़ियाँ चढ़ रहा था, जिसके लिए वह पूरी तरह तैयार न था। एक-एक कदम, सही-गलत की सीढ़ियाँ चढ़ रहे थे। श्रवण कुमार अपने बदन में झुरझुरी महसूस करता। ऐसा लगता कि उसके सारे शरीर में चीटियाँ चढ़ रही हैं। गैलरी तक चढ़ते ही वह हाँफने लग गया। वातावरण बड़ा डरावना लग रहा था उसे। घिनौना भी लगता। औरतें उसकी ओर ऐसे देखती ज्यों वह बलि पर चढ़ा बकरा हो। खिलखिलाकर दाँत निपोरतीं। सोनी उसे थाम लेता— "अन्दर अच्छी है। आओ मेरे साथ।" अब क्या करे वह? सोनी के साथ उसे जाना ही होगा। नहीं तो पता नहीं वह भी लोगों की तरह कुछ ऐसी-वैसी बात समझ बैठे।

हालनुमा बड़े कमरे में दाखिल होते ही वह सकपका गया। सामने से हरि नन्दन शर्मा आ रहे थे। संस्था के अध्यक्ष। उन्होंने श्रवण कुमार की हर सभा में तारीफ की थी। और यहाँ। श्रवण कुमार सोनी के पीछे छिप जाना चाहता था। पर वह सम्भव न था, शर्माजी ने उसे देख लिया था। सामने आते ही सोनी ने उन्हें प्रणाम किया— ऐसे ज्यों किसी पुस्तक मेले में मिले हों। बिल्कुल सहज। और श्रवण कुमार नजरें नहीं मिला पा रहा था। शर्माजी भी श्रवण से कतराते रहे। जल्दी निकल गये। प्रो. सोनी ने कहा— "देखा कैसे-कैसे लोग हैं यहाँ!" और सोनी की छाती फूल गयी। श्रवण कुमार भी सोच रहा था, कैसे-कैसे लोग आते हैं। अब यह कल कॉलेज में शर्माजी से मिलने पर क्या बात करेगा। सोनी कहता— "अरे भाई, शर्माजी भी सोचते होंगे। तुम अकेले इतना सोच लेते हो। तुम्हारा तो कमाल है!"

फिर सोनी ने श्रवण कुमार की व्यवस्था कर दी। श्रवण जहाँ उन्मुक्त होने अपने कमरे से निकला, वहीं फिर घुटन ने उसे घेर लिया। वह बेहद तनाव महसूस कर रहा था, उस तंग कमरे में। जिस देह को उसने पलंग पर बैठे देखा, वह पता नहीं कैसी थी। श्रवण कुमार ने उसकी ओर देखने का साहस भी नहीं किया। वह देह बहुत देर तक यथास्थिति सहने के पक्ष में नहीं थी। एक भर्रायी हुई आवाज निकली— "कहिए जी, आपकी क्या फरमाइश है!" और श्रवण कुमार के रोंगटे खड़े हो गये। बड़ी हिम्मत कर वह पलंग के पास पहुँचा। क्या कहता? तुम्हारे कितने रुपये बनते हैं? उसने पान का बीड़ा एक ओर सरकाकर कहा— "पन्द्रह रुपये।" श्रवण कुमार ने पन्द्रह रुपये निकाले और पलंग पर रखकर चलने को हुआ।

सहसा उसके पैर थम गये— ''सुनिए'' उस देह से निकली आवाज थी, जो उसके करीब आ रही थी— ''हम हराम की कमाई नहीं खाते। नहीं बनता तो, यहाँ आते क्यों हैं? रुपये बताने!'' और पान के ढेर सारे छींटे श्रवण कुमार की कमीज पर छिटक गये। अपने ऊपर फेंके रुपये उसने उठाये।

उससे पहले ही वह देह कमरे से बाहर हो चुकी थी। सोनी को बताया— ''तुम्हारा आदमी काम का नहीं है।'' श्रवण कुमार के पैर, ज्यों उसके न रहे हों। कोरी बैसाखियाँ। किसी तरह घिसटता हुआ वह सोनी तक पहुँचा। सोनी उसे आश्चर्य से देखता रहा— ''क्या हुआ?''

''कुछ नहीं।''

श्रवण कुमार सोनी के साथ बाहर आ गया। सोनी के लाख चाहने पर भी उसने उसका साथ नहीं चाहा। इतना उदास श्रवण कुमार कभी नहीं था। रिक्शा लेकर वह सीधे कमरे की ओर अकेला ही रवाना हो गया।

दूसरे दिन सोनी सुबह जब कॉलेज आया, श्रवण कुमार के न आने पर उसका माथा ठनका। श्रवण कुमार की क्लासेस भी सुबह लगती थीं। ऑफिस में छुट्टी की अर्जी भी नहीं।

दोपहर में, सोनी सीधे श्रवण कुमार के कमरे पर पहुँचा। कमरा भी बन्द था। दोपहर के डेढ़ बजे होंगे। उसने सांकल खटखटायी। सोनी आशंकाओं से घिरा था। उसने दरवाजे से लगे वेन्टिलेटर से भीतर झाँका। श्रवण कुमार सामने के कमरे में ही खाट पर औंधा पड़ा था। उसका एक हाथ पलँग से नीचे झूल रहा था। पुकारने की कोई प्रतिक्रिया नहीं।

श्रवण कुमार ने ढेर सारी नींद की गोलियाँ खा ली थीं। और फिर वह सब हुआ, जो आम आत्महत्याओं के बाद होता है।

□

प्यासा इन्द्रधनुष

शनिवार का दिन था। आधा दिन। अपना काम निपटाकर अभिनव अपने दफ्तर से बाहर आ रहा था। पलभर के लिए पलाश की टेबल के सामने रुका। पलाश व्यस्त था। उसकी कोई जरूरी सामग्री अभी प्रेस में जानी थी। फिर भी निगाह ऊपर उठते ही उसने, अभिनव से एक बार फिर कह डाला, ''सोच लो, आज का प्रीमियर शो बहुत अच्छा रहेगा। फिर यार उसके आगे की पार्टी कम दिलचस्प नहीं होगी। और इस बार तो यह होटल प्रेसिडेंट में है। अर्सा हो गया। सोचो जरा, कॉकटेल के साथ कितने लोगों से क्या-क्या बातें नहीं हो सकतीं? भोजन भी कोई बुरा नहीं होता... ऐसी पार्टी, ऐसे प्रीमियर क्या रोज-रोज होते हैं... फिर आत्मीय होकर बोला, आज मुझे तुम्हारी जरूरत भी है।''

''पर तुम पिछले हफ्ते कहते तो मैं एडजस्ट कर लेता। आज तो मैंने किसी को समय दे दिया है। फिर कभी...'' कहते हुए अभिनव सोचता रहा कि यदि शिखा मना न करती तो पलाश कभी ऐसे प्रीमियर के पास का, क्या मुझे साथी बनाता?

पलाश ने गहराई तक अभिनव को नापते हुए कहा, ''ठीक है यार, इन्जॉय योर सेल्फ। सोमवार को पूछूँगा, शनिवार कैसा रहा।'' अभिनव की आँखों में अर्थपूर्ण कुछ झाँकने लगा।

अब अभिनव दफ्तर से बाहर था। पैदल ही वीटी से मैरीन लाइन्स निकल पड़ा। सारी भीड़ वीटी स्टेशन की ओर उमड़ रही थी। सब जल्दी ट्रेन पकड़कर घर पहुँचना चाह रहे थे। बरसात के दिन थे। मुम्बई की बारिश धूप-छाँव का खेल होती है।

थोड़ी ही देर में वह अपने आप में लौट आया। पलाश भी क्या आदमी है। अत्यन्त व्यावहारिक। कभी-कभी बहुत ज्यादा आत्मकेन्द्रित भी। उसका सारा कुछ गणित में ढलता रहता है। ऐसी बात नहीं कि वह अभिनव को नहीं चाहता। सबसे करीब वही लगता है, दफ्तर में—शिखा के बाद। लेकिन उसका जोड़-घटाव कई बार खटकता है। पिछले महीने अभिनव ने जब उसे समय निकालने के लिए कहा तब वह पहले से व्यस्त तो था, पर एडजस्ट करने में उसने कोई रुचि नहीं दिखाई

थी। अभिनव पता नहीं क्यों उसकी तरह जोड़-घटाव नहीं कर पाता। आज चला भी जाता पलाश के साथ। पलाश का साथ उसे अच्छा भी लगता है। और उसे भी नये लोगों से मिलने-मिलाने का शौक है। पर आज वह कहीं किसी के साथ नहीं जा सकता था।

उसका मन रह-रहकर रोमांचित हो रहा था। कुछ भी तो नहीं था ऐसा। पर वह बहुत उतार-चढ़ाव अनुभव कर रहा था अपने भीतर। उत्सुकता भी थी भीतर। यहाँ आते हुए लगा उसे कि बेकार में एक घंटा पहले निकल आया। इतना समय दफ्तर में देकर कोई दूसरे जरूरी काम निपटा सकता था। और कुछ नहीं तो हफ्ते भर के पाँच-दस फोन तो किये ही जा सकते थे। खैर। आज पुरानी किताबों की दुकानें खुली हैं, कितने दिनों के बाद। बारिश में ये अक्सर बन्द ही रहती हैं। फ्लोरा फाउन्टेन के सामने किताबों का यह खजाना उसे बहुत लुभाता है। वह वहीं खो गया। कई दुर्लभ पुस्तकों का नया गट्ठर उसे अपने भीतर खींचता चला गया...

अभिनव ने घड़ी देखी... अरे, छः बज भी गये। उसने तो छः बजे का ही समय दिया था। यहाँ से कम से कम पन्द्रह मिनट तो लग ही जाएँगे। वह वहाँ से, झट से चौड़ी सड़क आनन-फानन दौड़ते-फाँदते मैरीन लाइन्स की ओर लपका। चर्चगेट तक सड़क के दोनों किनारे हमेशा की तरह भीड़ से पटे हुए थे। चर्चगेट स्टेशन के सामने वह पल भर के लिए रुका। पर यह सोचकर आगे बढ़ गया कि वह तो आगे इन्तजार कर रही होगी। होटल टॉक-ऑफ-द-टाउन के सामने। वह तेज कदमों से आगे बढ़ता गया। कभी वह सोच में पड़ जाता, इतना उतावला क्यों हो रहा है... पर है कुछ जो उसे खींच रहा था। उसकी आँखों में कपसीले बादल उतर आये थे। उसका दिमाग अपनी कूची से कई-कई चित्र बना-मिटा रहा था।

समुद्र किनारे अपनी तयशुदा जगह पर उसने कई लोगों को बैठे देखा। सूरज ढलने को था। आकाश साफ था। समुद्र में उफान था। बारिश नहीं हो रही थी। पर अधिकांश जोड़ों ने छतरियाँ खोल ली थीं और समुद्र की गवाही के बीच अपना-अपना बयान सुन-दे रहे थे। उनकी छतरियों ने कुशल वकीलों की तरह उनकी पीठ ढँक ली थी। जो अकेले थे, उन्होंने भी समुद्र से दोस्ती कर ली थी। मुम्बई में कहते हैं, समय नहीं होता। सही भी है पर अकेले आदमी के पास केवल समय ही समय होता है। उसे किसी का इन्तजार नहीं होता... वैसे कुछ लोगों को सूरज ढलने का बेसब्री से इन्तजार था।

अभिनव ने अचानक अपना छाता खोल दिया, उसे ढूँढ़ते हुए। वह कहीं दिखाई नहीं दी। फिर उसके ध्यान में आया, बारिश तो है नहीं, फिर छाता क्यों खोल लिया था उसने। हँस दिया अपने आप पर। इधर-उधर देखा, उसे कोई देख तो नहीं रहा?

... किसे फुर्सत थी?

दो जोड़ों के बीच में थोड़ी-सी जगह थी।

''एक्स्क्यूज़ मी,'' अभिनव के मुँह से निकला।

दोनों जोड़े आपस में और करीब आ गये। अभिनव ने देखा उसके बैठने पर उसकी दोनों तरफ पहले जितनी जगह और बन गयी। फिर अनायास वह मुस्करा उठा। उसकी आँखों में एक अजीब-सी चमक उभरी।

सामने कबूतरों के लिए भुने चने फेंक रहा था— एक अधेड़ दम्पती। कबूतरों की निर्भयता और उनका इतराना देखता रहा अभिनव। पर मानसी अभी तक नहीं आयी।

अब तो सूरज भी ढल चुका। कबूतर भी उड़ जाएँगे थोड़ी देर में। लड़कियाँ बड़ी रहस्यमय होती हैं। उसी ने फोन किया था। यहाँ मिलने के लिए। दोबारा याद भी दिलायी थी। फिर भी नहीं आयी। तरह-तरह के खयाल लहरों की तरह उसे माँजते रहे। कहीं कोई लहर समन्दर के भीतर का कोई कचरा उसके किनारे डाल देती... दूसरी लहर उसे समेटकर समुद्र में खो जाती...

मानसी पहली बार मिली थी उसे, एक स्ट्रगलर पत्रकार बनने के लिए मदद पाने के सिलसिले में। उस दिन उसने कुछ नहीं बताया था, अपने बारे में। केवल एक इन्टरव्यू छपवाने के बारे में बात की थी उसने। उसने भी ध्यान नहीं दिया था। रोज ही, ऐसी लड़कियाँ-लड़के अखबार के दफ्तर में आते रहते हैं। कुछ शौकिया, कई जरूरतमन्द, कई सभी नौकरियों से चुक जाने पर और कई वाकई गम्भीर और मुस्तैद। अपने काम को लेकर काफी सम्भावनाओं के साथ। मानसी किस श्रेणी में है, वह कुछ तय नहीं कर पाया था। वैसे मानसी दफ्तर आती रहती। उसके लेख अच्छे होते। मुख्य रूप से महिलाओं की समस्याओं से जुड़े इंटरव्यू आदि। पर वह नियमित नहीं थी, जब भी कुछ होता वह फोन करती। अभिनव पहले तो अत्यन्त औपचारिक व्यवहार की सीमाओं को ओढ़े रहता। वह सतत विचलित होने वालों में से नहीं थी।

अभिनव को याद है पिछली मुलाकात। जब मानसी दफ्तर में आयी थी—एक इंटरव्यू लेकर। इस बार मानसी ने उसे मोहित किया था। हालाँकि ऐसा इरादा मानसी का कतई नहीं था। अभिनव ने लेख अलग रख दिया। कोई बात पूछने के लिए मानसी की आँखों में कदम रखते ही लड़खड़ा गया। झट नजर हटायी तो चायवाले ने थाम ली, ''चाय दूँ साहब...''

थोड़ी देर पहले ही उसे मना कर चुका था। अब तो इतनी तत्परता से ''हाँ'' कह दी कि मानसी अपनी हँसी नहीं रोक पायी। चाय आयी। तब तक दोनों बातें नहीं कर पा रहे थे। फिर मानसी ने ही कहा, ''चलती हूँ।'' पिछला लेख कलर

पेज पर दिया आपने मजा आ गया...

"इस लेख के बारे में बाद में बताऊँगा..." कहकर अभिनव उसकी आँखों में फिर झाँकने की कोशिश करने लगा।

"ठीक है।" कहकर मानसी उठने को हुई। मानसी की आँखों में दृढ़ता थी, निश्छलता भी और एक शान्त भाव भी। हालाँकि अभिनव की आँखों को पढ़ने में उसे क्या चूक हो सकती है। कहते हैं न स्त्री, पुरुष की आँखों की हर छटा को बखूबी पढ़ लेती है। कई बार जानते हुए वह पुरुष की अनुभूतियों को अनदेखा कर देती है। पर पुरुष की आँखों का महीन से महीन रेशा भी स्त्री की संवेदना से परे कभी नहीं हो पाता।

मानसी कुर्सी से उठ रही थी और अभिनव उसके उठते हुए जिस्म को महसूस कर रहा था। मानसी की आँखों ने अभिनव की तमाम इच्छाओं, भावनाओं, उद्भावनाओं और भीतर चल रहे उतार-चढ़ाव को भीतर तक अनुभव किया। हाथ जोड़कर अभिनव की आँखों में फिर एक बार झाँका और आगे बढ़ गयी। पर उसे लगातार लगता रहा कि उसके जिस्म पर अभिनव की हजार-हजार आँखें गुँथ गयी हैं। वह अपने आपको बोझिल पाने लगी। किसी तरह दरवाजे तक पहुँची। पीछे मुड़कर हाथ लहराना चाहती थी। पर वह ऐसा नहीं कर पायी। अभिनव भी उसे दरवाजे तक जाता देखता रहा फिर मानसी का लेख उठाया उसने। शीर्षक ही पढ़ा और रख दिया। तभी पलाश आया, "सब ठीक तो है। भई किसी एक लेखक, माफ करना लेखिका को लगातार छापना अच्छी बात है क्या? वैसे बुरी नहीं है।"

"चुप भी कर मेरे आका... लगातार बके जा रहा है। अब किसे फुर्सत है यह सब करने की...?"

"बस भी करो, मर्यादा पुरुषोत्तम... पर एक बात ध्यान रखना। लगातार इसे छाप कर अपने पेट पर लात मत मरवा लेना। कुछ भी कहो, लिखती बहुत अच्छा है। विषय भी नये और सामयिक..."

"इसीलिए तो छापता हूँ..." अभिनव को पलाश की बातों से बाहर निकलने की पगडंडी मिल गयी।

"ठीक है यार, हम सब समझते हैं। एक लम्बा समय देखा है हमने यहाँ... खैर छोड़ो, चलो लंच का समय हो गया।"

लंच के सारे समय वह अपने भीतर कोलाहल से जूझता रहा। बाहरी शोरगुल तो कुछ सुनाई ही नहीं पड़ा उसे। पहली बार किसी माँसल आकृति ने उसे इतने भीतर तक झकझोरा था। पर केवल शरीर ही सब कुछ नहीं था। आँखों से दमकती एक शालीनता। बात कहने का एक अनोखा अन्दाज भी अभिनव को कम सराबोर नहीं कर रहा था।

इस घटना के बाद लम्बे समय तक मानसी अखबार के दफ्तर में नहीं आयी। न ही कोई लेख भेजा। फोन भी नहीं किया उसने। उसका कोई ऐसा नम्बर भी नहीं था अभिनव के पास कि वह किसी विषय पर लेख के बहाने उससे सम्पर्क कर पाता। रह-रहकर उस दिन कुर्सी से उठते हुए मानसी का समूचा अस्तित्व अभिनव के सामने साकार होता रहता। धीरे-धीरे एक मधुर स्मृति के रूप में मानसी कहीं स्थिर हो गयी थी। अभिनव तय नहीं कर पा रहा था, मानसी के प्रति उसकी यह आसक्ति क्या है! प्रेम जैसे शब्द और रिश्तों के प्रति उसकी कुछ अपनी धारणाएँ थीं। केवल देह का आकर्षण, उसकी भी अपनी एक विशिष्ट सीमा है। इसे झुठलाया नहीं जा सकता कि मानसी की काया बहुत आकर्षक थी। लेकिन ऐसी तो बहुतों की होती है। सम्भवत: मानसी की पारखी आँखों में खिलते गुलाबों की गन्ध ने अभिनव को भीतर तक एक सिहरन सौंप दी थी। पर अब कोई माध्यम नहीं था—मानसी तक पहुँचने का।

आज जब मानसी का फोन आया तो अभिनव ने अपने प्रति एक नया भाव प्रस्फुटित होते देखा। एक अजीब-सी फैन्टसी में वह साँस लेता रहा। उसे अपने इस उतावलेपन पर हँसी आती, पर रोमांचित होता रहा। दूसरा फोन आने के बाद उसका रोमांच कुछ कम हुआ। क्योंकि वह आने ही वाली थी। पता नहीं क्या-क्या बातें होंगी। उसने शाम को एकान्त में क्यों बुलाया। वह छ: महीने बाद मिल रही है। उसने हमेशा की तरह दफ्तर में मुलाकात क्यों नहीं की। जरूर अखबारी काम के अलावा कोई बात होगी। यह सोचते ही एकान्त में उससे मिलने की सारी ख्वाहिशें तर्क-वितर्क में बदल गयीं। अन्ततः उसकी रोमानियत की जीत हुई। वह यहाँ मैरीन लाइन्स में मानसी का इन्तजार कर रहा है। सारे कबूतर अपने घोंसलों की ओर उड़ चुके हैं। समन्दर की लहरों में यह जोश नहीं रहा कि पत्थरों से टकराकर सड़क को सराबोर कर सकें। लोगों की भीड़ कम नहीं हुई। कुछ अधिक प्रौढ़ जोड़े भी अब आ गये थे। उन्हें छतरियों की ढाल की जरूरत नहीं थी। पूरी मैरीन लाइन्स जगमगा उठी थी। बड़े-बड़े होटलों और दूसरी गगनचुम्बी इमारतों की रोशनियाँ अँधेरों को चिढ़ा रही थीं। कई लोग रोशनी से छिपने समन्दर की पथरीली दीवारों के पीछे जा रहे थे। उसे याद है 'टॉक-ऑफ-द-टाउन' पर रोज एक बैनर लगाकर नाना चुड़ासामा ताजा घटनाओं पर बेहतरीन टिप्पणी लगाते हैं। पर यह उसे अब ध्यान आया। उठकर जाने की इच्छा नहीं हुई। और दस मिनट इन्तजार कर वहाँ से निकल जाने का मन बना लिया उसने। साढ़े सात बज रहे थे। अभिनव ने पैर समुद्र की ओर लटका दिये थे और दूर-दूर तक पानी में तैर रहे जहाजों को देख रहा था। समुद्री हवा उसे सहला रही थी। उसकी एक आँख हमेशा सतर्क रहती—मानसी के लिए।

तभी पीछे से आवाज आयी, ''बाबूजी,'' मूँगफलीवाले की आवाज थी। उसने पुड़िया ले ली और पूछा, ''कितना?''

''दो रुपये।''

उसने दो रुपये दे दिये। एक और निर्णय मिल गया कि बस मूँगफली खत्म होते ही यहाँ से चल देना है। वह खो गया था। बताना मुश्किल है कि समन्दर में, जहाजों में, रोशनी में, या आसमान में उड़ान भरते भीमकाय जहाजों की झलक में अथवा और कहीं... मानसी में।

तभी उसे अपने नाम का उच्चारण महसूस हुआ, ''अभिनव जी,'' उसने चौकन्ना होकर समन्दर में झाँकने की कोशिश की।

''अभिनव जी...'' आवाज कुछ पहचानी-सी लगी। पीछे मुड़कर देखा तो—मानसी।

मानसी को देखते ही अभिनव उठ खड़ा हुआ।

मानसी ने माफी माँगते हुए देर से आने का जो कारण बताया वह अत्यन्त दिल दहलाने वाला था। मानसी वेस्टर्न रेलवे पर वसई में रहती है। यह भी अभिनव को अभी मालूम हुआ। मानसी माफी माँग लेने के बाद समन्दर के उसी अहाते पर बैठ गयी और अभिनव से कहा उसने, ''आप भी बैठिए, मैंने आज आपको बहुत परेशान किया।''

''ऐसी कोई बात नहीं। देर तो खैर हो ही गयी। पर बात पूरी नहीं बतायी आपने...'' मानसी की बात को आगे बढ़ाने के लिए जिज्ञासा जताते हुए अभिनव बोला। मानसी की आँखों में बेचैनी थी, डर था, दहशत थी। वह स्थिर नहीं थी। उसके होठ काँप रहे थे। अभिनव ने फिर कहा, ''क्या बात है... कोई हादसा?''

अभिनव की सारी रोमानियत हवा हो गयी और पल भर में एक अनदेखे-अनचाहे खौफ ने मुलाकात पर कब्जा कर लिया। मानसी बोलने की कोशिश कर रही थी।

''वह दृश्य आँखों के सामने आते ही...'' अचानक उसका थरथराता हुआ हाथ अभिनव के हाथ पर पड़ा।

''ठीक तो है— मानसी...''

''...''

''क्या बात है...?''

''बताती हूँ... थोड़ा वक्त दीजिए...'' मानसी के होठ थरथराते रहे। उसका हाथ अचानक अभिनव की जाँघ पर आ गया। अँगुलियों की धड़कन में दहशत थी। समझ नहीं आ रहा था, क्या करे वह। मानसी थर-थर काँप रही थी। देर से आने का कारण कोई भयानक ही रहा होगा। मानसी को सामान्य होने के लिए अभिनव

ने कहा—

"सँभालिए अपने आपको... यहाँ से चलना चाहिए? चाय पिएँगी?"

"नहीं..."

एक चुप्पी छायी रही। अब तक मानसी कुछ सामान्य हो चली थी। उसके हाथ उसके नियन्त्रण में थे। अभिनव को अब भी कुछ समझ में नहीं आ रहा था। मानसी रूमाल से अपने चेहरे को सामान्य कर रही थी।

"एक तो मुझे घर से निकलने में कुछ देर हो गयी।"

"फिर?"

"फिर क्या... रास्ते में बिजली गुल हो गयी। लोकल बीच में ही अटक गयी। पसीने से हालत बुरी हो गयी।"

"यह तो अब आम बात हो गयी है... मुम्बई है कि रोज बढ़ते बोझ को उठा रही है। कोई दूसरा शहर होता तो..."

"फिर हमारी ट्रेन किसी तरह बोरिवली स्टेशन से आगे बढ़ी। सामने से आती एक और ट्रेन खड़ी थी। हमारी ट्रेन कुछ धीमी हो गयी थी। बाहर दूसरी ट्रेन से चीखने-चिल्लाने की आवाजें आ रही थीं... वह महिलाओं की स्पेशल ट्रेन थी। सात बजे का समय होगा। रेल के डिब्बे के भीतर अँधेरा था। बाहर धुँधलका था। हमारी ट्रेन स्लो हो गयी थी। कई महिलाएँ दो ट्रेनों के बीच में खड़ी थीं। 'रोको... रोको...' चिल्ला रही थीं। उनकी चीत्कार बड़ी जानलेवा थी। कुछ आगे बढ़कर हमारी लोकल रुक गयी।"

"तो... कोई दुर्घटना घटी थी।"

"हाँ... भयानक दुर्घटना... हमारे डिब्बे से भी महिलाएँ नीचे उतरने की कोशिश कर रही थीं। पर मैं बैठी रही। पिछली ट्रेन से लगातार चीख-चिल्लाहट जारी थी। कइयों की चीखें खौफनाक थीं। सारे मर्द हमारी ट्रेन से उतर चुके थे। मैंने दरवाजे से झाँककर देखा, पूरी रेल लाइन लोगों से भर गयी थी।"

"टकरायी थी ट्रेन, किसी दूसरे से..." अभिनव ने कुतूहल जताते हुए पूछा।

"नहीं, मैं ट्रेन के दरवाजे पर खड़ी थी। तभी एक आदमी वहाँ से गुजर रहा था। उससे मैंने पूछा। उसने बताया, गजब हो गया। रुकी हुई ट्रेन की बत्तियाँ गुल हो गयी थीं। किसी ने कह दिया कि शार्टसर्किट के कारण बत्तियाँ बुझ गयी हैं और ट्रेन में आग लग गयी है... महिलाओं में भगदड़ मच गयी। उनमें से कई महिलाओं ने जान बचाने के लिए ट्रेन से छलाँग लगा दी। उसी समय हमारी फास्ट लोकल वहाँ से गुजर रही थी। बस क्या था... कई औरतें कट गयीं हमारी ट्रेन के नीचे..." उसका सारा बदन फिर काँप उठा। उस धुँधलके में भी अभिनव ने मानसी के भीतर व्याप्त दहशत को बहुत करीब से देखा। पल भर रुककर उसने कहा, "यह तो बड़ी

भयंकर घटना है। अभी चलना चाहिए वहाँ..." उसके भीतर का पत्रकार सतर्क हो गया।

पर अचानक ही मानसी ने उसकी बाँह पकड़ ली।

"नहीं, मेरा दिमाग फट जाएगा वहाँ... मैं नहीं देख सकूँगी वह सब... और अब तक तो सबको हॉस्पिटल पहुँचाया जा चुका होगा... टी.वी. वालों ने भी अपना काम कर लिया होगा और अखबारवालों ने भी... अब वैसे भी जाने से कोई फायदा नहीं... मानसी कुछ हल्कापन महसूस करने लगी थी। अभिनव भी देरी से आने की बात को भूल चुका था। मानसी का अपराधभाव धीरे-धीरे समाप्त हो गया। ट्रेन की दुर्घटना का बयान तो उसने कर दिया था। पर उसके भीतर के ज्वालामुखी को वह कैसे विसर्जित करे, इसी सोच में एक भूचाल को काबू में रखने की कोशिश कर रही थी। पर अभी तक वह ट्रेन की दुर्घटना से ही नहीं उबर पायी थी। इतनी बड़ी जिन्दगी में एक नीलापन ढो रही थी वह। काले बादल आँखों पर पसर चुके थे। एक विचार उसके दिमाग में कौंध गया था— एक बारगी—काश वह भी उसी ट्रेन में होती... दुर्घटना में समाप्त हो जाती... सारे झंझटों से मुक्त हो जाती, सदा-सदा के लिए... सोचकर ही रुआँसी हो गयी वह। अभिनव ने उसके भीतर की उहापोह को महसूस किया। उसका हाथ यन्त्रवत उसकी पीठ पर सांत्वना के रूप में फिरने के लिए उठा। पर उसके संस्कारों ने उसकी दिशा बदल दी और हाथ सिर पर थपथपाने लगा, ढाढ़स बँधाने लगा, "मानसी सँभालो अपने आपको... ये दुर्घटनाएँ हमारी अव्यवस्था की गवाह हैं, लापरवाही की हद हैं, किस-किसके लिए हम कितने दुखी हों..." अभिनव ने अनायास ही कह दिया।

मानसी ने अभिनव की ओर देखा। उसकी आँखों में कोई औपचारिकता नहीं थी। उसे यह बहुत अच्छा लगा कि अचानक अभिनव का सम्बोधन सम्मानसूचक से बराबरी पर आ गया। उसने इसे भीतर तक सहजता से महसूस किया। पर कैसे बताये, भीतर कितनी-कितनी दुर्घटनाएँ हैं उसके।

"अच्छा बताओ, इतने दिन कहाँ थीं तुम? लगभग सात-आठ महीने हो गये..."

"मत पूछिए, इतने दिन क्या-क्या नहीं सहा... सच तो यह है, यही सब बताने के लिए मैं आपसे मिलना चाहती थी।"

"मुझसे?"

"आप जानना चाहते होंगे... आपसे ही क्यों? है न। लेकिन इसका मेरे पास कोई कारण नहीं है। बस मन ने कहा..."

अभिनव ने कनखियों से देखा-झाँका मानसी की आँखों में। वह सच कह रही थी। फिर भी क्यों वह विस्तार से जानना चाहता था। पर मानसी अचानक गम्भीर

हो गयी। अभिनव इतना अनौपचारिक भी नहीं है, फिर भी वह बोल गयी— "आपको मैं आज बहुत कुछ बताना चाहती हूँ। साल भर से आपसे परिचय है। मैं आज बता सक रही हूँ। बहुत साहस बटोरकर मैं इस स्थिति में पहुँच सकी हूँ..." उसकी अँगुलियाँ आपस में उलझ गयी थीं। पैरों को वह बार-बार एक-दूसरे पर रखती होती और उठा लेती—अपने ही पैरों से। उसका यह सिलसिला बहुत देर तक चला। अभिनव के मन में अनेक लहरें उठतीं और मानसी के बयान के लिए शान्त हो जातीं। वह अपने सारे अस्तित्व को सुनने में झोंक देना चाहता था। हालाँकि ट्रेन वाली दुर्घटना की छाया अब तक पूरी तरह साफ नहीं हुई थी। चुप्पी का अन्तराल जितना अधिक होता बात उतनी गहरी होती।

"पता नहीं मेरी बात आपको कैसी लगे? मानसी अब भी पूरी तरह आश्वस्त नहीं थी। अपनेपन के एक खयाली पुल को वह खोना नहीं चाहती थी। अभिनव की आत्मीयता ने उसका साहस बँधाया।"

"दरअसल मैं शादीशुदा थी..." अचानक उसकी निगाहें समन्दर में फैल गयीं। अभिनव सोचता रह गया 'शादीशुदा' और 'थी', क्या मतलब? पर वह एक झटके से केवल देख ही पाया था— मानसी को। स्तब्ध पर कान बेचैन— और आगे सुनने के लिए।

"हाँ, मैं शादीशुदा थी। शादी से पहले मैंने एक प्राइवेट फर्म में नौकरी की थी। तभी शादी हो गयी। लगा था जीवन अब किनारे लग ही गया। ससुराल डोंबिवली में थी। सामान्य से कुछ अधिक उम्र तो हो गयी थी मेरी..."

"..."

"आप सुन रहे हैं न?"

"हाँ मैं सुन रहा हूँ... लेकिन..."

"मैं आपको पूरी कहानी सुनाकर परेशान नहीं करूँगी।" मानसी ने महसूस किया कि शादीशुदा होने की बात सुनकर शायद अभिनव के रुख में कुछ रूखापन आ गया। वह इधर-उधर देखने लगा था। कम से कम कुँआरी लड़की के एकान्त का अहसास अचानक कपूर की तरह उड़ तो नहीं गया। मानसी के मन की एक लहर ने सोचा। पर अभिनव की गम्भीरता पर उसे पता नहीं क्यों भरोसा था।

फिर रुक-रुककर कह सका वह, "परेशानी की कोई बात नहीं..." अभिनव का वाक्य पूरा होने से पहले ही मानसी बोल पड़ी, "हाँ, मैंने तलाक ले लिया। पिछले महीने ही मैं 'मुक्त' हो गयी... किसी स्त्री के जीवन में यह घटना किसी एसिड के स्नान से कम नहीं... फिर इस स्नान के लिए मैंने ही पहल की। आपसे पिछले वर्ष जब मुलाकात हुई थी, तब अदालती प्रक्रिया शुरू हो चुकी थी। मेरी नौकरी छूट चुकी थी। अपने छोटे-मोटे खर्चों के लिए मैंने फ्रीलांसिंग की। और

आपसे मुलाकात हुई...''

''पर ऐसी क्या दुर्घटना हुई?'' अभिनव ने उसकी त्रासदी में रुचि ली।

मानसी का तूफान आकाश छूना चाहता था। वह एक साँस में सब कुछ बता देना चाहती थी, ''मुझे यह समझते देर नहीं लगी कि मेरी शादी केवल मेरी नौकरी को ध्यान में रखकर की गयी थी। सपने-वपने की क्या बात करूँ... उसमें कुछ भी रोमांच नहीं रहा। पति रोज पीकर आता, वह भी देसी। ... शादी के समय वह ठीक लगा था। एक प्राइवेट कम्पनी में ठाणे में सुपरवाइजर है, पर उसकी रोज पीने की आदत ने सब कुछ चौपट कर दिया। मैं तो उसके साथ वन रूम किचन में रहने लग गयी थी, बिना किसी शिकायत के... अब क्या कहूँ... (सिसकियाँ भरने लगती है)। वह धुत्त आता... मुझे ही दरवाजा खोलना होता। सास-ससुर और देवर ड्राइंग रूम में सोते और हमारा कॉट किचन में... किचन में आते ही वह अपनी हरकतों में लग जाता। ड्राइंग रूप में कुछ बड़बड़ाने की आवाजें आतीं। वह मेरी देह को केवल... बस उससे घिन होने लगी। फिर अपने आपसे भी घिन होने लगी। ...एक दिन सास से मन की बात कहनी चाही तो उसने झिड़क दिया... बस सब कुछ की जड़ तू ही है। न तू नौकरी छोड़ती न घर की यह हालत होती और न ही मेरा दीपू बिगड़ता। अपना मर्द नहीं सँभाल सकती? कैसी औरत है तू... यह जानते हुए भी कि नौकरी मैंने नहीं छोड़ी। मेरी तो छँटनी हुई थी। उसके ताने कभी कम न हुए।''

''अब मुझे वह फ्लैट और छोटा लगने लगा। किचन की तमाम दुर्गन्ध रात भर सहनी होती। वह रोज उसी तरह आता पीकर। रो-रोकर मेरा हाल बुरा हो जाता। किस गलत समय मैंने इस निर्णय पर हामी भरी। अविवाहित अच्छी रहती। फिर थोड़ी झपकी लगी नहीं कि बेल। भीतर वही एक विकृत, अनचाहा, विद्रूप जिस्म से आँखें छिपाते किचन में जाना और उसकी गुर्राहट... एक दिन वह चुपचाप भीतर आकर निढाल पड़ा रहा। खाने का सवाल ही नहीं था। रात के एक बज रहे थे। मैं चटाई बिछाकर नीचे सोना चाहती थी। तभी कॉट से उसका झूलता हाथ मैंने ठीक करना चाहा... तो शराब के भभके के साथ हाथ में लिपटे मोगरे की गन्ध ने मुझे पटक दिया नीचे। लगा सिर फट जाएगा। यह आदमी बिल्कुल गिर चुका है। एक वितृष्णाभरी रात मैं जागती रही... औरत का माँ बनना उसके जीवन की एक अद्वितीय घटना होती है। पर उस दिन मुझे लगा कि मैं इस त्रासदी की अकेली ही गवाह हूँ, कितना अच्छा है।''

''... सुबह आँख लगी थी। दो कमरों के बीच केवल परदा था। सास की बड़बड़ाहट जारी थी... मेरी शर्म उतार रही थी वह, मेरे खानदान का उद्धार कर रही थी। अपनी किस्मत को कोस रही थी... मुझे भीतर तक सब कुछ छिलता लगने

लगा। मैं इस सबके लिए तैयार नहीं थी। ...बाबूजी के पास आ गयी..."

"..."

"फफकने की आवाज ने अभिनव को चौंकाया। अभिनव समझ नहीं पा रहा था कि वह क्या करे, क्या कहे? उसके मुँह से निकला केवल, "मानसी... सँभालिये खुद को..."

मानसी ने 'सँभालिए' सुना और उसकी आँखें और डबडबा आयीं। रूमाल रख लिया उसने चेहरे पर और बहुत भारी आवाज में बोली, "दिस इज़ लाइफ..." बाबूजी चिन्तित हुए। माँ उदास। भाई क्रोधित। कुछ ही दिन में मैंने अनुभव किया कि यहाँ भी किसी को मेरी जरूरत नहीं। बाबूजी ने मुझे मना लिया। वही संस्कार। वही वास्ते। वही सुरक्षा और किस्मत का हवाला। चारों ओर घनघोर अँधेरा बढ़ता देखकर बेजान-सी अपने चुभते घोंसले के एक दाँव पर मैं फिर चढ़ गयी। पर स्थितियाँ बदतर निकलीं इस बार...

एक रविवार जब घर पर कोई नहीं था। वह पीकर घर आया। दोपहर में। साथ में एक दोस्त भी था उसका। पिया हुआ। चाय के लिए मना किया। मैं पानी लेकर बाहर आयी। वह दोस्त घूरे जा रहा था मुझे। मैंने पति की ओर देखा वह कहीं और खोया था। ...मैं पढ़ी-लिखी हूँ... कहाँ फँस गयी... बस कुछ बातें मैं सह नहीं पाती... मैंने तय कर लिया... बहुत हो चुका... उसके दोस्त की आँखों में एक वहशीपन था। पति की आँखों में सिर्फ पति नहीं था।

फिर वसई में बाबूजी के पास लौट आयी। केवल एक शब्द कहा उनसे— "अब वहाँ जाने की बात कही तो मैं यहाँ भी लौटकर नहीं आऊँगी..."

"बस उसी दिन से मैंने अपनी जमीन तलाशनी शुरू कर दी। इस अभियान में मैंने दुनिया को बहुत करीब से देखा। अपने-पराये-सबको... मेरी उम्र... थोड़ी बहुत देह भी, मुझे संकट में डालती रही... रोजगार के लिए अच्छे-अच्छे तथाकथित सम्भ्रान्त मर्दों की आँखों में काँटों को मैंने गहरायी तक महसूस किया... केवल आपने...?" फफकने लगी मानसी।

अभिनव कुछ विचलित-सा हुआ। घड़ी देखी उसने। दस बज रहे थे— रात के। कबूतर कब के उड़ चुके थे। जोड़े भी गायब थे। 'टॉक-ऑफ-दि-टाउन' के कोने की आइसक्रीम ठहाकों के बीच पिघल रही थी। सड़क पर कारें उन्मत्त-सी सरपट भाग रही थीं। सिगनल केवल आभास मात्र रह गये थे। मानसी ने कहा था, "आज आपको बहुत परेशान किया।"

मानसी चुप हो गयी। कई दिनों से वह यह बात किसी को सुनाना चाहती थी। उसकी हम उम्र सहेलियों से भी वह कभी कुछ नहीं कह पायी। सब कुछ अभिनव से कहकर वह हल्कापन तो अवश्य अनुभव कर रही थी, पर एक पछतावा भी था

उसके मन में। एक चुप्पी फैली रही।

अभिनव भी चुप ही था। समन्दर की सतह को लहरें शान्त भाव से सहलाती रहीं। किसी लहर में कोई उफान नहीं था पर हौले से उससे उठती आवाजें अभिनव को कुछ कह रही थीं। बहुत देर तक मानसी अभिनव को सुनने के लिए बेताब भी। अभिनव ने कहा, "बहुत दुख भरा है यह सब।"

"पर अब मुझे ठीक लग रहा है। डोंबिवली की वह यातना अब खत्म हुई। मैं भीतर से काफी मजबूत महसूस कर रही हूँ। पता नहीं कहाँ से यह हिम्मत आयी मुझमें।"

अचानक मानसी अन्तर्मुखी हो गयी। उसे अपनी तमाम बातें, दुर्घटनाएँ, छल-कपट, हादसे, साजिशें याद आने लगीं— जिन्हें वह बताना भूल गयी थी। पर उसने तय कर लिया था, काफी हो गया।

अभिनव ने एक लम्बी साँस ली। कुछ नहीं बोला। मानसी ने ही कहा, "खैर, अब चलना चाहिए। यहाँ से घर तक जाने में डेढ़ घंटा... अब तो घर पर मुझे भाई का डर ज्यादा लगने लगा है। जब से उसकी नौकरी लगी है, वह मुझे बहुत टोकने लगा है।"

"चलिए, चलते हैं..." अभिनव के मुँह से अचानक निकल पड़ा।

"हाँ, चलना चाहिए... आपको बुरा नहीं न लगा... देखिए हर किसी से तो हर बात नहीं की जा सकती न। कई दिनों से आपसे मिलने की सोच रही थी। पर मानसिक रूप से मैं मुक्त नहीं थी। आज आपसे मिलने के लिए मैंने कितने दिनों से तैयारी की है। बस एक रिक्वेस्ट है..."

"...कहिए" अभिनव के दिमाग में कई प्रश्न एक साथ कौंध गये।

"कहिए नहीं, कहो— कहिए... 'कहिए' में आपने फिर मुझे हाशिए में डाल दिया..."

बिना किसी प्रतिक्रिया के मानसी स्वयं ही बोल पड़ी, "क्या सचमुच मेरे लेख आपको पसन्द आते हैं..."

फिर इन्तजार न करते कह गयी, "बस मुझे छोटा-मोटा काम दिलाते रहिए... मैं अब भी सँभल जाना चाहती हूँ। सम्भव हो तो कहीं नौकरी के लिए कोशिश कीजिए..." उसका यह आर्तनाद अभिनव के लिए दहला देने वाला था। वह उठ खड़ा हुआ। मानसी भी उसके साथ चल पड़ी।

दूर से तेज रफ्तार आती एक कार को निकल जाने देने के लिए उन्हें क्रासिंग पर रुक जाना पड़ा। वहाँ अभिनव इतना बोल पाया, "कहीं चाय पिएँगे एक प्याली, फिर आप चर्चगेट से लोकल पकड़कर निकल जाइए।" मानसी चुपचाप सुन रही थी। बहुत बोल चुकी थी। अब अपने एक-एक वाक्य को याद कर रही थी। सोच

रही थी, उसने तो अभिनव के बारे में कुछ नहीं पूछा। उसे बोलने का मौका ही नहीं दिया।

थोड़ी ही देर में वे 'इरोज कैफे' में थे। चुप्पी फैली थी, पर अब रोशनी थी। मानसी का चेहरा पहले ही कई मुलाकातों से भी अधिक निखरा और धुला-धुला लग रहा था। उसकी आँखों में चमक लौटने लगी थी। अभिनव की ओर तपाक से वह कुछ कहना चाहती थी, पर उसकी रतनारी आँखों में एक चमक सहसा बिखरकर रह गयी। फिर संयत होकर बहुत गम्भीरता से बोली, "भावावेश में आकर मैंने आपके हाथों को थाम लिया था। याद कर रही हूँ, एक लम्बे समय तक मेरा हाथ आपके घुटने पर निश्चेष्ट पड़ा रहा। ...आप माफ करेंगे इसके पीछे मेरा कोई और मतलब नहीं था... और हाँ आपका अनायास उठा हाथ सिर पर पहुँचने पर बहुत स्नेहिल लगा..." अभिनव उसे पढ़ रहा था। उसकी बातों में विश्वास था। अनौपचारिक और आत्मीय लगी अभिनव को वह। वह कुछ नहीं कह सका।

चाय खत्म की दोनों ने और यन्त्रवत चर्चगेट की ओर चल दिये। बुक स्टाल तक अभिनव उसके साथ गया और गुडनाइट कहकर स्टेशन से बाहर निकलने लगा। मानसी ने हाथ लहरा दिया— "गुडनाइट।"

आगे बढ़कर मानसी ने अनुभव किया। कितनी खुदगर्ज हो गयी है वह। उसने कुछ भी नहीं पूछा अभिनव के बारे में। घर के बारे में। कौन-कौन हैं उसके घर में। यहाँ तक कि कहाँ रहता है— वेस्टर्न या सेन्ट्रल। पर अभिनव लगातार हावी रहा।

वह ट्रेन में बैठ चुकी थी। शाम की दुर्घटना, औरतों का कटना, उसके अपने भीतर के ज्वालामुखी, डोंबिवली का यातना शिविर, आँखों में खूँखार काँटे, गुर्राता भाई और न जाने क्या-क्या एक-एक स्टेशन पर विसर्जित करती हुई मानसी निश्चिन्त हो नींद में डोलने लगी थी।

अभिनव तेज कदमों से सड़कों को पार करता हुआ आजाद मैदान में पहुँच गया। मुम्बई की रातों की रोशनी इस आजाद मैदान में कुछ बुझी-बुझी-सी होती है। अँधेरे और उजाले का सहअस्तित्व—आजाद मैदान की रात। आदमी की दैहिक लीलाओं को नजरअन्दाज करता हुआ वह प्रेस क्लब की ओर बढ़ रहा था।

उसे मालूम था ओमप्रकाश उसे वहाँ जरूर मिल जाएगा। लगभग रोज ही वह वहाँ होता है। कई अखबारों के पत्रकार-सम्पादक वहाँ मिल जाते हैं। दुनिया-जहान की खबरों को पगुराते पत्रकार वहाँ होते हैं। फिर आज महिलाओं की ट्रेन दुर्घटना का आतंक भी कम नहीं था उसके दिमाग में।

ओमप्रकाश दो महीने हुए दोपहर के एक अखबार से जुड़ा है। उसे अपने अखबार के लिए एक मेहनती सहायक-सम्पादक की जरूरत थी। पिछले हफ्ते ही

उसने बताया था। पर वह उस समय किसी का नाम ओमप्रकाश को नहीं सुझा पाया था। काश, मानसी पिछले हफ्ते मिल जाती। खैर, ओमप्रकाश बड़ा तेज आदमी है, कोई न कोई रास्ता निकाल ही लेगा।

मानसी का पुनर्वास बहुत जरूरी है। उसने भीतर तक महसूस किया कि जिस मानसी के बाह्य रूप ने उसे रोमानी बनाया उसका अन्तरंग कहीं अधिक आकर्षक और आत्मीय है। ऐसे सहज लोगों के जीवन में ऐसी भयानक दुर्घटनाएँ क्यों घटती होंगी। अभिनव की शान्त झील में एक सवाल के असंख्य वर्तुल पैदा हो गये... यह बहादुर लड़की आपबीती मुझे सुनाकर इतनी सन्तुष्ट क्यों लग रही थी। हर वर्तुल किनारे पहुँचने से पहले ओझल हो जाता। अभिनव की निगाह नये वर्तुल में हिचकोले खाने लगती...

थोड़ी ही देर में वह प्रेस क्लब में था। उसकी बेचैन निगाहें ओमप्रकाश को बेसब्री से ढूँढ़ रही थीं।

□

घुन

मन्दिर की सीढ़ियाँ उतरते हुए मनोहर पांडे बहुत खुश लग रहे थे। इस मन्दिर के लिए उन्होंने भी भरपूर दान दिया था। ट्रस्टी के रूप में भी वे रहे हैं। साथ-साथ चल रही पत्नी को वे एक-एक घटना, मन्दिर की बनावट, खर्च आदि के बारे में बताते चल रहे थे। पत्नी के मन में बंगलोर की सिल्क साड़ी थी। वह मन-ही-मन उसका रंग बुन रही थी। मनोहर पांडे, संगमरमर की कपसीली-सफेद सीढ़ियाँ उतरते हुए पीछे मुड़कर मन्दिर को भी निहारते रहते। आज कृष्ण की मूर्ति के सामने वे सचमुच ध्यानस्थ हो गये थे। आँख खुली तो पाया पत्नी घड़ी की ओर देख रही है।

जैसे ही सफेद संगमरमर की सीढ़ियाँ खत्म हुईं, मन्दिर के चौकीदार पीछे छूट गये, वे अपने ड्राइवर को ढूँढ़ने लगे। सड़क के किनारे कुछ भिखारी उन्हें दिखाई दिये। याचना भरी उनकी आँखों में एक अन्धा कुँआ दिखाई दिया। ड्राइवर जल्दी ही पहुँच गया उनके पास। मनोहर पांडे ने ड्राइवर को वहीं रुकने का संकेत दिया। पांडे आज बहुत दयालु लग रहे थे। जूते उनकी कार में ही थे। कोट की जेबों में हाथ डालकर वे कुछ ढूँढ़ रहे थे।

जब तक वे मुड़कर पीछे देखते पत्नी कार में बैठ चुकी थी। पांडे आगे बढ़ गये। किसी को एक रुपये, किसी को दो तो किसी को पाँच-दस देते हुए वे अचानक ठिठक गये। अभी तक भिखारियों में विकलांग और बुझे-बुझे लोग ही नजर आये थे। पर अचानक एक कुष्ठरोगी को देखकर उनके मन में अजीब-सी वितृष्णा फैल गयी। भिखारी के हाथ का कटोरा काँप रहा था। मनोहर पांडे पता नहीं क्या सोच रहे थे। उनके हाथ में अचानक पचास का नोट आ गया। उन्होंने दूर से ही वह नोट कटोरे में डालना चाहा। नियति की क्रूरता और भाग्य का कोप उनके सामने था। जब तक नोट कटोरे में डालते, आगे बैठे भिखारी पचास का नोट देखकर बेसब्री से पांडे की ओर धीरे-धीरे बढ़ने लगे।

कुष्ठरोगी अपने कटोरे में पहली बार इतना बड़ा नोट गिरते देखकर रोमांचित हुआ। उसके हाथ और पैर तो खुले थे, पर फटे हुए कम्बल से चेहरा ढँका हुआ था। भिखारी ने दाता को एक नजर देखने के लिए जैसे ही कम्बल हटाया और आँखें

ऊपर उठायीं तो मनोहर पांडे नीचे से ऊपर तक सिहर गये। चेहरे पर फैली विद्रूपता, आँखों पर छायी भूख की लकीरों के साथ कोई और बात भी थी, जिससे पांडे विचलित हुए। आगे बैठे भिखारी अपनी बारी की राह देख रहे थे। उन्हें बड़े आदमी की अच्छी परख थी। उतावलापन दिखाने से बड़े लोग जल्दी चिढ़ जाते हैं। गुस्से में वे फूटी कौड़ी भी नहीं फेंकते। पर ये तो कोढ़ी के सामने से हट ही नहीं रहे हैं और न ही उनका हाथ कोट या पैंट की जेब में जा रहा है। वे कभी पचास के नोट को देखते कभी उस कोढ़ी को। दूसरे भिखारी सोचते कहीं गलती से पचास का नोट तो नहीं चला आया।

कोढ़ी भी कटोरे में पड़े नोट और सामने खड़े बड़े आदमी को दबी निगाहों से निहार रहा था। जब-जब निगाह उठती, मनोहर पांडे अतीत से कुछ चित्र मिलाते। चूँकि उस भिखारी ने पूरी तरह मनोहर पांडे को देखा ही नहीं था, इसलिए कि वह तो पचास के नोट पर अधिक केन्द्रित था। सामने खड़े दाता के सूट से ही वह इतना भयभीत था कि इतना बड़ा आदमी इतनी देर से उसके सामने क्यों और कैसे खड़ा है।

बहुत हिम्मत करके उसने अपनी निगाहें सूट से घुमाते हुए चेहरे तक पहुँचायीं तो वह सिहर गया। उसके हाथ काँपने लगे। मनोहर पांडे भी कुछ-कुछ तय करते आ रहे थे... दूसरे भिखारी सिमटते आ रहे थे। अपनी बारी को धूमिल पड़ते देख वे कोढ़ी भिखारी को कोसने लगे थे।

मनोहर पांडे और उस कोढ़ी की निगाहें अन्तिम चार बार टकरायीं और उन दोनों के बीच से समय ने अपनी चादर हटा दी, ''दिनेश...''

''... दिनेश तो नहीं हो तुम...।'' अचानक बोल पड़े मनोहर पांडे।

''...''

''निगाहें ऊपर-नीचे करते हुए, सामने खड़े बड़े आदमी की पहचान की थाह लेते हुए, अपने सारे शरीर को फटे कम्बल में समेटते हुए उस कोढ़ी ने अन्तिम रूप से ऊपर देखा और सकपका गया। इस सकपकाहट में उसके मुँह से अचानक निकला—''हाँ''। ...और उसका सारा शरीर कहीं छिप जाने के लिए इधर-उधर देखने लगा। अब उसने अपना कटोरा भी कम्बल में खींच लिया था। तभी खड़े आदमी की वही आवाज गूँजी, ''दिनेश सिंह हो न तुम...।''

अब उसे ऊपर देखना ही था। पर किसी से भी आँखें मिलाते हुए सामने के आदमी में, उसकी आँखों में चेहरे पर एक अजीब-सी रेखा खींचते देख उसकी आँखें अचानक झुक जाती हैं। उस चेहरे की रेखा में डरयुक्त दया, घृणा, वहाँ से जल्दी निकल जाने जैसे कुछ भाव, वह कोढ़ी अनुभव करता। अब कुछ-कुछ उसके दिमाग में जान-पहचान के निशान उभरे। तभी वह आवाज फिर उभरी... ''दिनेश

सिंह... सूरजपुर के ही न...।"

अब उस कोढ़ी ने पूरे परिचय में अपना सिर हिलाया।

"मैं मनोहर पांडे... पहचाना?"

एक आतंक कम हुआ और समर्थन में एक फीकी हँसी उसके जख्मी चेहरे पर तैरने की कोशिश कर ही रही थी कि उसके घाव उसे सिहरन सौंप गये। वह दुखी हो गया। गुमसुम और हताश। न कुछ बताने की इच्छा, न जानने की उत्सुकता। उसकी गुमनामी पर यह परिचय का हमला उसे पता नहीं क्यों दहला गया।

मनोहर पांडे के मन से कोढ़ी शरीर की घिन कुछ दूर होने लगी। परिचय की उत्सुकता और इस अन्तहीन रोग को लेकर वे कुछ उत्सुक हो गये, "...तुम तो ज्योतिषी का काम करते थे..."

"हाँ।"

"फिर यह सब कब हुआ?"

"पता नहीं।"

"तुम्हें याद है, तुम हमारे कस्बे में बाजार के दिन आते थे...।"

"हाँ।"

"तुम्हारे पिंजरे में एक तोता हुआ करता था...। तुम उससे पर्चियाँ निकलवाते थे...।" अनायास ही पांडे के चेहरे पर एक हँसी उभर आयी दबी-सी। उन्होंने इस खुशी को भीतर महसूस तो किया पर दिनेश सिंह की इस हालत पर जाहिर करना उनके लिए कष्टप्रद लगा। वे आगे बोले, "तुम्हीं ने तो कहा था कि मैं शहर जाकर बहुत बड़ा आदमी बनूँगा। गाड़ी-बँगला होगा, सुन्दर बीवी होगी, नौकर-चाकर होंगे...।"

समर्थन में दिनेश सिंह सिर हिलाता रहा और मन ही मन सोचता रहा कि अधिकांश अविवाहितों के लिए वह ऐसी ही पर्चियाँ तो तैयार करता था। वह भी अविवाहित था, इसलिए ये उसके भी सपने थे।

"देखो न, मैंने अपने हिस्से की गाँव की जमीन बेच दी और शहर में एक प्लाट खरीद लिया। तकदीर ने साथ दिया और तुम्हारी भविष्यवाणी सही उतरी...।" बताते-बताते वे रुक गये कि वे इस मन्दिर के ट्रस्टी भी हैं।

अपने बारे में शायद वह काफी बोल चुके थे। अब उन्हें दिनेश सिंह की इस भयानक स्थिति के बारे में कुछ पूछना चाहिए।

"तुम्हें यह सब कब हो गया... कैसे?"

दिनेश सिंह कुछ बोलना चाहता है। पता नहीं क्या सोचकर वह चुप हो गया। मनोहर पांडे के सवालों और जिज्ञासाओं ने आखिर उसे बोलने पर विवश कर दिया, "जाने दीजिए, सुनकर क्या करेंगे...।" उदास हो गया वह। उठ खड़ा हुआ। दोनों

साथ-साथ चलने लगे। पास ही पड़े पत्थर पर दिनेश सिंह बैठ गया। दूसरे भिखारी मन बना चुके थे, "आज कुछ नहीं मिलेगा, इस आदमी से।"

मनोहर पांडे ने दूर अपनी चमचमाती एयरकंडीशंड गाड़ी पर निगाह डाली। पत्नी कोई गाना सुन रही होगी, ड्राइवर बाहर उनके आने का इन्तजार कर रहा है। पांडे की जिज्ञासा ने दिनेश सिंह से उगलवाया, "ज्योतिषी का धन्धा ठंडा पड़ गया था। कोई न आता बाजार के दिन। सबको लगता शायद कि कोई तयशुदा भविष्य ही तोता उठाता है।"

"...फिर"

"एक दिन मैं शहर गया था। वहाँ एक बाजीगर लम्बी-लम्बी तलवारें मुँह से पेट में डालता-निकालता। बल्ब और ट्यूबलाइट चबाकर निगल जाता। ...भीड़ जमा हो जाने पर वह कुछ दवाइयाँ बेचता...।"

"तो क्या तुमने उसकी दवाइयाँ खायीं?" रोग के कारणों की तलाश करते वे बोले।

"नहीं, मुझे लगा लोग अपने भविष्य को लेकर उदास हो गये हैं। उसमें उनकी रुचि नहीं रही। पर चमत्कार अभी भी आकर्षित करते हैं...।"

मनोहर पांडे की निगाह अचानक पत्नी पर पड़ी। वह वहीं से हाथ हिलाकर लौटने का संकेत कर रही थी। घड़ी देखकर झटके से उसने मुख्य सड़क पर अपनी निगाह दौड़ायी और ड्राइवर से बातें करने लगी। शायद साड़ी खरीदने के उसके मंसूबों पर पानी न फिर जाए।

मनोहर पांडे ने शहर में बिल्डर के रूप में बहुत ख्याति पायी। अखबारों में उसके खूब विज्ञापन आते। अपने पैसों के बल पर वह सामाजिक और सांस्कृतिक कार्यक्रमों का प्रायोजक भी बनता रहता। एकान्त में वह अनुभव करता कि जैसे-जैसे उसके पास पैसा बढ़ रहा है वह भीतर ही भीतर अनायास ही आशंकित होता जा रहा है। विस्तार समेटा नहीं जाता। अब वह दुनिया की अदृश्य ताकतों से अधिक डरने लगा था। ज्योतिषी की कुछ बातें सही उतरीं। पर उसने यहाँ तक पहुँचने के लिए पता नहीं किस-किस को झाँसा दिया। कभी-कभी उसका मन बेचैन हो जाता है और फिर वे मन्दिर में पहुँचते हैं। दान-धर्म भी करते हैं। पर इस दिनेश सिंह की हालत देखकर वे हिल उठे।

"किस बात की सजा है यह।" सोचकर उसके बारे में उनकी जिज्ञासा और बढ़ती गयी।

"अच्छा तो मैंने कभी तुम्हारे बारे में किसी से सुना था कि तुम चमत्कार भी करते थे— दिखाते थे।" मनोहर पांडे ने समर्थन के लिए दिनेश सिंह की ओर देखा।

"बस, वहीं से गड़बड़ शुरू हुई।" दिनेश सिंह ने उत्तर में कहा।

"कैसे?"

"एक दिन खेत से जा रहा था। पैर में काँटा घुसा। मुझे अहसास तो हुआ। पर काँटा निकालते समय अपेक्षित दर्द नहीं हुआ।"

"तो?"

"मेरी समझ में कुछ नहीं आया।" दिनेश ने निगाहें समेट लीं। पर पांडे ही बोले, "तुम्हारी बात बिल्कुल समझ में नहीं आ रही है...।"

"कुछ नहीं... कुतूहलवश मैंने पैरों में पिन चुभोयी... कुछ नहीं लगा—दर्द नहीं हुआ। मुझे लगा इसका उपयोग मैं चमत्कारों के लिए कर सकता हूँ। मैं अपने हाथों-पैरों पर बड़ी-बड़ी सुइयाँ चुभोता... कुछ न होता... मैं कीलों की खड़ाऊ पर चलता, कुछ न होता—लोग तालियाँ बजाते... मैं उसमें कहानियाँ जोड़ता जाता... लोग पैसे उछालते रहते—मेरी रोटी का साधन बन गया यह...।"

अब मनोहर पांडे के दिमाग में कुछ रहस्य साफ होने लगे थे।

"फिर मुझे लगा कि इससे बड़ा कोई चमत्कार करना चाहिए और मैंने चरम-शक्ति के प्रदर्शन में आग में नँगे पैर चलने के करतब शुरू किये। देवी की दुहाई देता हुआ मैं आग पर चलने लगा... लोग पैसे उछालने लगे...।"

"फिर...?" मनोहर पांडे अपनी आशंका के मुहाने पर पहुँचना चाहते थे।

"एक दिन आग कुछ ज्यादा तेज थी। कोयला पूरे अँगारे के रूप में धधक रहा था। लोगों की आँखें बड़ी उतावली में थीं। मैं रुक नहीं पाया। शायद पैर ज्यादा जख्मी भी हो गये थे। मैंने उन पर ज्यादा ध्यान नहीं दिया। पहला कदम रखते समय तो कुछ नहीं लगा और मैं हमेशा की तरह दहकते अँगारों को पार कर गया। लोग ईश्वर की दुहाई देते। चमत्कार समझ मेरे सामने झुक जाते। मैंने एक बोर्ड भी लगाया था कि बस्ती के बाहर बाबा का मन्दिर बनाना है, उसके लिए खुले हाथों से दान दें... उस दिन लोगों ने सचमुच बहुत दान दिया। लेकिन मेरे पैर बुरी तरह झुलस गये थे। दर्द अब भी खास नहीं था, पर खून बाहर आने लगा था। मुझे लगा ठीक हो जाएगा। पर जख्म गहरे घावों में बदलते गये। मैं कस्बे के ही डॉक्टर के पास गया। उसने मुझे जिला अस्पताल भेज दिया।... वहाँ मालूम हुआ कि मुझे...।" यह कहते हुए दिनेश रोने लगा।

मनोहर पांडे सहानुभूति से भर गये। वे पैसे वाले थे, पर अब भी दुःख देखकर वे कुछ पसीजते थे और दिनेश तो परिचित भी था। बहुत अफसोस हुआ उन्हें। पर यहाँ अधिक देर रुकने की स्थिति नहीं थी। दूर गाड़ी के बाहर पत्नी उन्हीं को देख रही थी। सहानुभूतिवश उन्होंने दिनेश से पूछ ही लिया, "तुम्हारा एक भाई भी तो था गाँव में? उसने कोई मदद नहीं की... अरे पहले डॉक्टर के पास गये होते तो..."

"सब नसीब का खेल है..." उसका मन कसैला हो गया, "भाई भी है, एक

बार वह अस्पताल आया भी था देखने... पर जैसे ही उसे मालूम हो गया कि मुझे कोढ़ हो गया है, वह फिर कभी नहीं लौटा... और ऐसी हालत लेकर मैं उसके पास कैसे जाऊँ... ?''

दिनेश के मन में कोढ़ से अधिक रिश्ते रिसते चले गये। वह बुझ गया।

तभी मनोहर पांडे की पत्नी वहाँ आ धमकी और नाराज आँखों से पांडे को, तो कभी घड़ी को देखती। पांडे कुछ कहना चाहते थे। पर उनकी पत्नी ने मौका ही नहीं दिया।

''कितनी देर हो गयी। सारी दुकानें बन्द हो जाएँगी...।'' पांडे ने जेब से पर्स निकाला और पता नहीं कितने रुपये दिनेश के कटोरे में डाल दिये। दिनेश की अँगुलीहीन हथेलियाँ इन रुपयों को समेट रही थीं—बेमन से।

गाड़ी में बैठते पत्नी ने पूछ ही लिया, ''इतने रुपये देने की क्या जरूरत थी ?'' उसे मालूम था कि मनोहर कंजूस किस्म का आदमी है।

मनोहर पांडे बस इतना कह पाये, ''बाद में बताता हूँ। अब कहाँ चलना है ?''

वे दुकान पहुँचने तक चुप रहे। शायद पत्नी ने भी कुछ नहीं कहा। वे सोचते रहे दिनेश के बारे में। पैसों के बारे में, अपने बारे में।... कहीं बहुत गहरे वे डर भी गये थे।... ज्योतिषी के वर्तमान को देखकर।

□

बगुले

''हैलो!''

''कौन?''

''अजी मैं... नहीं पहचाना?''

''अं ऽऽ हं...!''

''मैं... अजीत देशपांडे... उस दिन ज्वाइन्ट कान्फ्रेन्स में मुलाकात हुई...''

''अच्छा ऑइल कम्पनी...''

''बिल्कुल ठीक... पर आप भूल गयी होंगी। बहुत भीड़ थी। बाद में आपको प्रेस कान्फ्रेन्स भी मैनेज करनी थी...''

''नहीं ठीक है, यह सब तो रूटीन हो गया है अब। कहिये साहब—आप तो शायद जनरल मैनेजर हैं...?''

''बिल्कुल सही, आपको मैंने अपना कार्ड...''

''हाँ, याद आया। कैसे फोन किया सर जी...?''

''नहीं, ऐसी कोई खास बात नहीं है... पर यह सर-वर क्या है भई...?''

''...''

''सुन रही हैं न आप?''...हाँ तो कैसी हैं आप? मैंने कई बार चाहा कि आपसे बात करूँ, पर देखिए आज बात हो पा रही है... ''कैसी हैं आप?''

''ठीक हूँ... आप कैसे हैं? कोई खास काम... मैं आपके लिए क्या कर सकती हूँ?''

''हंऽऽ... काम तो कोई खास नहीं... बस आपको बधाइयाँ देनी थीं... उस दिन आपने कान्फ्रेन्स बहुत अच्छी तरह चलायी। मैंने आपके चेयरमैन से भी कहा कि आपकी कम्पनी का पीआर बहुत शानदार है। प्रेस कान्फ्रेन्स में भी लगभग सभी पत्रकार आये थे... भई आप यह सब कैसे मैनेज कर लेती हैं? मैं अपनी कम्पनी के पीआरओ को भेजता हूँ आपके पास... कुछ टिप्स दीजिएगा...''

''नहीं ऐसी कोई बात नहीं... थैंक्यू... थैंक्स ए लॉट सर!''

''सर नहीं, बस देशपांडे जी... वैसे अजीत देशपांडे काफी है।''

''थैंक यू सर...!''

“फिर सर...?”

“वो ऽऽ फ्!”

“बाकी ठीक है?”

“जी”

“मैंने आपको पहली बार बोलते हुए देखा...चीफ गेस्ट का इन्ट्रोडक्शन आपने कितना सुन्दर कराया...बिल्कुल काम्पेक्ट। न कम न ज्यादा। शब्दों का इस्तेमाल भी बहुत सन्तुलित...”

“थैंक यू सर...।”

“उस दिन आपने जो साड़ी...।”

“एक मिनट सर... एक दूसरा कॉल आ रहा है...।”

“कोई बात नहीं... मैं होल्ड ऑन करता हूँ...।”

“या मैं करूँ थोड़ी देर में...।”

“ठीक है... ठीक है...”

“हैलो!”

“अरी नन्दिनी तुम!”

“क्यों? किसी और का इन्तज़ार था?”

“नहीं... नहीं... बोल। कितने दिनों बाद तुम्हारा फोन...।”

“जाने दे... तू भी तो कर सकती थी...।”

“अरी... वो एन्यूअल कान्फ्रेन्स में फँसी रही...।”

“चलो कहीं और फँसने से तो अच्छा है...।”

“तेरी तो... तेरी मजाक करने की आदत नहीं जाएगी।”

“अच्छा ये बता, तूने, फोन जल्दी क्यों नहीं उठाया। लम्बे समय तक रिंग जाती रही... तू जगह पर नहीं थी?”

“अरे नहीं यार... मैं यहीं थी। मुझे लगा...”

“क्या लगा? किसका फोन लगा तुम्हें?”

“जाने दे। फिर कभी बताऊँगी... तू सुना। घर में सब ठीक है। बिटिया कैसी है। उसकी पढ़ाई कैसी चल रही है। ...और तुम्हारे मियाँ कैसे हैं?”

“बिटिया तो ठीक है। पर उनकी मत पूछ। जब से प्रमोशन हुआ है, रोज पार्टी... रोज ड्रिंक्स... फिर देर से घर लौटना। मैं तो तंग आ गयी हूँ।”

“तू उन्हें ठीक से सँभालती नहीं होगी...।”

“क्या वो कोई बच्चा हैं, जो सँभालती फिरूँ। फिर दफ्तर के प्रमोशन का रूवाब घर पर थोड़े चलने देंगे...।”

"अरे... अरे तू भूल गयी कि प्रीति से बात कर रही है, अपने पतिदेव से नहीं। बहुत गुस्सा मत कर। सँभालती रह। समय अच्छा नहीं है।"

"...बस... बस प्रीति। भाषण-वाषण नहीं हं ऽ... अच्छा भाई साहब कैसे हैं... ?"

"ठीक हैं।"

"तू कितनी तकदीरवाली है—तुम्हारा कितना खयाल रखते हैं... और हाँ, अनय बेटा कैसा है... ?"

"बहुत अच्छा है। कॉलेज में गया है तब से जरा चिन्ता लग गयी है। दिन भर लड़कियों के फोन आते रहते हैं...।"

"इसमें चिन्ता काहे की... शरमाना भी कैसा। है ही इतना स्मार्ट तेरा अनय..."

"ठीक है... ठीक है। और तेरा क्या चल रहा है?"

"कुछ नहीं..."

"थैंक्स फॉर कॉलिंग, अच्छा लगा...।"

"मुझे भी कभी अच्छा लगने दे। माना कि तू बिजी है। पीआरओ है। पर पुराने साथियों का..."

"बस... बस। मैं करूँगी फोन।"

"ठीक है..."

"बाई ऽ..."

"हैलो"

"यस..."

"कैसी हैं मैडम...।"

"हैलो, कहिये...।"

"पहचाना नहीं... मैं देशपांडे, अजीत देशपांडे, जनरल मैनेजर...।"

"जी सर, दरअसल आपकी आवाज कुछ...।"

"हाँ, वो जरा जुकाम... वैसे आपकी आवाज कितनी मीठी है। सुनते ही कानों में मिश्री घुलती है... आपको तो टीवी या रेडियो पर..."

"सर, कोई काम था...।"

"काम... हाँ, उस दिन आपने फोन नहीं किया। आपने कहा था—आप फोन करेंगी। मैंने बहुत इन्तजार किया।"

"सॉरी, कुछ जरूरी काम आ गया, उसी में उलझ गयी।"

"कभी तो समय निकाला कीजिए। अपने लिए भी। हमारे लिए भी...।"

"क्या मतलब?"

"अहं देखिए न, हम दोनों के ऑफिस कितने पास-पास हैं। नरीमन प्वाइन्ट के खूबसूरत इलाके में समन्दर भी है और अच्छी होटलें भी। ...गेलार्ड में आप कभी गयी हैं...!"

"नहीं।"

"आपको मालूम होगा गुलशन नन्दा ने इसी होटल पर एक उपन्यास लिखा था।"

"नहीं, कौन गुलशन नन्दा?"

"आपको नहीं मालूम? वही जिसके उपन्यास पर 'कटी पतंग' फिल्म बनी थी... राजेश खन्ना ने जिसमें काम...।"

"देशपांडे जी मुझे कुछ नहीं मालूम और न ही इसमें मेरी कोई दिलचस्पी है।"

"खैर कोई बात नहीं। मुझे तो लगा आप जैसे प्रतिभावान लोग उपन्यास वगैरा पढ़ते ही होंगे..."

"उपन्यास तो पढ़ती हूँ। पर ऐसे नहीं।"

"फिर कौन से?"

"अभी याद नहीं... न तो यह सब करने के लिए मेरे पास फुर्सत है।"

"देखिए अपनी जिन्दगी के लिए फुर्सत तो निकालनी ही चाहिए।"

"मैं समझी नहीं..."

"देखिए, कल हाफ डे है... क्या आप 'गेलार्ड' में मेरे साथ एक कप चाय पीने के लिए समय निकाल सकती हैं...।"

"कल तो बिल्कुल सम्भव नहीं..."

"क्यों कहीं जाना हो तो मैं आपको वहाँ तक गाड़ी में छोड़ दूँगा। आजकल लोकल ट्रेनों में कितनी भीड़ होती है।"

"थैंक्स मिस्टर देशपांडे... कल अखिल मेरे दफ्तर आ रहे हैं और यहीं से हमें एक जगह जाना है..."

"अखिल... ?"

"हाँ अखिल, मेरे हस्बैंड।"

"ऑल राइट... ऑल राइट... कोई बात नहीं... फिर कभी... पर मेरी रिक्वेस्ट ध्यान में रखिएगा। बाई दी वे... कल सुबह आपके चेयरमैन हमारी कम्पनी में आ रहे हैं। मार्निंग में हमने उनका एक छोटा-सा लेक्चर रखा है—'हाऊ टू सर्वाइव इन काम्पिटेटिव एज'... सम्भव हुआ तो जरूर आइएगा...।"

"पर वह तो आपकी इंटरनल मीटिंग है...।"

"आप स्पेशल इनवाइटी के रूप में आ सकती हैं। मैं तुरन्त पत्र भेज देता हूँ...

आपके चेयरमैन से बात भी...।''

''बिल्कुल नहीं, मेरे लिए यह बिल्कुल सम्भव नहीं होगा। एक नये प्रोडक्ट के कैम्पेन के सिलसिले में मैंने मीडिया के कुछ लोगों को बुलाया है।''

''एक्सलेंट।... क्या बात है... गो अहेड 'गेलार्ड' फिर कभी...''

''रखूँ सर फोन...''

''जैसी आपकी इच्छा... वैसे आपकी आवाज इतनी लुभावनी है कि रिसीवर रखने की इच्छा नहीं होती...।''

''थैंक यू ऽ!''

''...?''

''हैलो... नन्दिनी?''

''हाय प्रीति... कैसी हो।''

''ठीक हूँ... थैंक यू... तू कैसी है?''

''बिल्कुल ठीक...।''

''क्या बात है बहुत दिनों से तेरा फोन नहीं... मुलाकात नहीं।''

''बस तू यही कहती रह... आज अर्से बाद तेरी ओर से फोन आया। इसमें भी मुझे ही डाँट, उल्टा चोर कोतवाल को डाँटे...''

''वैसे मैंने कई बार फोन किया... एंगेज ही मिला...''

''कब किया?''

''यही कोई तीन से चार के बीच...।''

''इस समय मैं अपनी सीधी लाइन उठाकर रख देती हूँ।''

''क्यों, कोई तंग करता है क्या?''

''कम आन नन्दिनी, ऐसी ही बात है। मैं बहुत परेशान हूँ।''

''वाकई परेशान लग रही है। मैं आ जाऊँ तेरे दफ्तर?''

''क्यों समय खराब करती हो। हाँ, मुलाकात तो होगी एक-दो दिन में। पर मुझे लगा तुझे आज बता ही दूँ।''

''बोल क्या बात है। किसी ने गुस्ताखी की क्या, भुगतेगा। बता क्या हुआ?''

''पिछले चार महीने से एक फोन लगभग रोज आता है।''

''किसका?''

''कोई अजीत देशपांडे है—जनरल मैनेजर, आइल कम्पनी का।''

''कोई जुर्रत की उसने?''

''बड़ा अजीब मामला है... उसने एक कान्फ्रेन्स में देखा, सुना... बस तब से रोज फोन करता है।... अब क्या बताऊँ... पर तुम्हें न बताऊँ तो किसे बताऊँ... तुम्हीं

को बता सकती हूँ..."

"क्या कहता है?"

"वो खूसट, टकला, बड़ी बेहूदगी पर उतर आया..."

"अरे मुँह क्यों खराब कर रही है। तेरे दाँत चबाने की आवाज यहाँ तक आ रही है।"

"बात ही ऐसी है... अब तो हालत ऐसी है कि फोन की घंटी बजते ही मुझे लगता है वही है और मैं बेचैन हो जाती हूँ...।"

"क्या कहता है?"

"अरे मत पूछ..."

"कुछ ज्यादा गड़बड़ है तो अपने बॉस को बता दे... आगे के हिसाब से अच्छा रहेगा।"

"गड़बड़ तो है... बात-बात में वो हमारे चेयरमैन से अपनी करीबी जताता है। तुम्हें तो मालूम है हमारा चेयरमैन कितना गुस्सैल है। वह मुझे ही कुछ गलत समझ बैठेगा...।"

"पर उसका कहना क्या है?"

"बस मजनूँ की औलाद है... कहता है आप कितनी अच्छी लगती हैं! मैं बता नहीं सकता कि आप मुझे कितनी अच्छी लगती हैं। आपसे बातें करना कितनी बड़ी बात है मेरे लिए... एक दिन भी आवाज न सुनी तो कितनी बेचैनी होती है।... बस फिर चाय के लिए तो कभी डिनर के लिए उसका निमन्त्रण... बड़ा बेहूदा लगता है वह... जनरल मैनेजर है हमारी ही ग्रुप में... चेयरमैन के करीब है... इसलिए मन मसोसकर रह जाती हूँ वरना ऐसे लोगों से निपटना मुझे भी अच्छी तरह आता है।... नन्दिनी मेरा तो दिमाग फटने लगता है... बहुत एम्बरेसिंग है मेरे लिए... क्या करूँ कुछ सूझता नहीं...।"

"तूने अखिल को यह बताया है?"

"नहीं... किसी को नहीं। पहली बार तुम्हें ही बता रही हूँ। अखिल भी परेशान होंगे और आवेश में आकर पता नहीं क्या हो जाए..."

"तू चिन्ता मत कर सब ठीक हो जाएगा...।"

"नन्दिनी, मैं तुम्हें कैसे बताऊँ... जब वह फोन करता है तो मैं अपने आपको कैसे सँभालती हूँ... लगता है मेरे सारे बदन पर काक्रोच रेंग रहे हैं और मेरे हाथ-पाँव बँधे हैं... मेरा तो बड़ा बुरा हाल हो जाता है।"

"तू साफ-साफ क्यों नहीं कहती...?"

"क्या"

"यही कि फोन न करे। इस तरह की बातें तुझे पसन्द नहीं।"

"यह भी कहा तो बड़ी बेहयाई से बोला... क्या करूँ मुझ पर मेरा वश ही नहीं रहा...। और फिलासफी झाड़ता है कि जिन्दगी में कभी-कभी ऐसा होता है। फिर कोई किसी को अच्छा लगे तो क्या करूँ मैं...। मैंने तो कहा भी, ऐसे दस लोग आपको अच्छे लगे तो क्या आप दसों को ऐसे ही फोन करते रहेंगे? तो बोला—आपको नहीं मालूम आपमें कितना आकर्षण है... अब तू ही बता नन्दिनी मैं उससे कैसे छुटकारा पाऊँ?"

"अरी बेबस क्यों होती है। बहुत सारे रास्ते हैं, ऐसे लोगों से निपटने के। तू चिन्ता मत कर।... बस टालते रह उसे... बिल्कुल महत्त्व न दे उसे। असम्मान-जनक जितना रुख अपना सकती है, फोन पर ऐसे ही बिहेव कर। ऐसे लोग चेयरमैन वगैरा का डर दिखाते हैं। अपने पदों का रौब झाड़ते हैं, लेकिन भीतर से बड़े खोखले होते हैं। बड़े खुदगर्ज और डरपोक होते हैं ये लोग। सही समय आते ही सब ठीक हो जाएगा...।"

"चलो ठीक है। देखें। पर फोन की घंटी बजते ही मैं बहुत-बहुत परेशान हो जाती हूँ।"

"तू एक काम कर सकती है। अपना इंस्ट्रूमेंट बदल ले। नया वाला एक इंस्ट्रूमेंट तुझे मालूम होगा, जिस पर बेल बजते ही इनकमिंग नम्बर आ जाता है। बस उसका नम्बर आते ही म्यूट कर देना... कुछ दिन में वह अपने आप म्यूट हो जाएगा।"

"बात तो सही है, चलो यह तरीका भी आजमा लूँगी। तुझे परेशान किया न। इतनी खुदगर्ज कि तेरे बारे में कुछ नहीं पूछा। पर क्या करूँ। इस घटना ने मुझे बहुत सताया है।"

"इसमें खुदगर्जी की बात कैसी प्रीति।... तूने मुझे बताया मैं समझ सकती हूँ। और इस तरह की बात फिर न करना। इसका मतलब तो यह हुआ न कि मैं भी तुझसे अपनी कोई बात न कहूँ। परेशानी की बात क्या है इसमें। मैं तो समझती हूँ कि मैं अब भी इस लायक रही तुम्हारे लिए कि तुम अपने मन की बात मुझसे कह सकती हो।"

"नन्दिनी... थैंक्स नहीं कहूँगी...।"

"यह भी कहने की जरूरत नहीं थी। अरी तू जरा कम मीठा बोला कर... इसी कारण, यह सब... आ बैल मुझे मार... अच्छा, ऑफिस में तो किसी को मालूम नहीं न?"

"नहीं।"

"हाँ, ऐसे में कोई हमारी मदद नहीं करता और बात का बतंगड़ बनने में देर नहीं लगती। फिर चटखारे लेने से कोई चूकता थोड़े ही है।"

"ठीक कहा..."

"और हाँ कोई वाक्य मुझे टूटी आवाज में कभी मत कहना। हमेशा खुश रहा करो... हमेशा की तरह... यार हमने तो अपनी चढ़ती उम्र में भी इतनी चिन्ता नहीं की अब तो इमारत कुछ ढलान पर है...। ...पर तू बिल्कुल वैसी ही... छरहरी... और तेरी आँखें..."

"नन्दिनी फिर मजाक शुरू... तू अपनी इमारत की देखभाल ठीक से कर। अब भी लोग पता पूछने के बहाने कुछ देर रुककर एक नजर देखना चाहेंगे...।"

"हाँ प्रीति, फिर वही बात। बताऊँ क्या देशपांडे को।"

"भूलकर भी उस आदमी को मजाक में भी मत घसीटना...।"

"सॉरी... सॉरी बाबा! कान पकड़ा। बुरा मत मानना।"

"ठीक है...।"

"अच्छा अब बहुत हो गया... कब मिलोगी... सुना है 'गदर' बहुत अच्छी फिल्म है...।"

"मेरे मुँह की बात छीन ली तूने। मैं चाह ही रही थी अगले शनिवार के लिए तुमसे प्रपोज करूँ। क्या खयाल है?"

"लॉक कर दूँ...?"

"बिल्कुल। पर फाइनल मैं कल बताऊँगी। थोड़ा मियाँ को कान्फिडेंस में लेना होगा। आजकल वो हर शनिवार किसी पार्टी के लिए हाँ कर देता है और शुक्रवार को बताता है... बहुत बोर होती हैं उसकी पार्टियाँ... खुद तो जाते ही ड्रिंक्स में भिड़ जाते हैं और बिजनेस की उठापटक में गुम हो जाते हैं। मेरी तरह आयी बीवियाँ अधिकांश हाउस वाइफ होती हैं। वे बस घर-गृहस्थी की बातों में उलझी रहती हैं—खास तौर पर बरतनवाली बाइयों की तकलीफें उनका प्रिय विषय होता है...।"

"नन्दिनी मैं तुम्हें कल फोन करूँगी। मियाँ से कह देना एक शनिवार तेरा ऑफ...। मैं भी अखिल को बता दूँगी... हम दोनों जाएँगे। यही अच्छा रहेगा। ठीक है?"

"बिल्कुल ठीक। यही अच्छा रहेगा। ठीक है?"

"बिल्कुल ठीक। कल बात करते हैं।"

"ओके बा ऽ ऽ ऽ"

"हैलो..."

"... ..."

"हैलो... हैलो... है ऽ ऽ लो?"

"... ..."

"हैलो... हैलो... कट गया?"

"हैलो?"

"बोलिये!"

"अभी-अभी मैंने आपको फोन किया था। पर कट गया। कोई आवाज ही नहीं आयी आपकी ओर से... फोन खराब था...?"

"हाँ, ऐसा ही कुछ चल रहा है। कहिए...।"

"कुछ नहीं... आपसे बात करने का मन हो गया। उस दिन आपके चेयरमैन का लेक्चर बहुत अच्छा रहा... लोगों ने बहुत पसन्द किया। क्या सोचते हैं वे। क्या विचार हैं उनके। क्या पावर ऑफ एक्सप्रेशन है उनके पास।... क्या शानदार लीडरशिप मिली है आप लोगों को। सुन रहीं न आप...?"

"... ..."

"हैलो..."

"हाँ... यस।"

"हाँ तो मैं कह रहा था उस दिन बहुत अच्छा कार्यक्रम रहा। इंटरएक्शन भी खूब हुआ।... मैं चाह रहा था कि किसी दिन आप भी ऐसे लेक्चर के लिए समय निकालें... हम लोग हर महीने कोई न कोई कार्यक्रम रखते हैं... क्या खयाल है...?"

"नहीं, मुझे इस तरह बोलने की आदत नहीं है। यह मेरी फील्ड नहीं है... मुझे माफ करें...।"

"मैंने आपको सुना है। संकोच की कोई बात नहीं। विषय भी आपके फील्ड का ही सोचा है मैंने 'ग्लोबलाइजेशन एंड पब्लिसिटी'... कैसा लगा विषय?"

"मैंने कहा न, मैं बाहर ऐसे कार्यक्रमों के लिए कभी नहीं जाती... सॉरी, मुझे माफ कर दीजिए...।"

"ऐसे नहीं, आप कहें तो आपके चेयरमैन से बात कर लूँ।"

"बिल्कुल नहीं... मैं नहीं आ सकती... मिस्टर देशपांडे प्लीज एक्सक्यूज मी...।"

"कोई बात नहीं... यह एक स्टैंडिंग ऑफर है। आप जब कभी सुविधा अनुभव करें आपका स्वागत रहेगा। हर शुक्रवार को हम एक घंटे के लिए मिलते हैं।"

"थैंक्स मेरे लिए सम्भव नहीं है।"

"अच्छा, आपने 'लगान' फिल्म देखी है...?"

"... ..."

"उसकी बड़ी चर्चा सुनी है... आप चाहें तो इस शनिवार की दोपहर की टिकटें मँगवा लूँ। शाम को घर...।"

"सॉरी, मिस्टर देशपांडे... आप जिस तरह लगातार सोच रहे हैं मैं वैसी नहीं हूँ। मैं बहुत साफ शब्दों में कह दूँ... मुझे इस तरह आप परेशान न करें।"

"मैंने क्या परेशान किया?... एक एलिट सोसायटी में मैं इतनी भद्रता से आपको महसूस करता हूँ... और बस अपने आपको रोक नहीं सकता... बस यही मेरी गलती है? आजकल सोसायटी में यह तो आम बात है।"

"होगी आम बात। मुझे पसन्द नहीं। और आप लगातार फोन करते हैं, यह भी मुझे अच्छा नहीं लगता। इतना ही नहीं, एक शादीशुदा लेडी की डिग्निटी के साथ आप खिलवाड़ कर रहे हैं।... मालूम है ये सारी बातें मेरे लिए कितनी डिसगसिंग हैं...।"

"सॉरी... आप ऐसा-वैसा न सोचें..."

"आप ऊँचे पद पर हैं, मुझसे उम्र में काफी बड़े हैं, इसलिए आज तक मैं आपकी उल्टी-सीधी बातें सुनती रही... पर आप हैं कि...।"

"पद और उम्र कहाँ से आ गयी...?"

"देखिए, मैं आपसे बिल्कुल बात नहीं करना चाहती। आप अच्छी तरह जान लीजिए कि आइन्दा से मुझे फोन न करें... नहीं तो मुझे कुछ करना होगा।"

"... आपने फोन काट दिया।"

"फिर वही बात... मुझे लगता है आप कोई और नम्बर डायल करते हैं और गलती से वह मेरे पास आ जाता है। आपकी जो भी प्रेमिका होगी उससे आप उसका नम्बर ठीक से चेक करें। उसी से ये सारी बातें करें...। ... आपने फिर ये जुर्रत की तो आपको भुगतना पड़ेगा... मेरे पास कई तरीके हैं... किसी शरीफ महिला को इस तरह से तंग करने का नतीजा शायद आप जानते नहीं हैं... मेरी भलमनसाहत का आप गलत अर्थ लगा रहे हैं।... मुझे कुछ कर जाने के लिए मजबूर न करें... उम्मीद है, फिर आपका फोन नहीं आएगा। ओ.के.? बस।"

"हैलो... ऑफिस बन्द होने का समय हो गया... मैंने तुम्हारे फोन की बहुत राह देखी... मैंने किया तो तेरा एंगेज... कितनी बातें करती हो प्रीति... आजकल तेरा ऑफिस एकदम पेपरलेस हो गया है क्या?"

"नहीं री... अच्छा नन्दिनी... क्या हुआ?"

"मियाँ मान गये... शनिवार को 'गदर' पक्का... टिकट...।"

"मैं मँगवा लूँगी।"

"ठीक है... रखूँ?"

"जल्दी में है?"

"नहीं बोल... अरे उसका क्या हुआ?"

"उसी का तो बता रही थी। आज फोन पर डपट दिया। बहुत लार टपका रहा था न... बोलती बन्द हो गयी... एक शब्द नहीं बोला... मैंने भी उसके बोलने की राह देखे बिना लाइन काट दी... खूसट कहीं का।"

"अरे क्यों लाल-पीली होती है... जरा सँभाल कर... खुद को बचाकर... गुस्से में ज्यादा मत बोलना... घबराना भी मत..."

"अब नहीं करेगा फोन, ऐसी उम्मीद है।"

"चलो अच्छा हुआ... बाकी ठीक...।"

"बस चल रहा है..."

"चलो... रखूँ।"

"ओके... थैंक्स फॉर कॉलिंग...।"

"ये... ये कोई प्रोफेशनल फोन था क्या... थैंक्स फॉर..."

"अरे... अरे इतनी क्या नाक चढ़ा रही है... माफी बाबा माफी।"

"ठीक है... ठीक है... इस शनिवार को निपट लेंगे। गदर... टिकट... शनिवार... दोपहर दो बजे... ओके!"

"डन... बा ऽ ऽ य!"

"प्रीति!"

"हाँ बोल नन्दिनी... कैसी है तू।"

"ठीक हूँ... आज शनिवार है इसलिए..."

"टिकटें आ गयी हैं। मैं दो बजे तुम्हें थियेटर पर मिलूँगी।"

"बस इसी के लिए फोन किया था।... मिलते हैं... ओके...।"

"हाँ, श्योर... अरे हाँ नन्दिनी वैसे तो बाकी बातें होंगी ही मुलाकात पर..."

"हम 'गदर' देखेंगे, बातें नहीं करेंगे।"

"ओके बाबा, पर एक बात बतानी थी... अजीत देशपांडे के फोन बन्द हो गये... चार दिन से उसका फोन नहीं आया है। रोज करता था... उस दिन साफ-साफ झाड़ दिया... फोन आने बन्द हो गये... बचा लिया ऊपर वाले ने..."

"गुड"

"चलो अच्छा हुआ... पर डर लगता है। कहीं उसने मेरे चेयरमैन से कोई उल्टी-सीधी बात न भर दी हो। ऐसे बगुलों से भगवान बचाए..."

“अरे छोड़ न, ऐसे लोग कुछ नहीं करेंगे... निश्चिन्त रह। तू बगुलों की बात करती है। गिद्धों की भी कोई कमी नहीं। तू आ तो... मैं तुम्हें बहुत कुछ बताऊँगी।”

“चल, बाकी मुलाकात पर... ठीक है... मिलते हैं। ओके...।”

मौसम खराब है

विमान में कदम रखते ही उसने अपनी सीट ढूँढ़ ली। बहुत दिनों बाद उसने खिड़की की सीट अपनी ओर से माँगी। अन्यथा जो भी सीट उसे मिलती वह ले लेती। बम्बई से दिल्ली जाने वाली इस आई.सी. 168 उड़ान में अक्सर भीड़ होती है। बम्बई के सारे काम निपटाकर शाम 6.30 बजे इस उड़ान से दिल्ली 8.30 रात तक पहुँचा जा सकता है। उसने भी आज दिन भर आफिस का जरूरी काम निपटाया और पाँच बजे दफ्तर से निकली। सान्ताक्रूज विमान तल से उसका आफिस मुश्किल से पन्द्रह मिनट की दूरी पर होगा।

विमान में बैठते ही उसने आज आफिस की सारी बातों को झटक दिया और खिड़की से बाहर झाँकने लगी। वैसे भी उसने अपने आपको सुरक्षा जाँच के बाद पूरी तरह आश्वस्त कर लिया था कि परसों होने वाली वार्षिक बैठक की सारी तैयारियाँ ठीक ढंग से पूरी हो चुकी हैं। कल दिल्ली में आयोजित यह बैठक अचानक बुलाई गयी। संसद का सत्र प्रारम्भ होने जा रहा था और उसके मन्त्रालय से कुछ जरूरी प्रश्न उसमें थे। वह भारत सरकार के उपक्रमवाली एक आइल कम्पनी में काम करती है।

सुरक्षा जाँच हो जाने के बाद उसने अपने पर्स से अपनी डायरी निकाली और सिलसिलेवार सारे कामों के बारे में एक बार फिर सोच लिया। फिर समय पर जो भी परिवर्तन हों। इस बार वार्षिक बैठक में मन्त्री जी आने वाले थे। एक भी बात ऐसी-वैसी नहीं होनी चाहिए। वह आज दिल्ली जा तो रही है, परन्तु उसकी सारी चिन्ताएँ बम्बई में मँडरा रही हैं। तभी पाइलट की आवाज सुनाई दी। शब्द साफ नहीं थे, पर शायद यही कहना था कि विमान के दरवाजे ठीक से जाँच लें। विमान उड़ान की तैयारी में है। उसे हर बार लगता कि ये पाइलट भी क्या लोग हैं, जितनी सफाई से विमान चलाते हैं, उससे ठीक विपरीत अत्यन्त लापरवाही से विमान में सूचनाएँ देते हैं।

खैर! विमान हिला और उसने 'स्वागत' पत्रिका उठा ली। हवाई सुन्दरियाँ मूर्तिवत अँग्रेजी लहजे में हिन्दी बोलने की कोशिश करते हुए संकट की स्थिति में

'साँस लेने का तरीका' बता रही थीं। उसे इस बात पर भी हमेशा ही अजीब-सा अनुभव होता। हवाई सुन्दरी को भी मालूम है कि उसकी बात की ओर कोई ध्यान नहीं दे रहा है और यात्रियों को भी मालूम है कि वह टेप फिर बज रही है। ये बात और है कि सचमुच संकट का समय आये तो कइयों की हवाइयाँ उड़ने लगेंगी। ये जरूर है कि कुछ यात्री सुन्दरियों को मूर्तिवत ताकते रहते हैं। जो पहली बार सफर कर रहे होते हैं वे अपनी कमर की पेटी को बार-बार ठीक से बँधे होने की आश्वस्ति कर लेते हैं। विमान के जमीन छोड़ते ही आधे लोग सो जाते हैं। लेकिन उसे आज न तो नींद है, न ही कुछ पढ़ने की इच्छा। वैसे हर सफर में वह एक पुस्तक अवश्य पढ़ लेती है। लेकिन आज कुछ नहीं। कल और परसों की बैठकें भी उसे नहीं खींच पा रही थीं— अपनी ओर।

विमान ने समुद्र की एक भरपूर परिक्रमा की। विमान ऊँची-ऊँची पहाड़ियों पर अपने बड़े-बड़े डैनों की छायाकृति छोड़ते हुए अपनी ऊँचाई बढ़ा रहा था। जमीन दूर-दूर होती जा रही थी।

कोई बस्ती मधुमक्खी के छत्ते की तरह दिखाई देती और धरती हरी-भरी छोटी-छोटी चादरों की तरह नजर आती। फिर अचानक कोई नदी सुनहरी रेखाओं-सी लगती। बड़ी नदी ऐसी लगती मानो किसी ने कहीं से सोना पिघलाकर बहा दिया हो। उसने दूर क्षितिज पर नजर घुमायी। वाह, क्या सुन्दर चित्र है। जैसे पेन्टिंग ही हो कोई। ऋचा होती तो कितनी खुश होती। ऋचा उसकी नौ साल की बेटी। देखते-देखते बारह साल हो गये शादी को। अनायास ही कुशल भी याद हो आये उसे। कुशल ने कितनी आजादी दे रखी है। नौकरी में कभी भी उन्होंने अनजाने में भी, बाधा तो दूर की बात है, कोई ऐसी-वैसी बात नहीं कही। उसे सम्पूर्णता देने में कुशल की भूमिका बहुत ही विशिष्ट रही।

उसने ट्रेनी अफसर के रूप में जिस दिन इस दफ्तर में कदम रखा था, वह दिन अचानक आज उसके सामने घूम गया। वैसे उसकी आदत नहीं कि भूतकाल में इधर-उधर भटकती रहे। पर आज अनायास वह पीछे देखने लगी थी। किस तरह उसका पहला दिन सबके लिए कौतूहलपूर्ण था। उसके लिए भी कम कौतूहल नहीं था। ऑफिस के पुराने लोग उसे गाहे-बगाहे निगाहें उठाकर एक झलक देख लेते। वह भी सबसे खूब मिलती। कोई हिचक, कोई सीमा या दुविधा उसके मन में नहीं थी, पहले दिन से ही। इसीलिए वह महिला कर्मचारी या पुरुष कर्मचारी जैसी सीमा रेखाओं के बीच कभी नहीं उलझी। समर्पण उसके काम को निखारता, उत्साह उसके व्यक्तित्व को सँवारता और मेहनत उसमें नया आत्म-विश्वास भरती। देखते-देखते वह ऑफिस की एक महत्त्वपूर्ण अफसर के रूप में अपनी हैसियत बना चुकी थी। और भी महिला अधिकारी उसके ऑफिस में थीं। पर इसने अपनी अलग और

विशिष्ट पहचान बना ली।

लंच के समय सबसे घुलना-मिलना। काम की बातों के साथ विषयान्तर करना भी वह खूब जानती थी, ताकि लंच के समय केवल आफिस की बातें न हों। अनौपचारिक बातें भी हों। बोझिलता कम हो और फिर नये उत्साह से दिन के शेष काम पूरे किये जा सकें। उसे हमेशा प्रसन्न ही देखा सबने। वह भी सबके साथ बहुत आत्मीयता और स्फूर्ति से पेश आती। लेकिन यह सब अत्यन्त सहजता और स्वाभाविकता के साथ। कभी भी बनावटीपन नहीं। सुबह-सुबह काम शुरू करने से पहले अपने साथियों को 'हॅलो' कहना भी कितना स्वाभाविक होता उसका। वरना अब तो हॅलो भी काफी अर्थपूर्ण, कभी बनावटी तो कभी बेजान औपचारिकता का निर्वाह ही करने को मजबूर रह गया है।

उसने अपनी हैसियत अपने काम से बनायी। इसका अधिकतम श्रेय वह कुशल को देती है। कुशल ने उसके व्यक्तित्व को कभी ढहने नहीं दिया, पिघलने भी नहीं दिया। कुशल के साथ कभी-कभी वह ऑफिस की बातें कर लेती। वैसे उसकी कोशिश होती कि ऑफिस की बातों को वह घर तक न जाने दे।

बहुत कम समय में वह मेनेजमेन्ट की नजरों में एक काबिल अफसर के रूप में उभर आयी। कुछ लोगों को विशेषतः पुराने कुछ अफसरों को उसकी यह उड़ान अच्छी नहीं लगी। लेकिन उसने इसकी परवाह भी नहीं की। कम्पनी की ओर से जो भी जिम्मेदारी सौंपी जाती, वह उसे उत्साह और लगन से पूरा करती। कभी-कभी उसके विभाग के अलावा भी कुछ और काम उसे दिया जाता उसे भी वह इनकार न करती। यही कारण है कि उसकी अहमियत ऑफिस में बढ़ती गयी। लेकिन, उसके व्यक्तित्व की ही खूबी थी कि अपने साथियों एवं अन्य कर्मचारियों के साथ उसका व्यवहार हमेशा ही प्रसन्न और सौहार्दपूर्ण होता। कोई भी उसके बारे में हल्की-फुल्की बात कर ही नहीं सकता था। सबके साथ घुलने-मिलने के साथ ही एक विशिष्ट गरिमा उसने अर्जित कर ली थी। उसे सहयोगी भी बहुत अच्छे मिले। जल्दी ही उसे प्लानिंग डिपार्टमेन्ट का इन्चार्ज बना दिया गया।

आज इसी विभाग के प्रमुख के नाते उसे दिल्ली एक बैठक के लिए जाना पड़ा है। कम्पनी के चेयरमैन पहले ही वहाँ एक दूसरी बैठक के लिए गये हुए हैं। काम जब अधिक हो और इस तरह अचानक और काम आ पड़े तो भी वह बहुत विचलित नहीं होती। बड़ी दृढ़ता और तल्लीनता से वह जुट जाती है।

दिल्ली विमानतल पर उतरते ही उसने विमानतल से प्रिपेड टैक्सी ली और अपने होटल के लिए चल दी। रात के साढ़े आठ बज रहे थे। बम्बई में अकेले उसे कभी भी अपने महिला होने का अहसास नहीं होता, लेकिन आज दिल्ली में इस रात के समय अकेली टैक्सी में कुछ अटपटा-सा लग रहा था। वह सहज नहीं थी।

टैक्सीवाले की ओर नजर रहती। वैसे दिल्ली कई बार आयी है लेकिन आज उसे अकेलापन लग रहा है। सम्भवत: आये दिन दिल्ली के आतंक और ऐसी-वैसी खबरों के कारण वह चिन्तित थी। टैक्सीवाले से बात करे या न करे इस असमंजस में भी वह थी। उसे पहली बार यह दुविधा हो रही थी। बम्बई में तो कभी ध्यान में नहीं आया कि उसे कभी ऐसा भी सोचना पड़ेगा। हिम्मत कर उसने टैक्सी का काँच नीचे उतार दिया। बहुत गर्मी भी थी भीतर। टैक्सीवाले ने सवारी की बेचैनी भाँप ली। ''बीवीजी दिल्ली का मौसम काफी खराब चल रहा है। अन्धड़ ही अन्धड़ है कल से। आप काँच ऊपर चढ़ा लें।''

इतनी बात से उसे लगा कि टैक्सीवाला भला आदमी है। फिर भी उससे ज्यादा बात करना उसने उचित नहीं समझा। काँच ऊपर चढ़ा लिये और सुनसान रास्ता समाप्त होते ही उसने कुछ राहत की साँस ली। लेकिन दिल्ली की राजनैतिक बस्ती तो सुनसान बस्ती से भी अधिक भयावह लगी उसे। हर कोठी एक बंकर लगती। जितनी सुरक्षा बढ़ रही है, उसे यह सब अपने लिए असुरक्षित लगता। किसी तरह कनाट प्लेस आया और उसने नि:श्वास छोड़ा। होटल में पहुँचते ही पूरी राहत की साँस ली। लगभग दस बज रहे थे रात के। काफी कुछ खाना विमान में हो चुका था। अब उसकी इच्छा नहीं थी खाने की।

होटल में हाथ-मुँह धोने के बाद उसने अपने चेयरमैन से फोन पर बात की। कागजात की जानकारी दी। चेयरमैन की इच्छा थी कि सुबह दस बजे मीटिंग से पहले वह उनके होटल जाए। नाश्ता साथ करेंगे। उसने हाँ कह दी। अच्छा रहेगा। मीटिंग से पहले एक घंटा बातचीत का मौका भी मिल जाएगा। उसकी कम्पनी के चेयरमैन 'जनपथ' में रुके थे।

चेयरमैन से बात हो जाने के बाद उसने कुछ और हल्कापन महसूस किया और ऋचा व कुशल से बात करने की इच्छा हुई। फोन भी जल्दी मिल गया। ऋचा का गुडनाइट कहना उसे बहुत भाता है। देर तक वह ऋचा के बारे में सोचती रही।

दूसरे दिन वह सुबह ठीक 8.30 पर होटल जनपथ पहुँची। नाश्ते पर चेयरमैन से चर्चा भी हो गयी और दोनों एक साथ बैठक के लिए चल दिये।

चेयरमैन बैठक के बाद आज रुकनेवाले थे। वे कल सुबह की उड़ान से बम्बई पहुँचेंगे। मन्त्रीजी को साथ लेते हुए वार्षिक कार्यक्रम के लिए। लेकिन उसे तो बैठक समाप्त होते ही आज ही बम्बई जाना है। दोपहर दो बजे की उड़ान से उसका टिकट भी बुक है। एक बार फिर वार्षिक बैठक की अन्तिम तैयारी के लिए शाम वहाँ पहुँचना उसे जरूरी लग रहा था।

दिल्ली की बैठक अच्छी रही। चेयरमैन भी प्रसन्न थे। सब कुछ समय पर और बिना किसी गड़बड़ी के सम्पन्न हुआ। चेयरमैन ने उसे विमानतल पर पहुँचाने की

विशेष व्यवस्था करवा दी। विदा देते समय कल के सारे कार्यक्रम और व्यवस्था के बारे में एक बार फिर बात की। आज की अच्छी बैठक का सेहरा भी चेयरमैन ने इसी के सिर पर बाँध दिया। उसने विनम्रतापूर्वक सब कुछ सुना और चेयरमैन को धन्यवाद देकर उनसे विदा ली। चेयरमैन के चेहरे पर सन्तोष के भाव, उसके लिए सराहना भी थी। उसे अच्छा लगा। भागदौड़ में तैयार किये गये कागजात और अन्य सामग्री ठीक साबित हुई थी।

विमानतल पहुँचने के बाद उसे मालूम हुआ कि उसकी उड़ान दो घंटे देरी से जाएगी। यह विमान बाहर से यहाँ आना था, अभी तक नहीं आया है। मौसम खराब होने के कारण वह उतर ही नहीं पाया था। पता नहीं उसे कितनी देर लगेगी। वह बेचैन हो गयी। दो घंटे समय भी इतना कम है कि कहीं से वापस नहीं लौटा जा सकता। वह वहीं बैठी रही। एक नयी पुस्तक खरीदी और उसमें खो जाने की कोशिश करने लगी। पर पता नहीं कब आँखों के सामने के अक्षर पिघल जाते और सामने परसों की वार्षिक बैठक के काम घूम-घूम जाते। फिर वह अपने सहयोगियों की दक्षता का हवाला देकर किताब में डूबने की कोशिश करती। वह अँग्रेजी का एक उपन्यास था, जिसमें सत्ता संघर्ष के लिए चूहादौड़ की एक लम्बी कहानी और हैरतअंगेज घटनाक्रम थे। पुस्तक अमेरिका से प्रकाशित थी। दस वर्ष पूर्व उसका प्रकाशन वहाँ हुआ था। पुस्तक बड़ी दिलचस्प थी। राजनेताओं, पत्रकारों और व्यावसायिक कम्पनियों की साठगाँठ, मिलीभगत और अपने-अपने में आगे बढ़ने की गलाकाट भीषण सरपट दौड़ की कहानी में संवेदनाओं की हैसियत का पता ही न चलता। वह उपन्यास में डूब चुकी थी और विकसित देशों की कहानी में अपने देश की झलक भी अनायास वह पा जाती। कब दो घंटे बीत गये, पता ही नहीं चला। बल्कि और भी समय लग गया। दो बजे की उड़ान साढ़े पाँच बजे बम्बई के लिए रवाना हुई। रास्ते में उसने उपन्यास पूरा किया। थोड़ी झपकी-सी लगी ही थी कि बम्बई की धारावी को पार करता हुआ विमान सान्ताक्रूज विमानतल पर दौड़ रहा था। उसके दिमाग में हल्का-सा प्रश्न उभर ही गया। अभी दिल्ली में सम्पन्न बैठक एक पाँच सितारा होटल में, अभी पढ़ा उपन्यास अपने वैभव को बढ़ाने के लिए और यह धारावी की दूर-दूर तक अभावों और असुविधाओं के गर्त से संघर्ष करती विशाल झोपड़पट्टी... क्या और कहाँ इन सारी बातों की जड़ें हैं। फिर सोचा, भयानक प्रश्न-जाल में वह उलझ गयी है। लोग सहयात्रियों की चिन्ता किये बगैर ऊपर से अपना सामान जल्दी में उतार रहे हैं। किसी को कुछ लग गया तो 'सॉरी' से काम चला रहे हैं। पर कोई भी पाँच मिनट रुकने को तैयार नहीं। विमान और घंटा भर देर से आता तो क्या कर लेते?

दूसरे दिन अपने समय पर वह ऑफिस पहुँची। लिफ्ट से बाहर आते ही उसी

स्फूर्ति, उत्साह और प्रसन्नता से उसने अपने हॉल में प्रवेश किया। चलने का उसका एक अपना तरीका था। उसके कदमों में एक विशेष शैली का उत्साह झलकता। आँखों में निर्द्वन्द्वता होती और हलो में अनौपचारिक सादगी। दरवाजे पर बैठे चपरासी की ओर भी उसने हलो के अन्दाज में देखा और रिसेप्शनिस्ट की ओर नजर दौड़ायी तो उसकी नजर हवा में उछल गयी। रिसेप्शनिस्ट का ध्यान कहीं और था। उसने विशेष नहीं माना इस घटना को। लेकिन अपनी सीट की ओर पहुँचते-पहुँचते उसने पाया कि आज सभी साथी इतने अनमने क्यों हैं। कोई नजरें क्यों नहीं मिला रहा। नजरें मिल भी गयीं तो नजर फेर क्यों लेते हैं लोग! उसे लगा कि जरूर कोई ऐसी-वैसी घटना हो चुकी है। विशेषत: साथी अधिकारियों की आँखों में उसके लिए एक प्रकार की परायेपन की भावना दिखाई देती। वह अपना पर्स टेबल पर रखकर 'प्रसाधन' में चली गयी। भीतर उसने इस पर काफी सोचा कि आज किसी ने हलो नहीं की और उसकी हलो का किसी ने उत्साह से प्रत्युत्तर नहीं दिया। चलो चीफ आफिसर से ही चलकर पूछते हैं, क्या गड़बड़ हो गयी है।

बाहर निकलते ही उसे फिर वही बेरुखी और परायेपन को झेलना पड़ा। आखिर क्या हो गया? दूर से ही उसने देखा कि उसका सहायक पांडे उसकी टेबल के पास खड़ा है। उसकी आँखों में सम्मानजनक चमक छलक रही है। उसे पांडे का इस तरह मिलना अच्छा लगा। ऑफिस की बैठने की व्यवस्था ऐसी है कि बैठने पर कोई किसी को दिखाई नहीं देता। आधुनिक ढंग से बना है यह ऑफिस। पर करीब आकर उसने देखा कि पांडे के हाथ में बुके भी है। इससे पहले कि पांडे से वह कुछ पूछे। पांडे ने ही कहा— "बधाई, मुबारक।"

"किस बात की?"

"आपको इस वर्ष की श्रेष्ठ अधिकारी घोषित किया गया है।"

"...।...?"

...

उसने एकबारगी चारों तरफ नजर दौड़ायी। लगा सब दस बजे इतनी व्यस्तता से काम कर रहे हैं कि किसी को उसकी ओर देखने की फुर्सत ही नहीं। किसी को खुशी नहीं, कहीं कोई बधाई नहीं। यहाँ तक कि जिसे पिछले वर्ष यह पुरस्कार मिला था और जिसकी खुशी में इसने अपनी ओर से मिठाई बाँटी थी, वह भी अपने काम में मशगूल है।

उसका जी खट्टा हो गया। लगा मिठाई में अचनाक कंकड़ आ लगा दाँतों के बीच। पर उसने तो किसी को कभी भी आहत नहीं किया था। फिर क्यों उसकी खुशी साथियों के लिए काँटा बन गयी। ओफ् नो। अचानक उसके मुँह से निकला। पांडे ने कहा भी मैडम! छोड़िए भी, ईर्ष्या कहाँ नहीं होती। पर उसे बेचैनी होने

लगी। वह कोई काम नहीं कर पायी।

और कल तो वार्षिक कार्यक्रम है। इसी कार्यक्रम में मन्त्रीजी के हाथों उसे पुरस्कार लेना है। चेयरमैन को तो यह मालूम होगा। परन्तु, दिल्ली यात्रा में उन्होंने कोई संकेत नहीं दिया। शायद वे सरप्राइज देना चाहते होंगे।

सरप्राइज तो दफ्तर के जाने-पहचाने साथियों ने दिया। इस अलगाव, बेगानेपन और निरपेक्षता से वह बुरी तरह आहत हुई। यह तो उसका अपमान है। धिक्कार है ऐसे पुरस्कार से जो अपनों को परायों में बदल दे। नहीं चाहिए पुरस्कार। पर पिछले साल तो ऐसा नहीं हुआ था। कुछ लोग अवश्य अनमने हो गये थे पर बधाइयों की औपचारिकता तो निभाई गयी थी।

मेरे साथ इस तरह कठोरता और ईर्ष्या का कोई खास कारण? हाँ, है एक कारण— कारण है— उसे इस कार्यालय में तेजी से मान्यता मिली है। उसने इस मान्यता के लिए कभी गलत रास्ते नहीं अपनाये— सिर्फ मेहनत और लगन। इसीलिए वह जूनियर होकर भी यह खिताब पा सकी।

बस खटक गया कुछ लोगों को विशेषत: सीनियरों को। फिर क्या था। अनाप-शनाप, उल्टी-सीधी प्रतिक्रिया दिन भर आफिस में चलती रही। वह बुरी तरह आहत हुई। बिल्कुल नहीं चाहिए यह पुरस्कार। दोपहर के दो बज रहे थे। शायद चेयरमैन आ गये हों। वह झट अपनी जगह से उठी और चेयरमैन के केबिन की ओर बढ़ी। सारी निगाहें फिर उसका पीछा करने लगीं। कुछ लोगों को आपत्ति तो थी ही कि वह किसी को गिनती ही नहीं, सीधे चेयरमैन।

पी.ए. ने रोक दिया। आज मुलाकात नहीं हो सकती। साहब बहुत ही व्यस्त हैं। उसने विनती की, सिर्फ दो मिनट। मैं बिल्कुल वक्त नहीं लूँगी। पता है कल की वार्षिक बैठक... सिर्फ दो मिनट... पर पी.ए. मजबूर था। उसे चेयरमैन की हिदायत ही ऐसी थी।

वह अपने टेबल पर आकर बैठ गयी। शाम को फिर पी.ए. को फोन किया। पर सम्भावना नहीं थी। अन्तत: उसने एक कागज पर संक्षेप में लिख दिया— "सर, मैं यह पुरस्कार नहीं ले सकती। मैं आभारी हूँ कि समिति ने मेरा चुनाव किया। आशा है, मेरी मजबूरी समझेंगे।" बस इतना ही लिखा। लिफाफे में बन्द किया और ऊपर 'कन्फिडेंशियल' लिखकर चेयरमैन के पी.ए. को दे दिया। अनुरोध किया कि इसे सिर्फ चेयरमैन ही खोलें।

बाद में पांडे को बुलाकर अनमने होकर ही उसने कल के कार्यक्रम की तैयारियों के बारे में पूछताछ की। सब कुछ ठीक हो गया था। अब वह ऑफिस में रुकना नहीं चाहती थी। परन्तु चेयरमैन यदि पाँच तक बुलाते हैं तो ठीक नहीं होगा। इसलिए वह साढ़े पाँच तक रुकी और फिर घर चली गयी। तैयारियाँ सारी

हो चुकी थीं। अब केवल साढ़े नौ बजे मुख्य कार्यक्रम होना है। उसमें उसकी कोई रुचि नहीं थी। फिर भी उसने पांडे से कहा कि आठ बजे वहाँ पहुँचना ठीक होगा।

साढ़े छह के लगभग आफिस में भगदड़ उस समय हुई जब चेयरमैन ने उसे बुलाया। पर वह तो जा चुकी थी। उसके घर का फोन नम्बर ढूँढ़ा जाने लगा। पर घर पर फोन अभी तक लगा नहीं था। ऑफिस में कुछ लोग ऐसे थे जो काम के नाम पर इतना ही करते थे कि चेयरमैन के जाने के बाद ऑफिस छोड़ते। उन्होंने पी.ए. को बताया कि वह तो साढ़े पाँच को ही चली गयी और कोई कान्टेक्ट नम्बर उसका नहीं है।

दूसरे दिन वह ठीक आठ बजे कार्यक्रम-स्थल पर आ चुकी थी। निश्चिन्त थी कि सम्बन्धित सारे कागजात ठीक ढंग से वितरित हो चुके हैं। उसने दूर से देखा चेयरमैन की कार आ रही है। पता नहीं उन्होंने लिफाफा खोला या नहीं। क्या सोचा होगा? पर इतनी जल्दी कैसे आ गये।

थोड़ी देर में ड्राइवर ने आकर कहा, साहब बुला रहे हैं। कुछ सहमती हुई वह चेयरमैन की ओर बढ़ गयी। एक ओर ले जाकर बड़ी आत्मीयता से उन्होंने पूछा, "क्या बात है? किसी ने कुछ कहा। यह तो तुम्हारा जायज हक है। चयन समिति का निर्णय है। इसमें मेरा भी कुछ नहीं फिर भी मैं कहूँगा कि तुम्हें पुरस्कार लेना चाहिए। वरना जो नहीं चाहते कि तुम जैसे आगे आने चाहिए, वे सफल होंगे।"

उसने डबडबायी आँखों से चेयरमैन को देखा। वे सच कह रहे थे। उसे पुरस्कार लेना ही चाहिए। चेयरमैन ने फिर कहा, "इतना सेन्टिमेन्टल नहीं होना चाहिए। तुम पुरस्कार लेने आओगी।" इतना कहकर वे कार्यक्रम की अन्य तैयारियों की देखरेख में लग गये।

उसने भी अपने मन को तैयार कर लिया परन्तु उसके उत्साह, खुशी और सन्तोष को ज्यों ग्रहण लग गया था।

कार्यक्रम हुआ। उसका नाम पुकारा गया। तालियाँ उसके कानों में तीर-भालों का काम कर रही थीं। वैसे इन तालियों में लोकल आफिसर भी थे। साथ ही, चेयरमैन और पांडे की तालियाँ भी हैं, यह सोचकर वह सामान्य होने की कोशिश करने लगी। उसे कदमों में स्फूर्ति सायास-सी लगी। उसने अपने आपको काफी मना लिया था कि पुरस्कार लेते समय उसके भीतर घुमड़ते काले बादलों की छाया उसके हँसमुख व्यक्तित्व पर न पड़े। इसी कोशिश में वह मंच की ओर बढ़ी। चेयरमैन की तालियों ने उसके दिमाग का कोलाहल दूर किया। पुरस्कार लेने के बाद, उसे लगा कि सीट पर बैठते ही पता नहीं बादल कब बरस पड़ेंगे...।

□

पीली रिबन

इस बार डॉ. उषादेवी कोल्हटकर का पत्र आने में काफी विलम्ब हुआ। खाड़ी के युद्ध के कारण पत्र आने में देर हो रही थी। पत्र खोलते ही एक पीली रिबन बाहर निकली। एक चमकदार रेशमी पीली रिबन। आकर्षक और मोहक। बात समझ में नहीं आयी। परन्तु जब पत्र पढ़ा तो बात स्पष्ट हुई। प्रारम्भ में ही उन्होंने लिखा था, ''अमेरिका में दुगुनी खुशी है, एक तो जीत की और दूसरे युद्ध खत्म होने की। और दुनिया का वह खौफनाक युद्ध खत्म हुआ तो लोगों ने न्यूयार्क शहर में चारों ओर पीली रिबन बाँध दी। रोशनी का पर्व ज्यों प्रकाशित हो गया था। होटलों और सार्वजनिक स्थानों पर लोग सामूहिक रूप से खुशियाँ मना रहे थे और जहाँ तक नजर पहुँचती शहर के चारों ओर पीली-पीली रिबन। आशा का प्रतीक झिलमिल पीला खूबसूरत रंग।

इराक, मलबे में अपना भविष्य तलाश करता रहा और अमेरिका विश्व विजय का सबसे बड़ा सेहरा बाँधे गर्व से पीली रिबन का इतिहास खोज रहा था...।''

बात लगभग तीस वर्ष पुरानी है। एक आदमी बस में बैठा-बैठा अपने आपको कोस रहा था। किसी भी पड़ाव पर वह न उतरता... दुःखी और चिन्तित लगता। जैसे-जैसे बस का अन्तिम पड़ाव करीब आने को होता उसकी आँखों का कुतूहल, जिज्ञासा, डर उसे कचोटते और वह बेवजह शून्य में खिड़की के बाहर टकटकी लगाये रहता। जब उसकी पास वाली सीट पर बैठे सहयात्री से उसकी बेचैनी देखी नहीं गयी तो उसने अन्ततः पूछ ही लिया, ''क्या बात है, आप बहुत दुखी लग रहे हैं... तबीयत तो ठीक है न!!''

पहले तो उस आदमी ने ज्यों ध्यान ही नहीं दिया। उसकी आँखों का खूँखार सूनापन बगल के व्यक्ति को डरा गया। पर उसकी जिज्ञासा भी और बढ़ गयी। उसने फिर कुरेदा... इस बार उस वृद्ध व्यक्ति की आँखों से पानी छलकने लगा। लगा गहरी ठेस के बाद ही आदमी ऐसा होता होगा। वह लगभग रुआँसा हो गया।

फिर उसने हिम्मत बटोरी और बोला, ''मैं युद्ध कैदी था। अभी छूटकर आ रहा हूँ। इस बीच मैं दुश्मन-देश के विभिन्न शिविरों में यातनाएँ सहता रहा। अब

मुक्त हुआ हूँ। कितना अच्छा लगता है अपनी मिट्टी को देखकर। कितना बदल गया है सब कुछ। दुनिया कहाँ से कहाँ निकल गयी और मैं कैद में अपना भविष्य गिरवी रखे अपने वर्तमान को रोज मारता रहा। उम्मीदें छोड़ दी थीं, सभी तरह की। छूटने पर लगता है, अब मेरी जिन्दगी में बचा ही क्या है। मैं किसके लिए बस में बैठा हूँ। क्यों जा रहा हूँ...

ये बात नहीं कि मेरा उस छोटे से गाँव में कोई है, इसलिए मैं वहाँ जा रहा हूँ। मेरा वहाँ कोई नहीं है। हेडक्वार्टर आने के बाद मालूम हुआ कि मेरे करीबी सारे या तो युद्ध में मारे गये या तो मेरे लापता होने के दुःख में चल बसे।... मेरी शादी नहीं हो पायी थी फिर मेरे अपने कैसे। यह भी एक अजीब दास्तान है। चलिए बात चल पड़ी तो बता ही देता हूँ। मुझे भी राहत मिलेगी। और आपका रास्ता भी कट जाएगा।

दरअसल मैंने एक बहुत ही सुन्दर लड़की से प्यार किया था। वह भी मुझे बेहद प्यार करती थी। हम शादी करने वाले थे। दोनों परिवार भी खुश थे। तभी युद्ध भड़क उठा और मुझे मोर्चे पर जाने का आदेश मिला। मैं जब मोर्चे पर जाने लगा तब उसने मुझे विदा देने के लिए इतना कस लिया आलिंगन में कि लगा मैं मोर्चे पर किसी काम का न रहूँगा। अनचाहे ही मुझे उसे अलग करना पड़ा। उसकी स्वप्निल आँखों में उतरे आँसुओं का सामना करने की मेरी हिम्मत नहीं हुई। पर मैंने ही कहा था, 'यदि जीवित आया तो...' 'बस' उसने अपनी अँगुली मेरे होठों पर रख दी और कहा, 'तुम जरूर आओगे और सही सलामत। तुम जब आओगे तो उसी पेड़ के नीचे तुम्हें मिलूँगी, जहाँ हम रोज मिला करते थे... तुम जरूर लौट आओगे... हम जरूर मिलेंगे।' उसकी इस भावुक अनुभूति पर पता नहीं कैसे मेरे मुँह से निकल गया, मैं जब आऊँगा और तब तक यदि तुम इन्तजार कर सकीं तो इसी पेड़ की एक डाल पर पीली रिबन बाँध देना... मैं समझूँगा तुम्हें अब भी मेरा इन्तजार है...।

तब क्या पता था कि मुझे इतने दिन दुश्मनों की जेलों में सड़ना पड़ेगा। इतने सालों में मेरी कोई खोज-खबर भी कैसे लेता। अब तो मैं बूढ़ा भी हो चुका हूँ। मुझे तो डर है कि गाँव में पेड़ तो क्या, स्वयं गाँव भी बचा होगा या नहीं।

ऐसे में वह कहाँ पीली रिबन बाँधेगी? और पेड़ यदि किसी तरह बच भी गया होगा तो वह अब तक क्यों बैठेगी मेरे लिए... फिर भी मैंने वहाँ से उसे लिख दिया...। लगता है, मेरा शरीर ही सिर्फ बूढ़ा हो गया है और दुनिया में नयी-नयी सड़कें उग आयी हैं, पर मेरे मन में आज भी उसका भावुक चेहरा ही आँखों पर उतरता है, जिसमें वह कहती है, 'तुम जरूर आओगे। हम इसी पेड़ के नीचे मिलेंगे।'

... और मैंने उसे लिख दिया एक पत्र। पता नहीं उसे मिला भी या नहीं। अब तो वह दादी होगी अपने पोते-पोतियों के बीच। फिर भी मैंने यूँ ही लिख दिया। इस गाड़ी से आ रहा हूँ... यदि तुम्हें मेरी बात और अपनी इच्छा याद है तो उसी पेड़ पर पीली रिबन बाँध देना, मैं तुम्हें कहीं भी खोज लूँगा...।

कितना उत्साह था उसकी बातों में। कितनी बेचैनी थी उसकी आँखों में। इतनी सारी कहानी सुनाकर वह अचानक फिर कहीं खो गया। फिर कहीं उसके भीतर बीती बातों की अन्धी बाढ़ आयी और वह शून्य में बह गया। परन्तु इस बगलवाली सीट के सहयात्री ने यह बात सबको सुनाई। स्त्री-पुरुष, बड़े-बूढ़े सबने यह घटना सुनी और सहानुभूति में खो गये। सबके मन में जिज्ञासा थी, कुतूहल था और उसके जीवन में घटे इस भयंकर हादसे के प्रति हमदर्दी थी।

जैसे-जैसे उसकी बस गाँव की ओर बढ़ती जा रही थी, सब उसकी कहानी का अगला पृष्ठ पढ़ने की जिज्ञासा में आगे बढ़ रहे थे और वह डर रहा था। अब तक जिसके लिए वह साँस ले रहा था, मृगजल ही सही आज वह सपना टूट जाएगा। आज के बाद जीने की उसकी वजह भी खो जाएगी। अब कहाँ जाएगा वह...

इस बीच सहयात्रियों में से किसी ने ड्राइवर को भी यह घटना सुना दी और यह तय हुआ कि बस सीधे उसी पेड़ के नीचे रोकी जाए। सहयात्रियों के लिए यह अवसर अद्भुत भी था और आश्चर्यजनक भी। जब बस उस पेड़ के नीचे पहुँची तब सबने देखा कि पेड़ पर इतनी पीली रिबन लगी हैं कि पेड़ की असली पहचान ही खो गयी है। वह तो मानो सपने में ही हो। उसे कुछ सूझ ही नहीं रहा था। उसके हाथ-पैर काँप रहे थे। काँपते हाथ से उसने जेब से चश्मा निकालकर आँखों पर चढ़ाया तो देखा चारों ओर पीली रिबन। सिर्फ उसी पेड़ पर नहीं, बल्कि जहाँ-जहाँ तक नजर जाती है सब पीला-पीला। उसकी आशा बँधी और वह पीछे मुड़-मुड़कर जिसे ढूँढ़ रहा था, वह सफेद कपड़ों में लाल गुलाबों का एक भरपूर गुच्छा लेकर उसकी ओर बढ़ रही थी। जवान लड़कियाँ उसे आगे बढ़ा रही थीं। उसने चश्मे को ठीक कर ऊपर देखा तो उसकी आँखें छलछला आयीं। इधर उसे तो कुछ दिखाई भी नहीं दे रहा था और कुछ सूझ भी नहीं रहा था। तभी उसने उसके हाथों से फूलों का गुच्छा लेना चाहा और उसने उसे भरपूर आलिंगन में उसी तरह कस लिया। पूरा एक कालखंड उन दोनों के बीच विसर्जित हो चुका था। गाँववालों ने संगीत की व्यवस्था भी की थी। और ऐसा लगा कि इस महोत्सव का इन्तजार उसे अकेले को ही नहीं था। संगीत के साथ गाँववाले ही नहीं, बस के सारे सहयात्री भी नाचने लगे थे। उन दोनों को लगा अभी वे उतने बूढ़े नहीं हुए हैं... कदम थिरकने लगे... और देखते-देखते लहराती पीली रिबन की यह कथा आसपास की

सीमाएँ तोड़ चारों ओर फैल गयी। पीला रंग आशा का प्रतीक बन गया और रिबन इस आशा का साक्षात रूप...

आज भी जब युद्ध घोषित होता है तो पेड़ काँपते हैं, गाँव उजड़ते हैं, उम्र अनाथ होती है और सब कुछ स्थगित हो जाता है... इसलिए डॉ. उषादेवी ने लिखा था कि अमेरिका के लोग उस पुरानी घटना-कथा को याद कर अपने प्रियजनों के स्वागत में, पूरी अमेरिकी सेना की वापसी पर न्यूयार्क शहर में जगह-जगह पीली रिबन बाँधकर अपनी खुशियाँ जाहिर कर रहे हैं... मैंने अनुभव किया, लिफाफे से बाहर आयी उस रिबन में आज भी उस सैनिक की गुमनाम उम्र की दस्तक सुनाई पड़ती है...।

□

गौरैया को तो गुस्सा नहीं आता

बहुत दिनों बाद ऑफिस से लौटते हुए जयन्त मिठाई भी लेता आया। खुश था वह आज। मिठाई लेकर जब चला तो ऋचा का चेहरा अनायास ही तैर गया उसकी आँखों में। ऋचा को गुलाबजामुन बहुत पसन्द हैं। आज बहुत खुश होगी वह।

बस से बाहर झाँकते हुए उसे लग रहा था, मौसम कितना अच्छा है। गुलमोहर तो फूलों ले लद ही गये। इस साल सड़कों के किनारे अब अच्छे पेड़ भी खड़े हो गये हैं। आज उसे सब दिखाई दे रहा था। वैसे वह रोजाना इसी सड़क से गुजरता है, पर दिमाग में पता नहीं क्या-क्या, खटर-पटर चलता रहता है। कभी ऑफिस की चख-चख, कभी गृहस्थी की खींचतान। आज उसकी तनख्वाह का दिन है।

घर आते ही उसने ऋचा को ढूँढ़ा। ऋचा बड़ी नटखट है। उसे पापा के आने का वक्त मालूम है। बॉल्कनी से वह पापा को देख लेती है और कहीं छिप जाती है। पापा जब उसे ढूँढ़ते हैं, तब उसे बड़ा मजा आता है। मजे की बात तो यह है कि उसके छिपने की जगह तय है। बॉल्कनी में खाली टी.वी. के खोखे में वह जा दुबकती है। जयन्त भी ढूँढ़ने का नाटक करते हुए अन्त में खोखे तक पहुँचता है। आज वह सीधे खोखे के पास ही चला गया और उठा लाया ऋचा को।

"ऋचा छह साल की हो गयी है... अब वह बड़ी हो गयी है। सिर पर उठाने लायक नहीं रही..." सरला की इन बातों की ओर जयन्त ने ध्यान नहीं दिया। फर्श पर ही बैठकर उसने मिठाई का पैकेट खोला और ऋचा को गुलाबजामुन खाते निहारता रहा।

इतने में सरला पानी का गिलास लेकर आयी, "इतना खर्च करने की क्या जरूरत थी..."

जयन्त ने सरला की बात अनसुनी कर दी और ऋचा के साथ ही खो गया।

ऋचा ने तोतली भाषा में पापा के कान में चुपके से एक बात बतायी—बेडरूम की अलमारी पर चिड़िया ने घोंसला बनाना शुरू कर दिया है। मुँह फुलाते हुए बोली, "इसे कोई नहीं हटाएगा।" पापा को 'हाँ' ही कहना था। सरला कह रही थी, "कितना गन्दा कर देते हैं सारा घर। इन्हें अभी ही रोकना चाहिए, नहीं तो बाद में मुश्किल हो जाएगी।"

जयन्त ने आँखों से संकेत कर सरला को बोलने से मना कर दिया। सरला भी ऋचा के मन को जानती थी।

दूसरे दिन रविवार था। जयन्त आज आराम से उठा। उठते ही देखा तो अखबार नहीं आया था। इधर-उधर टहला, टी.वी. खोला, समाचार सुने और 'रंगोली' देखी। फिर भी अखबार नहीं आया तो झल्लाया। करीब साढ़े आठ बजे अखबार वाला आया। अखबार के साथ बिल भी थमा दिया। जयन्त बुदबुदाने लगा, "कितनी देर कर देते हो। रोज के टाइम पर डाला करो। सम्भव न हो तो कहो, किसी दूसरे से मँगवा लूँगा।" बिल लेकर भुनभुनाता हुआ वह भीतर गया।

अखबार वाले को बिल के पैसे देकर एक बार फिर अखबार जल्दी डालने की ताकीद की। तब तक ऋचा उठ गयी थी। जयन्त के पास आकर बैठ गयी। सरला उसे ब्रश करने के लिए कहती रही। पर वह पापा से सटकर बैठी रही। पापा अखबार में खोये रहे। तभी दूधवाला आया, उसने भी दूध के साथ बिल थमा दिया। ऋचा उठकर ब्रश करने चली गयी।

जयन्त ने बिल पर निगाह डाली और बोला, "कल ले लेना।"

दूधवाला चला गया। सरला बोली, "कल क्यों, पगार मिली है, तो बिल दे देना चाहिए। मुझे लोगों के उधार पैसे अच्छे नहीं लगते।"

"मुझे कौन-से अच्छे लगते हैं। पर ये तो एक दिन भी पगार घर पर नहीं रहने देते।" जयन्त पता नहीं क्या कहना चाहता था। पर सारी बात धीरे-धीरे महीने के बजट की ओर मुड़ गयी। जिसमें कुछ घाटा ही था। इसमें कम, उसमें कम करते हुए पता नहीं पति-पत्नी कब उलझ गये और जयन्त उत्तेजित हो गया। "मैंने दो सौ अपने खर्च के लिए अलग रखे थे। वह भी तुम ले लो... और क्या?" कहते हुए वह बेडरूम की ओर तेजी से लपका। पापा को गुस्से में देख ऋचा सहम गयी।

जयन्त लम्बे डग भर रहा था, तभी उसका पैर फिसल गया और वह धड़ाम से चारों खाने चित गिर पड़ा। सरला दौड़ी आयी, उठाया उसे। ऋचा और भी भयभीत हो गयी थी। जयन्त ने देखा कि उसका पैर गौरैया की बीट पर पड़ा था, जिसके कारण वह फिसल गया। कमर ही अकड़ गयी। पर आँखों में सारा गुस्सा उतर आया। गौरैया फुर्र से खिड़की के टूटे काँच से बाहर जा चुकी थी।

जयन्त का गुस्सा दुगुना हो गया। वह किसी तरह उठा और उसने उस अधबने घोंसले को एक झटके में फेंक दिया। चिल्लाया इस तरह कि सरला भी सिहर उठी। माहौल हल्का करने के लिए उसने कहा भी, "ठीक है चिड़िया नहीं आएगी अब भीतर... मैं तो पहले ही कहती थी, बहुत गन्दा करती हैं ये..." उसका गला रुँध गया। उसे भी मालूम था कि गौरैया क्यों कर आ गयी बीच में। वे तो पगार को लेकर बातें कर रहे थे...

ज्वार जब थोड़ा ठहरने को हुआ तो दोनों का ध्यान ऋचा पर गया, जिसकी आँखों में पापा का वह भयंकर क्रोध और घोंसले का हवा में लहराना भी झलक रहा था। सरला जब तक उसके पास पहुँचती उसकी आँखें ज्यों की त्यों जमी जा रही थीं। जयन्त भी उसके पास आना चाह रहा था। उसे भी अपनी भूल समझ में आ गयी थी। पर उसका बदन टूट रहा था। ऋचा पापा को देखकर और घबरा उठी। वह दरवाजे से बाहर चल दी और तेजी से सीढ़ियाँ उतरने लगी। जयन्त ने सरला से कहा, "उसे पकड़ो।" तब तक ऋचा नीचे उतर चुकी थी। कभी वह कँटीले तार पर पड़े घोंसले की घास और रुई के टुकड़ों को निहारती और कभी उड़ती गौरैयों की ओर देखती, जो न जाने क्या-क्या कह रहे थे। पापा का ध्यान आते ही चौंक जाती वह। इतने में सरला नीचे पहुँच गयी। ऋचा को छुआ तो काँप रही थी वह। आँखों में डर बुरी तरह उतर चुका था। "मैं ऊपर नहीं जाऊँगी। मुझे पापा से डर लगता है..." कहकर वह सरला से लिपट गयी।

ऋचा को लेकर जब सरला ऊपर आयी, तब जयन्त दरवाजे पर ही इन्तजार कर रहा था। जयन्त को देखते ही ऋचा ने माँ को और कस लिया। सरला ने आँखों से ही संकेत किया और जयन्त एक ओर हट गया। ऋचा ने अपनी आँखें भींच ली थीं।

सरला ने उसे बिस्तर पर लिटाया और थपकियाँ देने लगी। सिसकियों के साथ ऋचा को नींद-सी आने लगी, पर उसके कोमल होठ पता नहीं क्या कहते सुगबुगाने लगते। जयन्त को अपने किये पर गुस्सा आ रहा था। पर क्या करता वह— क्यों किया ऐसा। उसका शरीर भी तो बुरी तरह से टूट रहा था। वह चटाई पर ही लेट गया।

जयन्त के बदन पर सरला ने आयोडेक्स मल दी थी। पर दर्द तो था ही। काफी देर बाद जब दोनों की आँखें मिलीं, तो जयन्त मानो अपना अपराध कबूल कर रहा हो और सरला 'ऐसी कोई बात नहीं' की मुद्रा में थी। ऋचा को बेडरूम में सुला दिया था। वह रह-रहकर बुदबुदाती। जयन्त ने उसके माथे पर चूमना चाहा तो नींद में उसने अपना मुँह फेर लिया। जयन्त ने उसका हाथ छुआ। क्या... ऋचा को तो तेज बुखार...

शाम उतर आयी थी। जयन्त डॉक्टर को बुलाने नीचे उतरा। एक गौरैया उस टूटी काँचवाली खिड़की पर बैठी देख रही थी। उसकी आवाज में वही चहक थी। सरला को लगा, वह रो पड़ेगी। फिर भी उसने टूटे काँच को अखबार से बन्द कर दिया। पूरा कमरा पूरी तरह से बन्द था। बाहर से, काँच पर गौरैया की चोंच के टकराने की आवाजें आ रही थीं।

जयन्त ने डॉक्टर को ऋचा के बुखार की वजह भी बतायी। डॉक्टर ने मानसिक

रूप से सँभालने की सलाह और कुछ गोलियाँ भी दीं बुखार के लिए।

बुखार तो उतर गया चार दिन बाद, पर ऋचा अब भी पापा के पास न जाती। माँ से ही चिपकी रहती। स्कूल भी नहीं गयी और न ही बच्चों के साथ खेलने जाती। जयन्त बेमन से ही ऑफिस जाता और लौटने पर ऋचा की नन्हीं बाँहों के लिए तरस-तरस जाता।

ऋचा दिनोंदिन सूखती जा रही थी। जैसे ही वह स्कूल से लौटती सरला उसके लिए चिन्तित हो जाती। कितनी गुमसुम हो गयी है ऋचा। खिड़की का टूटा काँच भी अब पूर्ववत् खुल गया है। दो महीने हो गये। बरसात आ गयी। पर ऋचा की आँखों में वह चमक नहीं लौटी। जयन्त ने अपना महीने का जेब खर्च दो सौ बन्द कर दिया। अपनी बाहर की चाय, सिगरेट सब बन्द कर दी। घर का अखबार बन्द कर दिया।

अब जब भी पगार मिलती, सरला के हवाले कर देता। किसी नयी चीज के लिए अपनी ओर से सोचना बन्द कर दिया था जयन्त ने। सरला घर ठीक से चला रही थी, पर ऋचा की आँखों की चमक महीनों तक जाती रही। परीक्षा में भी फेल हो गयी वह।

जयन्त को अपना गुस्सा बहुत भारी पड़ा। वह बहुत चाहता, पर गौरैया बेडरूम में आती ही नहीं थी। खिड़की खुली होने पर भी न आती। जयन्त ऋचा को लेकर बहुत चिन्तित रहता। सरला और जयन्त उसे लेकर नीचे घूमने जाते। वह यत्नपूर्वक माँ की ही उँगली थामे चलती। क्रोध की एक हल्की लकीर ने जयन्त को परिवार से काटकर रख दिया था।

गर्मी की छुट्टियों में जयन्त अपने गाँव चला गया। आठ-दस दिनों के लिए, ऋचा को लेकर। गाँव में ऋचा अपनी दादी के पास ही रहती। गौरैया दिखते ही वह सहम जाती। अचानक पापा की ओर देखती और आँखें मूँद लेती।

गाँव से लौटकर सरला और जयन्त ने देखा कि गौरैया ने फिर पूरे बेडरूम को गन्दा कर दिया है। अलमारी के ऊपर फिर घास-फूस और चिड़ियों के पंख सँजोये दिखाई दिये। इस बार जयन्त को यह सब देखकर गुस्सा नहीं आया, खुशी हुई। वह ऋचा से आँखें न मिला पाता।

एक दिन जब वह दफ्तर से लौटा, तो सरला ने बताया कि ऋचा आज शाम से ही कुर्सियों पर सारे तकिये एक पर एक रखकर अलमारी के ऊपर बने घोंसले को निहार रही थी। गौरैया चहचहाने लगी। ऋचा को नीचे उतारा तो वह अपनी आँखें बड़ी कर बताने लगी, "दो अंडे हैं उसमें... पापा को मत बताना... पापा फोड़ देंगे।"

जयन्त को अच्छा लगा। चलो उसने बोलना तो शुरू किया।

फिर ऋचा का ध्यान पूरी तरह अलमारी के ऊपर ही होता। अंडे कब फूटे पता नहीं। उसमें से दो नन्हीं-नन्हीं गौरैया टकटकी लगाये, चोंच फैलाये चीं... चीं... करती रहतीं। बड़ी गौरैया, बच्चों के लिए कीड़े-मकोड़े, कभी अनाज का दाना लेकर आती। ऋचा की आँखों की चमक का उस दिन कोई ठिकाना न था, जिस दिन वह हमेशा की तरह कुर्सी पर तकिये लगा रही थी। उसने भीतर झाँका ही था कि गौरैया का बच्चा फुर्र से उड़कर पँखे पर जा बैठा। ऋचा ने जोरदार तालियाँ बजायीं। इतने में बेल बजी। शायद पापा आये हैं। उसकी इच्छा हुई कि खोखे में छिप जाए। पर उसने बेडरूम का दरवाजा भीतर से बन्द कर दिया। ऊपर देखा तो दूसरा बच्चा भी अलमारी के कोने से ऋचा को देख रहा था। सरला ने बाहर से आवाज दी। बड़ी मुश्किल से ऋचा ने दरवाजा खोला। जयन्त ने कहा, ''बेटे, इन्हें और कुछ दिन रहने दो ऊपर। नहीं तो दूसरे गौरैया इसे मार डालेंगे।''

ऋचा को अपने पापा पर भरोसा नहीं आ रहा था। फिर भी माँ के पीछे खड़ी रही। इतने में पँखे पर बैठी नन्हीं गौरैया डगमगा गयी और जयन्त ने उसे हौले से थाम लिया। ऋचा पल भर को चीखी, पर पापा ने कहा कि इसे घोंसले में रख देंगे। ऋचा की आँखों से लगा कि वह छूना चाहती हो। तब तक जयन्त ने अपना हाथ ऋचा तक बढ़ा दिया। ऋचा ने छुआ और जयन्त ने उसे फिर अलमारी के ऊपर बिठा दिया।

अगले रविवार ऋचा सुबह से अलमारी पर आँखें गड़ाये थी, क्योंकि गौरैया के बच्चे परदे पर उड़कर आये थे और खुद ही अलमारी पर लौट गये थे। दोपहर हो चली थी, पर ऋचा वहाँ से हिलने का नाम न लेती। जयन्त और सरला भी वहीं थे। आज न उन्होंने टी.वी. खोला, न अखबार पढ़ा। बस ऋचा और गौरैया में ही खोये रहे। ऋचा अपने खोखे में दुबकी रही। तभी उसने देखा नन्हीं गौरैया, बड़ी गौरैया के साथ बालकनी की रेलिंग पर बैठी है। वह झट खोखे से बाहर आयी। एक चीख के साथ माँ को पुकारा और पापा को भी। दोनों छिपकर उसे पहले से देख रहे थे। पुकारने पर सामने आ गये। उनके सामने आते ही चारों गौरैया फुर्र से उड़ गयीं। ऋचा की खुशी का ठिकाना न रहा। वह दूर तक उन्हें उड़ती देखती रही। उसकी आँखों की चमक लौट आ रही थी और गौरैया ओझल होती जा रही थी...

□

रेत की प्यास

जब से वह डॉक्टर से मिलकर आया है, उसे बिलकुल चैन नहीं, नींद नहीं। आज तीन दिन हो गये। शादी को केवल दो महीने रह गये और यह रिपोर्ट। किसे बताये और कैसे? एक बार यह बात उससे बाहर गयी, तो उसकी शादी कभी नहीं हो सकती। ऐसी बातें कहीं छिपती हैं? कतई नहीं।

आज रात सोने से पहले एक बात तो उसने तय की थी। किसी दूसरे डॉक्टर की राय ली जाए। उसके बाद ही किसी को बताने के बारे में सोचा जाए। शादी के बारे में भी डॉक्टर से बात होने के बाद ही निर्णय होगा। अब रात भर नींद कैसे लगे? वह अपने भीतर के उहापोह, भँवर, तूफान को काबू न कर पाता।

मुम्बई में वह अकेला ही रहता है। वह एक प्राइवेट कम्पनी में इंजीनियर है। अच्छी-खासी हैसियत है उसकी। अच्छे खानदान का है। सुन्दर लड़की से उसकी शादी तय हुई है। लड़की अच्छे संस्कारित परिवार की है। अच्छी-खासी नौकरी कर रही है। अपने बारे में पहले यह मालूम होता तो शायद वह शादी के चक्कर में पड़ता ही नहीं। जिस लड़की से शादी होनी है, वह उसे बहुत भा गयी है। वह अभी से उसे बहुत प्यार करने लगा है। सभी के साथ ऐसा ही होता होगा। पर जब से अपने बारे में मालूम हुआ वह उसे अधिक करीब पाने लगा है। सहारे के रूप में भी। यह जाने बिना ही कि वह इसकी इस स्थिति को किस तरह लेगी। शायद इसीलिए वह उसे बताना भी चाहता है, लेकिन वह उसे खोना भी नहीं चाहता। कितनी-कितनी तरह से सोचने का कोई निष्कर्ष निकलना आसान नहीं था।

पिता उसके जीवन में सबसे करीबी व्यक्ति हैं। उन्हें वह बताना चाहता है पर वे बहुत दुखी और परेशान हो जाएँगे, सोचकर वह फिर अपने अन्धे कुएँ में लौट आता है।

अगले ही दिन वह एक दूसरे डॉक्टर के पास गया। डॉक्टर ने सारी रिपोर्टें देखीं और कहा, "यह बहुत इनिशियल स्टेज में है। केवल एक साल के ट्रीटमेन्ट से आप पूरी तरह ठीक हो सकते हैं...।" "पर डॉक्टर, दो महीने बाद मेरी शादी है और यह पूरा एक साल...।" वह विवश हो गया। भीतर से वह आश्वस्त था कि यह डॉक्टर भी वही कह रहा है कि आसानी से ठीक हो जाएगा। वह आज डॉक्टर

से मन की सारी बातें कह डालेगा। वह अपनी भावी पत्नी को धोखा भी नहीं देना चाहता और न ही उसके बिना अपने जीवन को सुखी देख सकता है। बहुत भारी मन से उसने डॉक्टर से पूछा—

"क्या यह ट्रान्स्फरेबल है...?"

"नहीं।"

"तो डॉक्टर आप क्या सलाह देते हैं। मैं शादी कर लूँ या साल भर के लिए टाल दूँ?"

"क्या वे इस टालने को सहजता से लेंगे?"

"पता नहीं... शायद नहीं ही।"

"फिर मत टालिए...।"

"क्या भावी पत्नी को मैं इसकी जानकारी दे दूँ?"

"कतई नहीं... क्योंकि इससे कोई लाभ नहीं होगा।"

"पर कोई धोखा जैसा लगता है मुझे...।"

"यह तो फिर आपको तय करना होगा। क्योंकि हम आपकी शारीरिक ट्रीटमेन्ट तो करेंगे और कुछ-कुछ मानसिक भी, लेकिन आपकी थिंकिंग के स्तर पर कोई बात आती है तो वहाँ हमारी लिमिटेशंस होंगी। पर एक व्यक्ति के रूप में आप पूछ रहे होंगे तो मेरा कहना यही होगा कि आप अभी किसी को न बताएँ।"

"इलाज कब से शुरू करना होगा?"

"आज से ही।"

डॉक्टर से प्रिस्क्रिप्शन लेकर वह सीधे मेडिकल शॉप गया। दवाइयाँ लीं और घर आ गया। फ्लैट में कोई नहीं है, उसके साथ। आज की छुट्टी तो ले ही ली है। पर जिम्मेदारी ने ऑफिस में फोन करवाया। वहाँ सब ठीक था। पहले अपने साथियों को फिर अपने बॉस को बताया कि आज उसके लिए ऑफिस आना सम्भव नहीं है।

पहली कैप्सूल ली उसने। उसे लगा कि कोई खोजी दस्ता इसके बदन में प्रवेश कर गया है। शरीर की सारी माँसपेशियाँ, मज्जा-तन्तु इस दस्ते का स्वागत कर रहे हैं। परन्तु इतने बीहड़ में कहाँ खोजे यह कैप्सूल वह स्थान जिसने सम्पूर्ण अस्तित्व को झकझोर कर रख दिया है। वह भी कितना नादान है। क्या इस तरह एक ही कैप्सूल में कोई बीमारी हाथ खड़े कर देगी। अपने उतावलेपन पर उसे हँसी आयी। पर आज डॉक्टर ने जिस तरह समझाकर बताया, इससे वह कुछ आश्वस्त तो हुआ।

अनायास ही उसकी अँगुलियों ने जाना-पहचाना-सा एक नम्बर दबा दिया। उधर से आवाज आयी—

"हैलो..."

"नीता?"

"हाँ, सुदेश... कैसे हैं" सकुचाता हुआ एक स्वर कानों में पड़ा। कितनी मधुर आवाज है नीता की! कानों में मिसरी जैसी घुलती लगती है। शायद तीसरी या चौथी बार ही फोन पर बात हो रही थी, शादी तय होने के बाद।

नीता ने यूँ ही पूछ लिया—

"कोई खास बात है... मेरा मतलब है..."

"क्यों कुछ खास बात हो तभी फोन करूँ... कुछ नहीं। यूँ ही। याद आ गयी तुम्हारी...।" कहते-कहते सुदेश की आवाज दोहरी हुई जा रही थी।

नीता वैसे तो महानगरीय संस्कृति में पली-बढ़ी, पर सुदेश से बात करते हुए उसके भीतर छुईमुई की बेल अनायास ही रेंग जाती है। उसे सूझता नहीं सुदेश से क्या बात करे। नौकरीशुदा होने और रोज तमाम पुरुष साथियों से बात करने जैसी बात तो नहीं है न अब सुदेश से बात करना।

सुदेश को भी कोई खास बात तो करनी नहीं थी। घर के लोगों के हालचाल पूछकर फोन रख दिया।

पर क्या सचमुच उसे कुछ भी कहना नहीं था। क्या उसे यह बताना नहीं था कि वह जल्दी ही ठीक हो जाएगा। क्या उसे अपनी भीतरी उलझन नीता को बतानी नहीं थी। उसे बताना तो ढेर सारा था। पर उसकी आवाज सुनकर ही सन्तुष्ट हो गया था। जैसे ही उसे अपनी तबीयत का खयाल आता वह नीता के प्रति बहुत चिन्तित हो जाता। पर अब तो तय कर ही लिया सुदेश ने कि तबीयत की चर्चा किसी से भी नहीं करनी है। नीता से भी नहीं। परन्तु, खुद से कब तक वह अलग रह पाता।

शादी धूमधाम से हुई। मित्र-परिवार रवाना हो गये। सुदेश और नीता हनीमून पर अंडमान गये। होटल अभिषेक में रुके। सारा हिन्दुस्तान जिसे 'काला पानी' के नाम से जानता है, उसे सुदेश ने और अब नीता ने भी हनीमून के लिए क्यों चुना? बस सुदेश की इच्छा थी और नीता को मानना था। मन से।

एक रात बहुत अन्तरंग क्षणों में सुदेश ने बहुत व्यावहारिक सुझाव रख दिया।

"हम साल भर बाद ही अपने बच्चे के बारे में सोचेंगे...।"

"..." नीता ने केवल देखा सुदेश की ओर। सुदेश पता नहीं कहाँ देख रहा था। शायद समय को एक साल आगे लाँघते हुए। नीता ने पहले तो मुस्काते हुए सुदेश के संवाद को सँभाला। फिर सोचा "क्या यही समय था बताने का।" वैसे भी कितने दिनों बाद इतने करीब आने का मौका मिला और उसमें भी यह बात। पर बात अब न करते तो शायद बाद में करने का मतलब भी न होता। नीता ने स्वयं

को समझाया और सुदेश के और करीब आती बोली, "और क्या-क्या, कब-कब करने की तारीख, साल तय किया है आपने।" एक शरारती निगाह सुदेश के चेहरे पर डालते हुए आँखें मूँद ली उसने।

सुदेश कुछ विचलित हुआ। 'इस प्रश्न को उसे सहजता से लेना चाहिए' स्वयं से कह रहा था वह।

फिर बोला।

"अच्छा कल कहाँ-कहाँ जाना है?"

"जहाँ आप कहें..."

सुदेश ने कुछ स्थानों का ऐतिहासिक और प्राकृतिक महत्त्व बताया। नीता सुनती रही। पता नहीं कब नींद ने नीता को धर दबोचा। सुदेश हालात को अपने पक्ष में करने की भरपूर कोशिश कर रहा था। उसकी नजर में नीता बहुत समझदार और गहरायी के साथ स्थितियों को जानने वाली लगी। उसे अच्छा लगा की नीता उसकी योजनाओं, इच्छाओं का सम्मान करती है। अब वह आश्वस्त था। एक लम्बे समय के बाद उसे भरपूर नींद लगी।

एक दिन नीता की तबीयत ठीक नहीं थी। सुबह ही सुदेश से कह दिया कि आज मैं छुट्टी लूँगी। ऑफिस फोन भी कर दिया। सुदेश ने कहा भी, क्या डॉक्टर के पास चलना है। नहीं, कोई खास बात नहीं। छुट्टियाँ भी तो बची हैं। बस, आज मन नहीं है ऑफिस जाने का।

"कहो तो मैं भी छुट्टी निकाल लूँ?" सुदेश पास आते बोला।

"नहीं, कहीं जाने का मन नहीं है। बस आराम करूँगी। आप ऑफिस जाइए। कोई खास बात नहीं है।"

"फिर शाम का खाना बाहर ही खाएँगे। तुम कुछ मत बनाना। आराम करना।"

"ओ.के."

सुदेश चला गया ऑफिस। अनमनी-सी नीता आराम के लिहाज से सोयी तो, पर उसका मन नहीं लग रहा था। सिर भी ठीक हो गया था। अब दर्द भी नहीं है। फिर वह क्यों बेचैन है। इसका जवाब उसके पास भी नहीं था। उसने अपनी माँ से फोन पर बात भी कर ली थी। सब कुछ ठीक था। बस, अपने खालीपन को भरने के लिए उसने घर सहेजना शुरू किया। कपड़े, किचन, ड्राइंग रूम और न जाने क्या-क्या...।

आज नीता ने सुदेश की अलमारी भी खोली। कपड़े ठीक किये। पता नहीं क्या सोचकर उसने सुदेश का ड्राअर भी खोला। चीजें तरतीब से लगाने लगी। अचानक उसके हाथ एक बड़ी-सी शीशी लगी। जिसमें ढेर सारी कैप्सूल थीं। उसका कुतूहल बढ़ने लगा। इतने कैप्सूल। छह महीने से वह सुदेश के साथ है। कभी नहीं

बताया क्या परेशानी है? क्या तकलीफ है... उन्हें? शीशी घुमाकर उसने दवाई का नाम पढ़ा— 'डैप्सोन' वह उसके ब्यौरे देखने लगी। एम.एस.सी. किया है उसने। कुछ-कुछ आशंकाओं ने उसे घेरना शुरू किया। फिर सुदेश के व्यवहार से वह उन आशंकाओं को मिलाकर देखती। देखते-देखते एक तूफान-सा उसके भीतर उठने लगा। एक झोंका बवंडर लेकर आया— "सुदेश ने मुझे बताया क्यों नहीं। छिपाने लायक क्या तकलीफ है सुदेश को। मजबूरी क्या है? मेरे विश्वास का क्या?" आशंकाओं के डंक डसते रहे। उसने ड्राअर को पूरी तरह देख डाला। प्लास्टिक के एक थैले में डॉक्टर की पर्चियाँ मिलीं। उसे लगा कोई रिपोर्ट भी कहीं होगी। पर कोई मेडिकल रिपोर्ट नहीं मिली। खैर।

अनमनी तो वह सुबह से ही थी। इस घटना ने उसे बुरी तरह हिला दिया। उसकी समझ में नहीं आ रहा था, क्या करे वह। सुदेश के आने के बाद ही बात स्पष्ट होगी। तब तक क्या करे... अचानक उसकी अँगुलियाँ फोन पर फिरने लगीं...

"हैलो"

"..."

"हैलो... हैलो..."

फोन रख दिया नीता ने। सोचा सुदेश से इस बारे में फोन पर पूछकर क्या होगा। तीन तो बज ही गये हैं। शाम को लौटने पर ही पूछ लेगी। पर वह अपने आपको यह नहीं समझा पा रही थी कि कितनी भी बात भयंकर क्यों न हो... सुदेश को तो मुझे बताना ही चाहिए था।... बस, विश्वास, धोखा, विवशता, आतंक, भय और अनहोनी उसके समय पर मँडराने लगे।

घर-सफाई का अभियान अधूरा रह गया। मन में इतनी धूल, धुआँ और तूफान उठा है कि आँखों से कुछ दिखाई ही न देता। इतना समर्पण, इतनी आस्था और सम्पूर्ण प्यार उड़ेलने के बाद यह मिला। दया भी आती कि शायद कोई ऐसी बात हो जिसे बताकर सुदेश मुझे दुःखी नहीं करना चाहते। फिर पहले ही बताना चाहिए था। डॉक्टर की पर्ची बताती है कि यह तकलीफ छह महीने पुरानी है। बातों की मिठास, सपनों का विश्वास और गृहस्थी के तमाम साझा प्रयासों में आज यह कैसा भूचाल है। निगेटिव विचार करने के अपने रवैये पर उसे कोफ्त भी हुई। शायद सुदेश को मेरी जरूरत हो, ऐसे समय...। पर सुदेश ने मुझे बताया क्यों नहीं— मेरे विश्वास को आहत क्यों किया— तमाम छिपकलियों ने उसके दिमाग पर कब्जा कर लिया और आशंकाओं ने जकड़ लिया उसे... क्या करे वह फूट-फूट कर रोने लगी अकेली। अकेला आदमी रोये भी तो कितनी देर... अपने आपको समझाया, ढाढ़स बँधाया और आने वाली स्थितियों के लिए तैयार किया।

सुदेश के आते ही क्या पूछेगी वह। कैसे पूछेगी! एक महायुद्ध उसके सामने

था। शाम हो चली थी। आईने के सामने उसने जब स्वयं को पाया तो अपनी आँखों को देखकर थर्रा गयी वह। कितनी सूज गयी हैं आँखें। क्या कर सकती है... कुछ नहीं। क्या फर्क पड़ता है। हाथ-मुँह धोकर वह कमरे में अकारण चक्कर लगाने लगी।

बेल बजी, वह तो तैयार ही थी। पर ठिठक गयी पल भर के लिए। दरवाजा खोला। भीतर कदम रखते ही सुदेश ने कहा था— ''हैलो।''

पर कोई प्रतिक्रिया नहीं। कहीं और देख रही थी। ठीक तो लगते हैं। पर इतनी कैप्सूल... ?

सोफे पर ही अपना ब्रीफकेस रखते हुए नीता के पीछे से कन्धे पर हाथ रखते हुए सुदेश ने पूछा, ''अब कैसी है तबीयत?''

नीता के न पलटने पर उसी कन्धे को मोड़ते हुए फिर वही सवाल किया। जवाब में नीता की आँखों में उतर आये लाल डोरे और सूजी हुई आँखें उसके सामने आ गयीं...

''क्या बात है... तबीयत ज्यादा खराब है। तुमने फोन क्यों नहीं किया। मैं आ जाता। चलो तैयार हो जल्दी से। डॉक्टर के पास चलते हैं...।'' और उसने हल्के से नीता के काँधे दबाये।

''यह क्या है?'' नीता ने अपने सारे आवेगों पर काबू रखने की कोशिश करते हुए कैप्सूल की शीशी आगे बढ़ा दी।

सुदेश को इसकी उम्मीद नहीं थी। वह हड़बड़ा गया।

''यह क्या है?'' क्रोध और दृढ़ता में शब्द बहुत तीखे हो गये थे।

सुदेश ने भाँप लिया, नीता की आँखों की सूजन का कारण। उसकी आवाज की तल्खी, उसकी आँखों में आहत विश्वास, अदृश्य डर और एक खौफनाक भविष्य दिखाई दे रहा था। सुदेश सचमुच नीता से प्यार करता है। बिना एक पल गँवाये वह सब कुछ बता देता। लेकिन... लेकिन-वेकिन कुछ नहीं... उसने बहुत शान्त और सन्तुलित होकर कहना चाहा...

''दरअसल, मैं बहुत दुविधा में था...'' सुदेश का वाक्य पूरा होने से पहले ही लगभग काँपते हुए नीता ने पूछा, ''किसलिए लेते हैं ये कैप्सूल... किस कारण... क्या बीमारी है आपको?''

एक साँस में नीता ने पूरा दिन उगल दिया।

सुदेश इस स्थिति के लिए बिल्कुल तैयार नहीं था। पर, वह पलभर में सँभल गया और विवश होकर कह पाया ''लेप्रसी''। इस शब्द का उच्चारण करते ही वह निढाल होकर सोफे पर बैठ गया। आँखें झुकी हुईं, गला रुँधा हुआ, आँखें डबडबायीं... चारों ओर अँधेरा... नीता के चेहरे की प्रतिक्रिया देखने का साहस भी

नहीं बचा था। सन्नाटे को चीरती हुई नीता की आवाज गोली की तरह उसके कानों पर पड़ी—

"कब से है?"

"आठ महीने से।"

"शादी से पहले से?"

"हाँ, पर मेरी बात तो सुनो नीता..." विह्वल हो गया वह एक नन्हें शिशु की तरह।

"आपने मुझे पहले क्यों नहीं बताया?"

सुदेश के लिए यह अपेक्षित प्रश्न था। इसके पहले कि वह बोलता नीता पलटकर पूछ बैठी—

"जब आपको यह मालूम था तो आपने शादी ही क्यों की? क्यों धोखा दिया मुझे?"

सुदेश को लगा उसकी बाँह पर उगा एक छोटा-सा मरियल धब्बा सारे शरीर पर यहाँ तक कि दिलोदिमाग तक फैल गया है। 'धोखा' शब्द असंख्य बिच्छुओं के डंक से सारे-सारे शरीर में चुभो रहा है।

फिर भी सुदेश सन्तुलित बनने की कोशिश में लगा रहा। वह बहुत ईमानदारी से घटना की एक-एक परत नीता के सामने रख देना चाहता था।

"सुनो"

"कुछ नहीं सुनना है मुझे..."

"नीता तुम सुनो... यह सही है कि शादी से पहले यह मुझे मालूम हो गया था।"

"तो... बताया क्यों नहीं।"

"मैं तुम्हें खोना नहीं चाहता था..."

"इस तरह धोखे से पाना...।"

"नहीं धोखा तो नहीं... मेरी भावनाओं को समझो...।"

"तुमने मेरी भावनाओं से खिलवाड़ किया है।"

"देखो नीता, शादी तय हो जाने के बाद यह धब्बा मेरे ध्यान में आया... यह नान-ट्रान्स्फरेबल है...।"

"किसने कहा।"

"डॉक्टर का कहना है...। इसीलिए मैंने चुप रहना उचित समझा।"

"तुम मुझे तो बता सकते थे। मैं पढ़ी-लिखी हूँ। ऐसी बीमारियों के बारे में जानती हूँ। कोई अन्धविश्वास या भ्रम नहीं है मेरे मन में। विज्ञान पढ़ा है मैंने भी...।"

"मुझे एकबारगी यह लगा भी था कि मैं तुम्हें बता दूँ। पर फिर कह रहा हूँ, शादी तय होने के दिन से मैं तुम्हें बेतहाशा चाहने लगा। डॉक्टर का कहना था कि साल भर में सब कुछ बिल्कुल ठीक हो जाएगा। मैं तुम्हें खोना नहीं चाहता था। ठीक हो जाने पर तो कोई सवाल ही नहीं था।"

"तुम्हारी कोई सफाई नहीं सुननी है मुझे। तुम्हें मालूम होना चाहिए कि मेरी जिन्दगी के साथ खेलने का तुम्हारा कोई अधिकार नहीं था।"

जितना कहना था, सुदेश कह चुका था। नीता भी ठीक ही कर रही है। तभी नीता फिर भड़क उठी—

"मालूम है तुम्हें, ऐसे मामलों में शादी...।" कहते-कहते वह फूट-फूटकर रोने लगी।

सुदेश उसके करीब जाकर उसे समझाना चाहता था। पर वह ऐसा नहीं कर सका। अब उसकी अपनी ही देह नीता के करीब जाने में रुकावट बन गयी। उसने बस इतना कहा कि अभी डॉक्टर के पास चलते हैं। फिर से जाँच कर लूँगा। जो भी स्थिति होगी, तुम जो भी निर्णय लो मुझे मंजूर है।

"तुमने एक साल तक बच्चा न होने देने की बात कही थी, तभी मुझे कुछ लगा था। पर मैंने इसे बहुत सामान्य रूप से लिया था। अब सब कुछ मिलाकर देखती हूँ तो तुम्हारी योजनाएँ एक-एक कर उभरती हैं..."

"पर मैंने क्या गलत किया... सावधानी ही बरती है। वह भी डॉक्टर की सलाह पर... नीता हमारी समस्या डॉक्टर ही ठीक कर सकते हैं। तुम चाहो तो अभी इसी वक्त चलो। अलग से भी मिलकर सारी स्थिति स्पष्ट कर सकती हो..."

डॉक्टर ने स्थिति पूरी तरह भाँप ली। फिर भी सुदेश से ही पूछा। सुदेश ने सिलसिलेवार सब बताया। नीता रह-रहकर बोलना चाहती। डॉक्टर उसे सब बताने का आश्वासन अपनी आँखों से ही देते। अन्त में, नीता से उन्होंने कहा—

"मैं आपकी बात समझ सकता हूँ। कोई भी होता तो वही करता, जो आपको लग रहा है।"

"लेकिन..."

"मेरी बात पूरी हो जाने दीजिए। मैं आपकी हर शंका का समाधान करूँगा... मैंने ही सुदेश से स्पष्ट कहा था। साल भर में सब ठीक हो जाएगा... और सुदेश, यदि मैं गलत नहीं हूँ तो तुमने मेरा सेकंड ओपिनियन ही लिया था।"

"जी...।" सुदेश को कुछ सहारा मिल रहा था। तबीयत की खराबी से अधिक वह अपमानित अनुभव कर रहा था। अब वह कुछ सामान्य रूप से बोलने लगा—

"डॉक्टर, मैंने नीता से यह बात छिपायी...।"

"मैंने ही तुम से कहा था। और इसमें चिन्ता की कोई बात नहीं। अब तक

भीतर से सब साफ हो चुका होगा। मुझे तो लगता है इन छह महीनों की एक रिपोर्ट आप ले ही लीजिए। फिर नीता की ओर मुड़ते हुए डॉक्टर बोले—

"सब ठीक हो जाएगा। और आप दोनों मुझे बहुत समझदार लगते हैं। मुझ पर भरोसा रखिये...। दरअसल यह बीमारी बहुत प्राइमरी स्टेज पर थी। शादी तय हो चुकी थी। हमारे समाज में ऐसी बीमारी कभी गुप्त नहीं रहती। फिर हम भी इसे सहजता से नहीं लेते। वो तो गलती से सब खुल गया, वरना यह बीमारी चुपचाप चली गयी होती। अब भी चली गयी होगी... विश्वास रखिये। कोई शंका-सवाल हो तो वेलकम।"

नीता और क्या पूछती। मन खिन्न हो गया था। बोझिल कदमों से वे दोनों घर आये। कौन क्या बात करे। एक अजीब से युद्ध मन में दोनों लहूलुहान थे। अपनी-अपनी लड़ाइयों के लिए अपना सर्वस्व दाँव पर लगाकर वे शादी के मुहाने तक पहुँचे थे। पर अब मुहाने के नीचे एक ज्वालामुखी सुलग चुका था। भीतर लावा पिघल रहा था।

इस ज्वालामुखी को शान्त होने में दो वर्ष लग गये। कितने ही महीने सुदेश को अकेला रहना पड़ा। कितनी ही बार भयावह यौवन और अदृश्य डरों को अलग-अलग ढोना पड़ा। इन दो वर्षों में नीता ने कई-कई बार भीतर तक पता नहीं किन-किन खयालों को खदेड़ा होगा। अपनी माँ से भी इन बातों को वह बता न सकी। भयंकर घुटन के बीच कुछ कानूनी पहलू भी उसे ललकारते। कुछ दिन नीता माँ के साथ रही पर वहाँ भी चैन न मिलता। बीच-बीच में रिपोर्टों की गवाही सुदेश के पक्ष में जाती। ज्वालामुखी शान्त होने में और दो साल गुजर गये।

एक दिन अचानक डॉक्टर के सामने पाँच साल के बच्चे के साथ उसके माँ-बाप केबिन में दाखिल हुए। दम्पती को देखते ही डॉक्टर पहचान गये। बच्चे को देखकर खुश हुए। नीता की ओर देखकर बोले, "चलिए, अच्छा लगा तीनों को यहाँ देखकर।"

सुदेश और नीता उसी पुरानी मुद्रा में एक-दूसरे को देख रहे थे। फिर, आतंक भरे स्वर में सुदेश ने डॉक्टर से कहा, "डॉक्टर साहब हमारे बेटे की दाहिनी बाँह पर एक लाल-सा धब्बा उभर आया..."

डॉक्टर ने तुरन्त जाँच की। सबसे पहले वहाँ सुई चुभोयी। बच्चा तिलमिलाकर चीखने लगा।

डॉक्टर ने कहा, "कुछ भी तो नहीं है। आप लोग अब भी घबराये हुए हैं। बस यह मरहम लगाइये, सब ठीक हो जाएगा।"

क्लिनिक से बाहर आने तक डॉक्टर की पर्ची नीता के हाथ में थी। बाहर जाने पर उसने पर्स खोला, सुदेश की ओर देखा और पर्ची पर्स में रख दी। सुदेश को नीता

की आँखों में झाँककर यह समझते देर नहीं लगी कि आज उसका अपना धब्बा बाँह से पूरी तरह साफ हो गया है। उसका जीवन रेगिस्तान में बदल गया था। भीतर तक वह प्यासा था। अब जब बेटे की बाँह का धब्बा साधारण ही निकला तब नीता की बड़ी-बड़ी आँखें अनायास ही भर आयीं। इसमें सुख तो था ही, सुदेश के लिए अफसोस भी साफ छलक रहा था। आज सुदेश को लगा, उसकी जीवन की तपती रेत की प्यास बुझती चली जाएगी...।

□

सीढ़ियों के बीच

उसने फिर करवट बदली। वह करवटें बदलता रहा। उसे अपने आप पर हँसी भी आती। कैसा दिमाग है। होटल के रजिस्टर में लिखते समय उसका हाथ कितना काँप उठा था! अब कितना असमंजस में है वह, नींद तक नहीं फटकती। रह-रहकर रोमांच हो उठता है। एक अनजान लड़की के साथ होटल में रात गुजारना। कितना बोझ, रहस्य और द्वन्द्व। वह सिहर उठा। तरह-तरह की कितनी खबरें छपती हैं। और फिर उसने स्वयं को धिक्कार दिया— कितने डरपोक और शंकालु हो!

और उसके सामने शाम के वे संवाद खनखना उठे, "तो फिर आपको कोई आपत्ति तो नहीं..."

"नहीं... नहीं, मुझे क्यों आपत्ति होने लगी!"

"फिर किसी बात का संकोच..."

"कुछ भी नहीं, यही होटल वाले क्या सोचेंगे!"

"अरे, इसमें उनके सोचने की क्या बात है...!"

"जलगाँव इतना बड़ा शहर तो नहीं..."

"तो क्या हुआ... कोई रोक तो नहीं सकता हमें... फिर कोई ऐसी-वैसी बात भी तो नहीं है हमारे साथ, जो बाद में बखेड़े का कारण बने..."

चौंकते हुए उसने "हूँ" कहा और उसकी ओर वह देख नहीं पाया था।

सचमुच कुछ भी तो आपत्तिजनक नहीं था। उन्हें तो अलग-अलग बिस्तर पर सोना था। सिर्फ कमरा एक था। तो क्या हुआ... मित्रों की तरह स्त्री-पुरुष नहीं रह सकते...!

इस करवट उसने सोचा, यह इतना आसान नहीं है। पहले तो वह असमंजस में था और अब जबकि वह निश्चिन्त सो चुकी है, इसके मन में बार-बार चाय के समय की स्थितियाँ मँडराने लगीं। वह उसकी दृढ़ आँखों में कोई मनचाही चीज लगातार टटोलता रहा था। तब भी उसका मन असफल रहा और अब भी उसका मन द्वन्द्व से घिरा हुआ था। फिर वह अनिष्ट घटनाओं को लेकर दूर तक भटक आता और खुद को सँभाल भी लेता। अरे वह तो पुरुष है, उसे डरने-घबराने की क्या बात है, जिसे डरना चाहिए वह तो खर्राटे भर रही है... पर क्या पुरुषों को कुछ

नहीं होता। कल किसी हंगामे ने जन्म ले लिया तो सब लड़की का ही पक्ष लेंगे... छि: क्या सोचने लग गया था। और एक संवाद का टुकड़ा उसकी स्मृति में आ गया...

"आप जैसी लड़कियों को इस तरह अकेले रहने में डर नहीं लगता!"

"इसमें डरने की क्या बात है... आप जो साथ हैं।"

"धन्यवाद..." अब वह अपने संकोची व्यक्तित्व से बाहर निकलने की जीतोड़ कोशिश करने लगा। पर हर बार वह उस पर हावी हो ही जाती। फिर उसने एक छोर आगे बढ़ाया, "इतने दिन भी तो नहीं हुए जो आप इस तरह किसी पर भरोसा कर लें।"

"भरोसे के लिए कोई समय तय नहीं होता। बस मुझे भरोसा हुआ और मैंने कह दिया। आपको कोई चिन्ता तो नहीं..."

"नहीं... नहीं, चिन्ता की क्या बात है!" सामान्य होने की कोशिश में वह टेबल से बाहर झाँकने लगा।

"शायद मुझसे कोई खतरा...!"

वह जोर से हँसना चाहता था पर यह बनावटीपन भी उसका साथ न दे पाया। वह निर्द्वन्द्व होना चाहता था, "क्या लड़कियाँ यह भी सोच सकती हैं?" वह उसे इधर-उधर से घेर-घेर कर घूरे जा रही थी। और वइ इस सवाल का मुँहतोड़ जवाब न दे पाने की स्थिति को पचा रहा था। गेंद फिर उसी के मैदान में फेंक दी गयी थी। एक लड़की के साथ रात गुजारने की इच्छा गेंद की तरह रह-रहकर उछलती। पर जैसे ही उसे अपना ध्यान आता उसकी इच्छा सूखी रेत पर बिखर जाती।

"क्या लेंगी आप?"

"जो भी आप चाहें..."

"ड्रिंक्स भी चलेगा?" उसने मुस्तैदी से सवाल किया था।

"नहीं... यहाँ तक नहीं चलता।"

"फिर कहाँ तक चलता है?" कहते ही वह अटक गया। कहीं ज्यादा तो नहीं बोल गया। वह उसे घूरे जा रही थी। पता नहीं क्या अर्थ लगाया हो उसने। तुरन्त उसने स्पष्ट कर दिया, "बियर तक चलता है?"

"हाँ, पर सिर्फ लड़कियों के साथ... मर्दों के साथ भी आपत्ति नहीं है। पर सीमाएँ हैं। एक पार्टी में कुछ ठीक नहीं हुआ..." कहते-कहते वह अपनी अँगुलियों को निहारने लगी। "मर्दों का ऐसा है, बहकने का बहाना चाहिए... घूँट नीचे उतरा भी नहीं कि वे फिसलते हुए चढ़ने लगते हैं... बस उस दिन के बाद कभी इच्छा ही नहीं हुई!"

वह कहना चाहता था, "आज भी नहीं!" पर वह कह नहीं पाया। खाना खाया उन्होंने। बिल उसी ने दिया। शायद पुरुष होने के नाते। वे सीढ़ियाँ चढ़ रहे थे। एक-एक सीढ़ी तरह-तरह की धक्... धक् की ध्वनि से उसे आतंकित कर रही थी, सराबोर भी। और वह, वह निश्चिन्त पगुराती गाय-सी लहराती हुई, उसके पीछे चली आ रही थी।

होटल के कमरे में पहुँचते ही उसने नि:श्वास छोड़ा। जोखिम का एक अध्याय खत्म हुआ। कितनी भेदक आँखें थीं, होटल मैनेजर की। वह बारी-बारी से उन दोनों को देख रहा था। वह कितना सहम गया था। पता नहीं मैनेजर क्या सवाल फेंके... आऽ... कुछ नहीं पूछा उसने। शायद उसे इस तरह के लोगों की आदत होगी। पास ही खड़ा होटल का छोकरा तिरछी निगाहों से एक बार देख लेता और अपनी जिज्ञासा और रहस्य का आसमान फैलाता हुआ मुस्करा उठता।

कॉट पर बैठते ही उसने तसमे खोलने चाहे, पर जूते पर हाथ जाते ही आवाज कानों में कौंध उठी, "देखिए अभी साढ़े आठ बज रहे हैं, यहाँ कोई फिल्म देखी जा सकती है। बम्बई में तो फिल्म देखना कसरत भरा काम है..."

"बड़ा अच्छा प्रस्ताव है।" तसमे बाँधते ही वह उठ खड़ा हुआ, "कौन-सी फिल्म देखनी है?"

"कोई भी, जो आपको ठीक लगे।"

"नीचे चलकर अखबार में देखते हैं या होटलवाले से ही पूछ लेंगे कहाँ कौन-सी फिल्म लगी है..." सहसा यह उत्साह अपने भीतर पाकर उसने अपना आत्मविश्वास बटोर लिया।

पर सिनेमा हाल में उसका हाल पूर्ववत् हो गया। ज्यों कोई उसकी गर्दन दबोचकर फिल्म दिखा रहा हो। वह उछलती, "क्या लाजवाब एक्टिंग है!" और वह अपनी गर्दन हिलाकर अपनी सम्मति जोड़ता। सोचता, कहाँ फँस गये। कहाँ बस में मुलाकात हुई। ऐलोरा क्या देखा। थोड़ा रोमाँच तो था साथ घूमने का। पर उसने यूनिवर्सिटी में भाषण क्या सुन लिया, फिदा हो गयी। और इतना समझदार बना दिया बस गलती से भी उसका जिस्म छू गया तो सॉरी बोलना पड़ता है। कैसा द्वन्द्व है। अपने कस्बे में इस तरह कोई चंचल लड़की नहीं और प्रोफेसर! उसे तो लड़कियों के प्रति शुद्ध रहना चाहिए। फिर क्यों मन में द्वन्द्व उठता है।

रात के तीन बज रहे थे। उसे मामूली झपकी भी नहीं। आँख लगते ही कई दृश्य तैर जाते हैं। एक हल्का झोंका आया भी था। तभी कैरिडोर में उसे शोर सुनाई दिया। लोग शायद पिये हुए थे। उसके बाहर का समाजशास्त्री भीतर तक चौंक गया... पता नहीं क्या हो... व्यक्तिगत बदनामी... अकल्पित दुर्घटनाओं को लेकर

वह चिन्तित हो गया—यदि किसी को मालूम हो गया कि यहाँ ऐसी लड़की मेरे साथ सोयी है, जिसका पारिवारिक तालमेल मेरे साथ नहीं है... तो...! कितनी खबरें छपती हैं अखबारों में... पता नहीं किस साजिश के शिकंजे उसे जकड़ रहे थे।

...नींद हवा हो गयी। उसे लगा वेंटिलेटर से कोई झाँक रहा है। दरवाजे की दरारें आँखों से भर दी गयी हैं... वह पसीने-पसीने हो गया। उठकर पंखा चलाया। दरवाजे पर किसी को न पाकर उसे राहत हुई। अपनी भीरुता का एहसास भी। बत्ती जलायी, पास के कॉट में कोई हलचल नहीं। निश्चिन्त हुआ। वह खूब सो रही है। उसने उसके डरपोक आदमी को नहीं देखा। बत्ती बुझायी उसने। अब हर हाल में वह भी सो जाना चाहता था।

उसकी साँस फूलने लगी। उसकी नसों में एक अजीब-सी सनसनी फैल गयी। चिरपरिचित सनसनी। पर आज उसे लगा कि उसकी सारी नसों में चारों ओर से सशक्त घोड़े बेतहाशा भाग रहे हों। प्यासे घोड़े।

वह उठा। उसके सम्पूर्ण यौवन को वह पी जाना चाहता था। उसने उसके चेहरे की भरपूर परिक्रमा की। होठों को देखते ही उसके होठ फड़फड़ा उठे। आँखें कितनी लुभावनी हैं, काश खुली होतीं... पर नींद से जागने के बाद वह प्रतिकार करेगी... चिल्लाएगी... हंगामा खड़ा होगा... नहीं... नहीं... वह कुछ नहीं कर पाएगी। वह उसका मुँह बन्द कर देगा!

उसकी अँगुलियाँ फुलझड़ियों की तरह चटकने लगी थीं। सारा शरीर गर्म सनसनी की गिरफ्त में था। वह पूरी तरह भूल गया था कि यूनिवर्सिटी के कल के पेपर में उसने कितनी ऊँची-ऊँची बातें की थीं! समाज और आदमी को लेकर, उसने अपनी आँखों को झटका दिया ताकि दिमाग सावधान न बने। उसके जलते हाथ गोल-गोल कन्धों पर राहत पाने के लिए बेचैन हो उठे। वह तैयार था। हर चुनौती के लिए...

"... तो तुम जाग गयीं...!"

"मैं बहुत देर से जगी हूँ..."

"तो मौन निमन्त्रण था।" उसके नथुने फूल रहे थे।

"...नहीं।"

"...तो अब मानना पड़ेगा।" वह लगभग हिंस्र होता हुआ बोल पड़ा।

"तो तुम बलात्कार भी कर सकते हो!"

"बको मत..."

"तुम ऐसा कदापि नहीं कर सकते..."

उसने उसे पूरी तरह दबोच लिया। उसका अनुमान था, वह शोर मचाएगी... पर वह उसी तरह निश्चेष्ट पड़ी रही।

वह तमाम यत्न में व्यस्त रहा...

वह उसे निहार रही थी, शायद सोच रही थी, यह दिन वाला आदमी नहीं है। इस आदमी पर एक और आदमी सवार है। जो इससे अलग है। इधर इसकी हरकतें बढ़ती गयीं।

फिर धीरे-धीरे उसके भी हाथ फिरने लगे। उसकी देह भी सक्रिय होने लगी। अचानक वह रुक गया। दोनों हथेलियों पर उसका चेहरा थामकर देखा। उसे लगा वह देख नहीं पाएगी। वह बोली, ''हाँ...'' और आँखें बन्द कर लीं। उसकी सक्रियता बढ़ती गयी।

वह मानो धम्म से जमीन से टकराया हो। उसके सारे घोड़े लकड़ी के साबित हुए। सारा कसाव शिथिल।

वह सौम्य ही बनी रही।

उसने एक बारगी उसे घूरा और अलग हो गया। उसकी आँखों के बवंडर गायब थे। होठों के भूचाल थम चुके थे। तभी उसकी पीठ पर हरारत भरे हाथ फिरने लगे।

उसने चौंककर देखा, ''यह क्या...!''

''कुछ नहीं, आपकी तबीयत तो ठीक है...''

वह उसकी ओर बढ़ी, पर वह अपनी कॉट पर लुढ़क गया। पल भर भी वहाँ रुकने में उसे घुटन हो रही थी। आँखें कहीं भी छिप जाने को व्याकुल थीं। उसे लगा, दीवारों को तोड़ निकल भागे और उसकी आँखों से ओझल हो जाए। पर यह क्या उसका शरीर पका गोश्त मात्र रह गया। हड्डियाँ सींक की तरह किसी ने खींच ली हों। पैरों पर खड़े होने का सवाल ही नहीं था, भागना तो और भी दूर की बात... वह ज्यों पिघलता जा रहा था। उसे लगा उसके शरीर का कोई भी अवयव उसका नहीं रह गया... सिवा आँखों के।

...सारी शक्ति लगाकर वह गला फाड़कर चीखना चाहता है। तभी उसकी नींद खुल गयी। वह बुरी तरह हाँफ रहा था। पसीने से लथपथ दो मिनट तक वह उसी तरह पड़ा रहा, मानो सचमुच लोथड़ा ही रह गया हो। फिर अपने हाथ-पाँव टटोल कर देखे। सब सही सलामत था।

सुबह हो चुकी थी। पास का बिस्तर खाली था। दरवाजा खुला था। उस पर किसने डाला यह काला कम्बल? कब...?

कम्बल हाथों में लिए वह सोच रहा था। ओ हो हो... ठहाका लगाने की इच्छा हुई उसकी। तभी चौंक पड़ा।

''बहुत देर तक सोने की आदत है आपकी...देखिए मैं तैयार हूँ... चाय आ रही है... अखबार भी मँगवाया है...'' सुबह की खिली धूप-सी वह उसे सेंकने

लगी।

"आपकी आँखें कितनी लाल हैं... लगता है बिल्कुल नहीं सोये..."

"नहीं तो..." कहते हुए वह आँखें मलने लगा।

"चलिए हाथ-मुँह धो लीजिए..." कहकर वह बाल ठीक करने लगी। अत्यन्त सहजता से। वह बैठा रहा इसी तरह। बालों में क्लिप खोंसते हुए उसने पूछा, "क्या कोई सपना देखा है, इस तरह खोये-से लग रहे हो..."

तभी चाय आ गयी। उसने कप थाम लिया और छोकरे से बोला, "जल्दी से कोई अखबार ले आओ।"

फिर वह कहने लगा, "मैं जागते ही अखबार पर नजर दौड़ाता हूँ... अखबारों में इतनी सारी बातें होती हैं कि पिछली रात की कोई बात दिमाग में नहीं रहती... नया दिन बड़ी आसानी से शुरू हो जाता है... सुन रही हैं।"

"हाँ... हाँ, अच्छी तरह सुन रही हूँ पर यह भी तो सुनूँ कि पिछली रात कौन-कौन सी बात दिमाग में थी..."

"तो आप जाग रही थीं!"

"हाँ... आप बत्ती जला रहे थे, बुझा रहे थे। फिर दरवाजे तक गये और अचानक लौट पड़े। पंखा चलाया फिर बन्द किया... फिर भी आप व्याकुल थे। फिर आप सिकुड़ गये, बिस्तर पर। मुझे लगा आपको बेहद ठंड लग रही है... थरथर काँप रहे थे... गहरी नींद में थे आप। मद्धिम रोशनी में लगा, जैसे कुछ बोलना चाहते हों। शायद किसी सपने से घिरे रहे हों।"

"कमाल है..." वह सहज होने की कोशिश कर रहा था।

"सही कह रही हूँ। फिर मैं बाथरूम गयी। दरवाजा खोलने ही वाली थी कि एक चीख कानों में पड़ी, ऐसा लगा कोई किसी का गला दबा रहा हो... पर आप ही थे। शायद सपने में थे। आपको नींद में चीखने की आदत है।"

"...नहीं... नहीं, ऐसी कोई आदत नहीं है। इतनी गहरी नींद मैं कभी नहीं सोता। जल्दी उठने की आदत है। शायद कोई सपना था, पर याद नहीं आ रहा।" वह आँखें चुराकर दरवाजे पर बिखेर देता, "विस्मरण शक्ति है, वर्ना... बड़ा मुश्किल हो जाता।"

"क्यों इतना प्यारा सपना था।"

"नहीं बड़ा अजीब था...!"

"मुझे अजीब बातों से बड़ा लगाव है। जो सोचा न हो वह घट जाए तो रोमांच होता है। सोचा हुआ हो जाए तो... जाने दीजिए... ऐसा मेरे साथ कभी हुआ ही नहीं..." वह सुन रहा था। और वह उसे ऐसे देख रही थी ज्यों उसकी गदराई आँखें इमली चूसने को लालायित हों।

जूते के तसमे बाँधते हुए वह उसे देख रहा था। उसे लगा रात की सारी भावनाएँ उसकी आँखों में सिमट आयी हों और वह फिर कल की तरह ही एक कायर इच्छा लिये उसके सामने खड़ा है। आँखें चार होते ही पुतलियाँ असहज हो उठतीं। इसकी आँखें सहारा ढूँढ़ती और उसकी आँखें शरारत के बीज बोतीं।

तभी दरवाजे पर दस्तक हुई, "साब अखबार!"

□

आग

सहकारी कपास क्रय समिति के कम्पाउंड में घुसते ही रमेश कमाऊ आदमी हो गया। आज घर से निकलते ही उसने अपनी चाल में अन्तर पाया। एक प्रकार का विश्वास कहा जा सकता है। सीना अधिक मजबूत लग रहा था। उसकी आँखें परिचितों को तलाशतीं, ताकि वह बता सके कि आज से उसकी बेकारी खत्म हो गयी है। परन्तु, सिर्फ नटवरलाल की दूकान के सामने से जाते हुए ही वह बतला सका। नटवरलाल को कुछ प्रसन्नता हुई कि चलो अब अपनी दूकान का बिल नियमित मिलता रहेगा।

रमेश की नियुक्ति 'ग्रेडर' के पद पर हुई थी, जिसमें उसे कपास की किस्म निश्चित करनी होती। बाद में समिति के दूसरे कर्मचारी कपास की कीमत तय करते। इस तरह रमेश की 'पोस्ट' काफी 'अहमियत' लिए हुए थी।

नौकरी कैसे मिली यह भी एक विचित्र संयोग है। वैसे रमेश हमेशा यह सुनते आया है कि दुनिया का सब काम या तो संयोग से होता है या समझौते से। जीवन में ऐसे संयोग कई बार आते हैं। फिर व्यक्ति उसके सही स्वरूप को पहचान सके या नहीं, उसने यह भी सुना था कि अवसर हर व्यक्ति का दरवाजा कभी न कभी खटखटाता है। रमेश भी अवसर के इन्तजार में 5 वर्षों तक नौकरी तलाशता रहा पर उसे नहीं मिली। अन्त में क्रय-समिति के अध्यक्ष उसे मिले। यों कहा जाए कि रमेश को उन्होंने ढूँढ़ निकाला। रमेश जैसे ग्रेज्युएट लड़के की तलाश उन्हें थी। नौकरी के लिए नहीं... अपनी लड़की नीता के लिए। संयोग से रमेश उन्हें मिल गया और रमेश की नौकरी की तलाश भी पूरी हुई। रमेश को बतलाया गया कि नौकरी स्थायी होगी। कोई तकलीफ नहीं होगी और कुछ अच्छी 'इन्कम' भी। रमेश के घर के सारे सदस्य खुश थे कि बड़े घर का रिश्ता चलकर आया है। रमेश भी समझ गया कि शादी-ब्याह तो संयोग की बात है। विधि का विधान कोई नहीं टाल सकता। रमेश ने सोचा वैसे भी कौन-सी नौकरी मिलनी है। पाँच साल की बेकारी के कटु अनुभव उसके पास थे। बेकारी में उसने अपने निकट सम्बन्धी, परिचितों के चेहरों के उतरते-चढ़ते भावों को अच्छी तरह पढ़ा था और शादी तो एक दिन होनी ही थी। सोच-विचार अधिक करने से भी क्या फर्क पड़ेगा। वैसे भी अपनी

जिन्दगी, जीवनसाथी के बारे में उसकी कोई खास कल्पना नहीं थी। खास सपने नहीं थे। कभी सोचने का मौका ही नहीं मिला। अभावों में पढ़ाई की और बेकारी में तपा रमेश जीवनसाथी के सपनों से वंचित ही रहा। नीता के बारे में उसे कोई खास जानकारी नहीं थी। उसने जानने की कोशिश भी नहीं की। बस, उसने 'हाँ' कर दी।

रमेश उस सहकारी समिति का एक महत्त्वपूर्ण सदस्य बन गया। उसका मान-सम्मान कुछ अधिक ही होता। बात साफ थी— वह अध्यक्ष का आदमी था। कुछ लोगों को तकलीफ भी थी। जो उस पद के लिए टकटकी लगाये बैठे थे। रमेश की वजह से उनका प्रमोशन रुक गया, पर वे इस बात को जाहिर भी न कर पाते। रमेश एक महीने के भीतर अपने काम में निपुण हो गया। वह अच्छी तरह जान गया— किसानों को किस तरह फँसाया जा सकता है। उनकी कपास पहले घटिया किस्म में 'रखना' और 'कुछ' लेकर उनका घटियापन दूर कर देना। इस तरह हमेशा अपनी आय में भी काफी कुछ बढ़ोतरी करता गया। रमेश के पास कुछ खास किस्म के किसान भी आते, जिनकी भाषा में रोब-दाब होता। आदेशात्मक नजरें होतीं। पोशाक से वे काफी उजले-उजले जन-सेवक लगते। उन्हें वीआईपी किसान भी कहना अनुचित न होता। जिन पर समिति के कर्मचारियों की बड़ी आवभगतपूर्ण दृष्टि होती। वे या तो स्थानीय संगठनों के सदस्य, पदाधिकारी या छोटे-मोटे पर स्थानीय स्तर पर प्रभावशाली नेता होते। उनकी एक खास विशेषता होती— उनकी कपास कभी भी साधारण किस्म की न होती।

कपास की किस्म तय होने के बाद उसे तौलने के लिए काँटे पर भेजा जाता। वहाँ महेन्द्र बाबू बैठते। काँटा चौकीदार शिवराम को पकड़ाया जाता। शिवराम, चौकीदारी और तोलने का काम अकेला ही करता। महेन्द्र कपास का वजन एक चिट पर लिखता। महेन्द्र के लिखने की विशेषता यह है कि शिवराम के बताये काँटे के वजन को वह कभी-कभी अपनी कलम से बढ़ा देता। यह योजनाबद्ध रूप से चलता जिसमें बड़े किसान, समिति के पदाधिकारी अपना 'शेय़र' रखते और उन किसानों को बैंक से जब 'अधिक' पैसे मिल जाते, तब सारे 'शेयर होल्डर्स' आपस में बाँट लेते।

शिवराम शाम को अपने साथ काम करने वाले दूसरे मजदूरों को इन चालाकियों की जानकारी बातों-बातों में दे देता। एक दिन उसने महेन्द्र बाबू की करतूतें रामकिसन को बतायीं तो वह बोल पड़ा, "अरे भाई, हमें इन बड़े लोगों के काम में नाक नहीं घुसेड़ना चाहिए। हमें क्या लेना-देना। बस, अपनी नौकरी किसी तरह चलती रहे।"

शिवराम सशंक होते बोला, "ऐसी बात नहीं है, मुझे यह डर लगता है कि

यह सब मेरे ऊपर न थोपा जाए, क्योंकि मैं चौकीदार हूँ। ये बड़े लोग, बड़े बदमाश भी होते हैं। किसी के ईमान से खेलना इनके बायें हाथ का खेल है। हो सकता है, मुझ पर चोरी का आरोप लगाकर कपास की कमी पर परदा डाला जाए। मुझे तो डर लग रहा है।''

शिवराम मैट्रिक तक पढ़ा है। यहाँ चलने वाली छोटी-मोटी बातें वह खूब समझता है। एक दिन काँटे पर काम करते हुए उसने देखा कि चिट लिखने में गड़बड़ हो रही है। वह बोल पड़ा, ''दो क्विंटल पचास किलो।'' फिर चिट की ओर टकटकी लगायी। फिर बोला, ''दो क्विंटल पचास किलो।''

''अरे लिख लिया भाई, आगे तोलो, तुमको क्या लगता है मैं बहरा हूँ,'' महेन्द्र कड़ुआ मुँह बनाए, पान चबाते चिट देखने लगा। अब शिवराम से न रहा गया। बोला, ''देखिए महेन्द्र बाबू मैं जितना वजन तोलता हूँ, कई बार आप उसे बढ़ाकर लिखते हैं। इससे रेकार्ड पर कपास कम दिखेगी और जीनिंग फैक्ट्री भेजते समय कई तरह की दिक्कतें आ सकती हैं।''

शिवराम! यहाँ जो कुछ होता है उसके लिए मैं जिम्मेदार हूँ। समिति का भला-बुरा अधिक अच्छा मैं समझ सकता हूँ। यहाँ क्या-क्या होता है, यह देखना मेरा काम है, तुम्हारा नहीं।

शिवराम ने बड़ी विनम्रता से कहा, ''देखिये महेन्द्र बाबू, मैं चौकीदार भी हूँ। यहाँ से एक किलो भी कपास बाहर जाए बिना ही क्विंटल की कमी दिखेगी। उस समय के लिए मैं आगाह कर रहा हूँ।''

''लगता है, तुम्हें बहुत समझ आ गयी है, तुम अपनी औकात भूलते जा रहे हो। तुम्हें यह भी समझ नहीं रही कि तुम्हें क्या बकना चाहिए और क्या नहीं।'' महेन्द्र गुस्सा उगलते जा रहा था। शिवराम से ऐसी अपेक्षा नहीं थी। उसे लगा शिवराम उस पर सरासर चोरी का आरोप लगा रहा है। उसकी कनपटी तपने लगी। वह काफी उत्तेजित होकर बौखलाया, ''तुम यहाँ से जाओ।''

शिवराम बोझिल कदमों से जाने लगा। यह सब कहकर उसका मन भारी हो गया था, सशंक भी। वहाँ से चलते समय एक अदृश्य भय उसके मन में रेंग रहा था। असंख्य काले अजगर उसके शरीर को, मन को कसे जा रहे थे। उन अजगरों की आँखें लाल थीं। उनमें महेन्द्र की आँखों के समान दहकती आग देखी जा सकती थी। शिवराम भीतर-बाहर से जल रहा था।

शिवराम के जाने के बाद कुर्सी पर निढाल होकर महेन्द्र ने सिगरेट निकाली और धुएँ के साथ गुस्सा और डर उगलने की कोशिश करने लगा। पैर टेबल पर फैलाकर छत की ओर आँखें गड़ाये राहत तलाशने लगा। पंखे पर नजर टिकाये शिवराम के प्रश्नों के उत्तर खोजने लगा। उसने शिवराम को जितनी जल्दी में वहाँ

से भगाया, तमाम प्रश्न उतनी ही तेजी से उसके दिमाग में भूखे चीलों की तरह चक्कर काटने लगे। वह काफी परेशान था। उसका हाथ अचानक घंटी पर पड़ा। चपरासी हाजिर था। ''एक गिलास पानी।'' महेन्द्र इतना ही कह पाया। पानी आते ही एक घूँट में गिलास खाली...

बहुत सोच-विचार के बाद एक तरकीब उसके मन में आयी। अनपढ़ किसानों की कपास तोलते समय, चिट पर कम लिख जाए। तोलने में भी कुछ गड़बड़ी हो ताकि कमी दूर हो सके ताकि शिवराम को हटाकर काँटे पर विजय को रखा जाए। विजय को अस्थायी तौर पर दो महीने पहले ही रखा गया था। शिवराम को हटाना काफी नहीं था। कपास का घोटाला टनों में था।

महेन्द्र की नींद हराम हो गयी। वह रात-दिन इसी चिन्ता में डूबा रहता। वह सीधे रमेश के पास भागा। रमेश के पास इसलिए कि एक तो उसे एक-दूसरे के घोटाले मालूम थे, इसलिए बताने में संकोच नहीं। दूसरे इसलिए कि रमेश अध्यक्ष का आदमी है, जरूर उनसे बात करके कोई तरकीब निकालेगा।

अन्त में, महेन्द्र ने रमेश को सारी बातें बता दीं।

इसमें अध्यक्ष सहित बहुत से पदाधिकारी भी शामिल हैं। साफ-साफ बताकर महेन्द्र ने आँखें झुका लीं और सलाह की प्रतीक्षा करने लगा।

''तुम अकेले क्यों मरे जा रहे हो, जितने शेयर होल्डर्स हैं सबके सामने यह समस्या रखो। आखिर उन्हें भी तो इसकी जानकारी है। ''

रमेश की इस बात से महेन्द्र को कुछ राहत मिली। रमेश अब भोला-भाला, नौकरी की तलाश करने वाला भावुक युवक नहीं रह गया था। अब वह अध्यक्ष की तरह शातिर बन गया था।

दूसरे दिन साढ़े पाँच बजे पदाधिकारियों की महत्त्वपूर्ण बैठक हुई। बैठक एक घंटे तक चली। खास-खास लोग कार में बैठकर चले गये। महेन्द्र के साथ कुछ साधारण सदस्य और समिति के बाबू रह गये। वे सीढ़ियाँ धीरे-धीरे उतर रहे थे। महेन्द्र पहले की तरह लापरवाह कदमों से नहीं चल रहा था, उसके चेहरे की चिन्ताएँ कुछ शिथिल अवश्य लग रही थीं। पर अब भी वह पूर्ण रूप से निर्विघ्न नहीं था।

सबको अपनी-अपनी चिन्ताएँ थीं... सबके अपने-अपने डर थे... गुमसुम होकर सब पता नहीं कहाँ जाना चाहते थे— रेस्टोरेन्ट दिखते ही सब भीतर थे। कुछ लोगों के लिए यह चिर-परिचित जगह थी। रमेश भी साथ था। बार की केबिन से थोड़ी देर के बाद 'चियर्स फॉर महेन्द्र' की आवाज आयी। बहुत देर तक कहकहे और ठहाके लगते रहे। कोई साढ़े ग्यारह बजे रात को सब वापस समिति के कार्यालय की ओर बढ़े। रमेश अपने घर चला गया। उसका घर पास ही था।

शिवराम गेट पर बीड़ी पी रहा था। महेन्द्र और अन्य लोगों को इतनी रात गये इधर आते देख उसका माथा ठनका। हालाँकि काँटे पर अब वह नहीं बैठता, विजय बैठता है। उसका और महेन्द्र का प्रत्यक्ष कोई सम्बन्ध अब नहीं था। पर जिस दिन उसने कपास के घोटाले की बात कही थी, उस दिन से वह सहमा-सहमा ही रहता है। महेन्द्र बोला, ''शिवराम, आज रात हम यहीं सोएँगे। काफी रात हो गयी है, कई लोगों के घर दूर-दूर हैं। सुबह पाँच-छह बजे ही चले जाएँगे।'' इतना कहकर वे आगे बढ़ गये। शिवराम की सम्मति की आवश्यकता तो थी ही नहीं। शिवराम समझ गया ये सब शराब पीकर आये हैं, इसलिए घर नहीं जा रहे हैं। वह बेचैन हो गया। क्या कहे?

महेन्द्र और उसके साथी एक कमरे में आ गये। बैठकों की रखी गद्दियाँ बिछा लीं और निढाल हो गये। पर महेन्द्र और दूसरे एक साथी की आवाज लगातार आ रही थी। जुबान की लड़खड़ाहट और फुसफुसाहट के कारण शब्द कमरे में ही कैद हो जाते। कोशिश के बावजूद शिवराम के कान शब्दों को न पकड़ पाते। पर एक-एक स्वर शिवराम की आँखों में ज्वालामुखी बो रहा था।

उधर रमेश की आँखों से जब शराब की लाली कुछ कम हुई तो वह बेचैन हो गया। उठा। पानी पिया। कमरे में घूमने लगा। ''क्या बात है?'' रमेश की पत्नी की आवाज थी।

''कुछ नहीं।''

''फिर सो क्यों नहीं रहे?''

रमेश को यह आदेशात्मक प्रश्न लगा। वैसे भी पता नहीं क्यों वह पत्नी से संगिनी के रूप में कभी घुला-मिला ही नहीं। एक अजीब-सा समझौता था उसका। जिसे अब वह सामान्य रूप में जीने का एक हिस्सा बना हुआ था। बिस्तर पर लेट गया वह, पर नींद नहीं आ रही थी। होटल में पकी साजिशें उसे दुत्कार रही थीं, ललकार रही थीं।

वह अपने भीतर घुसा जा रहा था... अपने परिवार के लिए अनदेखे-अनजाने रिश्ते के लिए उसने हामी भरी थी। यह रिश्ता अग्निकुंड बन गया। माँ-बाप, भाई-बहन छूट गये। नौकरी क्या मिली, वह घर जवाँई बनकर रह गया। समिति के भ्रष्टाचार का पुर्जा। समिति के बदनाम अध्यक्ष का दामाद... नहीं एक घिनौना कारिन्दा... भीतर तक कसैलेपन की नीली-काली लकीरें उसकी नसों में घुसती चली गयीं और वह बेचैन होकर बाथरूम में घुसा।

उल्टियों की आवाज सुनकर उसकी पत्नी बुदबुदाने लगी, ''हजम नहीं होती तो पीते क्यों हैं?... हराम की मिलने पर पीने का सलीका भूल गये?'' और आवाज मुखर हुई, ''क्या हुआ? सब ठीक है न?''

रमेश ने कुछ नहीं कहा। सब कुछ उलट दिया था उसने बाथरूम में। खुद ही बाथरूम साफ कर रहा था। हाँफ रहा था वह। पर अब उसे कुछ राहत मिली। लौटकर आया तो पत्नी गहरी नींद में खर्राटे भर रही थी। पत्नी के लम्बे खर्राटे और उसकी गहरी बेचैनी... उसे अपने नि:सन्तान होने का कारण दिखाई दे रहा था। पर आज वह अपने नये जन्म को महसूस कर रहा था। उसने शिवराम को बचाने की सौ युक्तियाँ सोची होंगी... तब कहीं जाकर उसे आराम मिला। पर ससुर की आँखों के खौफ से उसे बहुत लड़ना पड़ा। उसका निश्चय दृढ़ था। उसे अपनी आँखों में भी आग दिखाई देने लगी। उसने बहुत कुछ सोचा। पता नहीं कब नींद लग गयी।

सुबह सवा पाँच के करीब महेन्द्र और उसके साथी जाने लगे। जाते समय शिवराम को आगाह कर गये कि वे सब जा रहे हैं। सुबह-सुबह शिवराम को भी झपकी लग रही थी। वह गेट पर फिर भी उठ खड़ा हुआ था। आँखें उनींदी थीं पर कुछ पल में ही उसकी नींद हवा हो गयी। वह किसी डर से फिर सो न सका। उसकी खाट गेट से लगकर ही थी। उसके जाने के बाद वह अपनी खाट पर बैठ गया। उसे कुछ सूझ नहीं रहा था। उसे बीड़ी की तलब-सी लगी। कुछ देर वह बीड़ी पीते अनमना-सा बैठा रहा। बीड़ी कब खत्म हो गयी, बुझ गयी उसे कुछ नहीं मालूम। उसे फिर नींद आने लगी। उसने लम्बी जम्हाई ली तो उसकी साँस ही अटक गयी। मुँह खुला रह गया। वह उठ खड़ा हुआ और भागता हुआ चिल्लाने लगा— 'अरे दौड़ो... आग... आग... आग...!'

काम करने वाले सारे मजदूर आसपास झोपड़ी-झुग्गियों में ही रहते थे। भागकर थोड़ी ही देर में जमा हो गये। फायर बिग्रेड को सूचना दी गयी। तब तक आग की घेराबन्दी सारी कपास को अपने बाँहों में कसे जा रही थी। अध्यक्ष भी आये। पदाधिकारी भी। साथ ही पुलिस भी। सुबह के छह बजने को थे। लोगों की अच्छी-खासी भीड़ जमा हो गयी थी। कुछ ही देर में आग शान्त हो गयी। सफेद कपास, काले ठीकरे में बदल चुकी थी।

समिति के सारे कर्मचारी इधर-उधर भाग रहे थे। पर सबसे अधिक चिन्ता शिवराम के चेहरे पर थी। अब उसकी शंका विश्वास में बदलती जा रही थी कि कल की बैठक का क्या उद्देश्य था। रात को इनका यहाँ रुकना उसे काफी खटका। शिवराम का इससे कोई लेना-देना नहीं था, पर वह बुरी तरह चिन्तित था। उसकी साँस फूल रही थी। उसके पैर लड़खड़ा रहे थे। बात करते समय उसकी जुबान उसका साथ न देती। उसकी शंका, सही निकली। "आग कैसे लगी?" पुलिस इंस्पेक्टर ने पहला प्रश्न शिवराम से ही किया।

शिवराम अपना मुँह खोले इससे पहले ही महेन्द्र ने कहा, "शिवराम बहुत बीड़ी पीता है साहब! बीड़ी पीता हुआ उधर से निकला होगा और उसकी बीड़ी

के तिनके ने हम सबको डुबा दिया... मैंने कई बार उसे टोका था। पर अपनी हरकतों से बाज नहीं आया... और अब यह हादसा।'' शिवराम गुस्से से काँपने लगा। उसके होठ बिना आवाज के हिलने लगे। उसकी मुट्ठियाँ कस गयीं। वह चिल्लाकर ऊँची आवाज में बोला, ''इंस्पेक्टर साहब, रात में मैं, जिधर आग लगी है उधर गया ही नहीं। महेन्द्र ही रात को यहाँ आया था। ये लोग सुबह तक यहीं थे। मुझे इसी पर शक है। इसी की कोई चाल है।''

शिवराम की आँखों में आग की लपटें बाहर आ रही थीं। महेन्द्र इन लपटों में झुलस रहा था। कांस्टेबल ने शिवराम को डाँटा— ''चुप रह! अनाप-शनाप बके जा रहा है।'' थोड़ी देर तक पुलिस वहाँ रुकी। कपास के ढेरों का मुआयना किया। डायरी में कुछ लिखा और वहाँ से चल दिये। सारी प्रक्रिया को समिति का अध्यक्ष चुपचाप बड़े ध्यान से देख रहा था। शिवराम से पूछा, ''तुम कैसे कह सकते हो यह काम महेन्द्र का है? तुम्हें किसी पर आरोप लगाते समय अच्छी तरह सोच लेना चाहिए।''

''साहब, महेन्द्र बहुत चालाक आदमी है। उसने चिट फाड़ते समय कपास का घोटाला किया है और उसकी कमी छिपाने के लिए आज आग लगा दी। ऊपर से इस सब नुकसान का दोषी मुझे बताता है।'' शिवराम के इतना कहने पर महेन्द्र आस्तीन ऊपर सरकाता हुआ आगे बढ़ा। पर अध्यक्ष ने उसे रुकने का इशारा किया।

उसी दिन ग्यारह बजे एक आवश्यक मीटिंग बुलाई गयी। सभी सदस्य उपस्थित थे। महेन्द्र ने पहले ही शिवराम की ड्यूटी ऑफिस के बाहर लगा दी। मीटिंग वाले कमरे के दरवाजे पर शिवराम काफी खीझ लिए स्टूल पर बैठा था। उसके मन में भयानक डर घुमड़ रहा था। इतने में एक फाइल लिये महेन्द्र अध्यक्ष के कमरे की ओर बढ़ा। उसे देखकर शिवराम उठ खड़ा हुआ। शिवराम महेन्द्र की आँखों की साजिश पढ़ना चाहता था। पर महेन्द्र आँखें झुकाये सीधे कमरे में घुस गया।

बैठक शुरू हुई। एक सदस्य ने कहा, ''पुलिस जाँच का हवाला देकर अखबार में खबर छपवायी जाए कि चौकीदार की असावधानी से कपास में आग लगी और लाखों रुपये का नुकसान हुआ।''

अचानक रमेश मुस्तैदी से बोल पड़ा, ''शिवराम का कोई कसूर नहीं है, यह सारा महेन्द्र का किया-धरा है। उस ईमानदार और गरीब आदमी को तंग नहीं किया जाना चाहिए...''

''रमेश?'' ससुर की आवाज में अध्यक्ष गरज उठा, ''तुम्हारी ये हिम्मत... किसने सलाह माँगी है? तुम्हें जरूरत ही क्या है हमारे काम में दखल देने की?''

''मैं अब चुप नहीं रह सकता... ये मत भूलिये कि शिवराम निर्दोष है। ऐसी-

वैसी कार्रवाई हुई तो पूरा इलाका सुलग उठेगा। शिवराम हरिजन है। हरिजन बस्ती में अफवाह आग की तरह फैल चुकी है कि पदाधिकारी अपना पाप छिपाने के लिए शिवराम की बलि चढ़ा रहे हैं। अखबार वाले भी चुप नहीं बैठेंगे... मैं बताऊँगा असलियत। भले ही मुझे कुछ भी हो जाए...'' कहकर रमेश उठ खड़ा हुआ।

सारी समिति भौंचक देखती रह गयी। महेन्द्र की आँखें फटी की फटी रह गयीं। ससुर की इजाजत लिए बिना ही रमेश तेज कदमों से बाहर था। पता नहीं उसे कहाँ से हिम्मत मिली, पर वह दृढ़ था। सारे चेहरे बुझ गये थे। सब रमेश के तेवर को खुली आँखों से देख रहे थे। आग तो बुझ गयी थी, पर रमेश की बात समिति के अध्यक्ष पर घड़ों ठंडा पानी डाल गयी थी।

दूसरे दिन अखबारों में खबर थी— 'कर्मचारियों की लापरवाही से क्रय समिति के कपास गोदाम में आग... लाखों का नुकसान... पुलिस जाँच जारी है... एक कर्मचारी निलम्बित...'

निलम्बित कर्मचारी शिवराम नहीं था।

□

लौटते हुए

दरवाजे की बेल बजी। कोई नहीं उठा। एक-दूसरे को देखा सबने। पलभर टीवी के महत्त्वपूर्ण दृश्य खोने की कोफ्त सबके चेहर पर थी। किसी सीरियल का अन्तिम रहस्य धीर-धीरे खुल रहा था। अन्त कोई नहीं छोड़ना चाहता था। व्यभिचार, बलात्कार और हत्या के एक-एक रहस्य के चुपके-चुपके, उलटते-पुलटते, उलझते-सुलझते ही यह अचानक कौन आ गया इस वक्त... पौने दस रात के बज रहे हैं। यह क्या आने का समय है... किसी के घर! अन्ततः घर का मुखिया अपने अधेड़ जिस्म में खिसियाहट पिरोते हुए, टीवी पर निगाहें टिकाये, पीठ-पीछे की लैच को आदतन खोलते हुए, जंजीर लगे अधखुले दरवाजे के पार कुछ-कुछ पहचाने चेहरे पर एक सवालिया निगाह डालते हुए... "य... स?"

"केवल दो मिनट लूँगा आपके..." अनागत-अनाहूत-सा हाँफता हुआ बोला। तीसरी मंजिल तक चलकर आया था वह। साँस फूल रही होगी... नहीं दमा था उसे... ऊपर से ये काले बादल और पिछले तीन दिन से लगातार बरसता पानी... उसके दमे को हवा दे रहा था, अब तक दरवाजे के भीतर वाले व्यक्ति ने उसे इतना तो पहचान लिया कि बाहर वाला व्यक्ति कॉलोनी का ही आदमी है। लैच की कुंडी उठाते हुए उसने टीवी पर एक फिसलती निगाह डाली। बेटे की निगाह से उठे सवाल को उसने होंठ बिचकाकर उड़ा दिया, पता नहीं कौन है? ऐसा संकेत करते हुए ही उसने दरवाजा खोला। उसे इस बात की चिन्ता नहीं थी कि आने वाला व्यक्ति उसकी इस रुखाई का बुरा मानेगा। अनागत दरवाजे से सटे सोफे के कोने में बैठ गया। किसी का ध्यान नहीं था उसकी ओर। परिवार-मुखिया चश्मा नाक पर ठीक कर एकाग्रता बटोर रहा था। अनागत से वह कुछ कहना चाहता था, तभी 'फ्लैश बैक' में टीवी पर एक महिला से ज्यादती करते हुए व्यक्ति को देखने में वह सब कुछ भूल गया। क्यों न भूले, यह व्यक्ति तो उस महिला का रिश्तेदार भी और पारिवारिक मित्र भी... भला हो ऐसे सस्पेंस का... बच्चों की एकाग्रता तो छोड़िये, उस नन्हें से फ्लैट में बच्चों की माँ भी किसी से पीछे नहीं थी। टीवी के उस दृश्य में सारा परिवार लीन था। अनागत ने देखा कि बच्चों की थाली में खाना कब का ठंडा हो चुका है और उनके हाथ सने हैं, पर सूख गये हैं।

अनागत कभी परिवार के सदस्यों को निहारता, कभी टीवी के दृश्य को। दृश्य ऐसा नहीं था कि पूरे सदस्य एक साथ बैठकर देख सकें। पर सब एक-दूसरे को भूल ही चुके थे। दस साल के बच्चे और आठ साल की बच्ची को सब कुछ समझ में आ रहा था। जो नहीं समझ आ रहा था उसे दृश्य, ज्यादती, संगीत, छटपटाहट और चेहरे तथा सारे शरीर की लपलपाहट स्पष्ट कर रही थी।

किसी तरह दृश्य अचानक रुक गया। सब ज्यों मीठी नींद से ठंडे पानी में गिर पड़े हों। परिवार प्रमुख अनागत की ओर मुड़े। फिर उन्हें ध्यान आया कि टीवी की आवाज कम करनी चाहिए। पर बड़े बेटे ने पिता को टोक दिया, "रहने दीजिए, नया 'एड' है... मजेदार है..." बहुत देर बाद मालूम होता है कि वह किसी शैम्पू का विज्ञापन था।

पर अब परिवार प्रमुख के ध्यान में आ गया कि यह अनाहूत कोई और नहीं—मोहन दीक्षित हैं। इसी कालोनी के। हर शाम किसी न किसी मोड़ पर कुछ करते रहने वाले मोहन दीक्षित। कालोनी के एक मोड़ पर चारों ओर से कचरा, प्लास्टिक की बेकार थैलियाँ और न जाने क्या-क्या फेंकते रहते। बहुत शिकायत की, अखबारों में लिखा पर कार्पोरेशन के कानों में जूँ तक न रेंगी। फिर एक दिन कुछ बच्चों को लेकर मोहन दीक्षित ने कचरा साफ किया। वहाँ धूप और अगरबत्ती जलायी, आने-जाने वाले उन्हें देखते रहे। किसी को कोई मतलब नहीं था। उनमें यह कुटुम्ब प्रमुख नगेन्द्र खरे भी थे। अब उन्हें याद आया। उनकी आँखें कुछ परिचय की झलक पा सकीं और उत्सुकतावश उन्होंने मोहन दीक्षित से पूछा, "आप वही न, मोड़ पर कचरे का ढेर हटाकर किसी स्कूली बच्चे से साँईबाबा की तस्वीर बनवा रहे थे, उस दिन। बहुत अच्छा किया आपने। देखिये अब वहाँ कचरा कोई नहीं डालता।"

"मैंने कुछ नहीं किया... दरअसल आपके पड़ोसी राव हैं न उनके बेटे ने साँईबाबा की सुन्दर तस्वीर बनायी..." मोहन दीक्षित बीस मिनट बाद उस घर में बात करने का अवसर पा सके।

"मेरा बेटा भी बहुत अच्छा चित्र बनाता है..." कहते ही खरे रुक गये। पता नहीं ये बेटे की कला का दुरुपयोग तो नहीं करेंगे। दीवारें रँगवाने में, बेगार में...

"मुझे मालूम है। इसीलिए मैं आपके घर आया हूँ..." बात पूरी होने से पहले ही खरे की आँखों में नकार के संवाद उलझने लगे। पत्नी ने भी आँखों से ही टोका। बेटा भी भीतर चला गया। और मोहन दीक्षित ज्यों अचानक रेगिस्तान में ढकेल दिये गये। उन्होंने असलियत तुरन्त भाँप ली। एक हल्की-सी मुस्कान उनके चेहरे पर खिंच गयी। इसमें उपहास बिल्कुल नहीं था।

"रवीन्द्र बड़ा होनहार बेटा है आपका..." अपने बेटे का नाम मोहन दीक्षित के मुँह से सुनते ही खरे ने टोका, "आप कैसे जानते हैं इसे... ?"

"मैं यही बताने आया था आपको... दरअसल हमारे शहर के अखबार 'लोकसमाचार' की ओर से जो प्रतियोगिता आयोजित थी, उसमें आपका बेटा अव्वल आया है। हमारी संस्था अपने वार्षिक कार्यक्रम में इसका सम्मान करना चाहती है।"

फिर अचानक खरे की पत्नी भी ड्राइंग रूम में आ गयी। रवीन्द्र भी अपनी ड्राइंग की कॉपी लेकर सामने आ गया। केवल रानी अब भी टीवी से चिपकी हुई थी। खरे की पत्नी ने अचानक घोषणा कर दी, "रुकिए मैं चाय लाती हूँ।"

खरे की ओर देखते हुए दीक्षित ने कहा, "मेरा खाना अभी बाकी है। चाय के बाद खाने पर बुरा असर होता है।" "आप पहली बार आये हैं। ना मत कहिए।" खरे ने औपचारिक आग्रह करते हुए कहा। मोहन दीक्षित केवल मुस्करा दिये। कैसे बताएँ कि हर वर्ष वे आते हैं साहित्य कला संगम के वार्षिक उत्सव का निमन्त्रण लेकर। पिछले चार वर्षों में एक बार भी खरे नहीं गये सम्मेलन में। पर मोहन दीक्षित नहीं माने। वे हर स्थिति का सामना केवल मुस्कराकर ही करते हैं।

वे अब भी मुस्करा रहे हैं। सम्मान बच्चे का हो रहा है तो इस घर में उन्हें कितना सम्मान मिल रहा है, वरना पिछली बार तो उन्हें बैठने के लिए भी नहीं कहा था... इसी खरे ने। उल्टे दीक्षित के आगे बढ़ते ही कहा था— 'लोगों को आजकल काम-धन्धे कम हो गये... सार्वजनिक कामों में बहुत कुछ मिलने लगा है—' यह पता नहीं क्यों वे कह नहीं पाये, पर उनके दिमाग में यह बात उठी जरूर थी।

इधर से चाय आयी और रवीन्द्र अपनी कॉपी खोलकर एक-एक पन्ना पलटने लगा। मोहन दीक्षित फिर मुस्कराने लगे। "आपका बेटा वाकई होनहार है। बेहतरीन चित्र बनाये हैं उसने। पहाड़, नदी, पेड़, फूल तो बेहद सुन्दर..." कहते-कहते वे सोच में पड़ गये। आजकल बच्चों को केवल टीवी पर सारी दुनिया मिल जाती है परोसी हुई। बच्चे अपनी मनचाही आँखों से न कुछ देख पाते हैं और न समझ पाते हैं। सब कुछ कोई और ही तय करता है। बस, सब बँध जाते हैं, मनोरंजन के खूँटे से। फिर कोई हिलने का नाम ही नहीं लेता।

जब मोहन दीक्षित उठने को हुए तब भी रानी टीवी में लीन थी। मोहन दीक्षित ने सबसे विदा ली। खरे उन्हें छोड़ने बिल्डिंग के नीचे तक आये। सोचने लगे पुरस्कार लेते हुए रवीन्द्र कैसा लगेगा। तपाक से उनका गणितीय दिमाग इस खोज में व्यस्त हो गया कि इसमें मोहन दीक्षित का क्या स्वार्थ होगा। सोचते-सोचते वे अपने दरवाजे पर थे जहाँ रवीन्द्र ने उन्हें अपनी नन्हीं बाँहों में भर लिया। रवीन्द्र का उत्साह बढ़ा था। उसके माँ-बाप खुश थे। रानी अब भी टीवी के दृश्यों में खोयी

ही थी।

नगेन्द्र खरे के घर यह पहला पुरस्कार था। नगेन्द्र को कभी नहीं मिला था। बच्चे भी पढ़ने-लिखने में सामान्य ही थे। घर आते ही कार्यक्रम की समीक्षा होने लगी। रवीन्द्र पर उन्हें आज कुछ अतिरिक्त नाज हो रहा था। उन्हें कार्यक्रम की एक-एक बात याद आ रही थी। मोहल्ले में कितने प्रतिभाशाली लोग हैं। उन्हें आज मालूम हुआ कि उनकी ही बिल्डिंग में एक ऐसा वैज्ञानिक है, जिसे राष्ट्रीय स्तर का पुरस्कार मिला है। यह भी मोहन दीक्षित की ही खोज है। कला, साहित्य, क्रीड़ा के क्षेत्र के लोगों को मोहन दीक्षित ने एक मंच पर ला दिया था। पर मोहन दीक्षित ढूँढ़ने पर भी मंच पर दिखाई नहीं दिये थे। वे कार्यक्रम में बिलकुल पीछे चुपचाप किसी संकेत की प्रतीक्षा में रहते, किसी संकेत पर वे चुपचाप उठते और काम पूरा कर फिर वहीं आ बैठते। नगेन्द्र खरे को उनका निजी स्वार्थ ढूँढ़ने पर भी नहीं मिला।

दूसरे दिन सुबह सात बजे खरे जब रवीन्द्र को स्कूटर पर स्कूल छोड़ने जाने लगे तो फैक्टरी की नीली वर्दी के बीच मोहन दीक्षित भी थे। सब लोगों की भीड़ में रवीन्द्र ने उन्हें पहचान लिया। दोनों ने हाथ उछाल दिये। थोड़ी दूर जाने पर खरे ने बेटे से पूछा, "क्या वे दीक्षित थे?" बेटे के 'हाँ' कहने पर वे चुप हो सोचने लगे मोहन दीक्षित के चेहरे पर हर वक्त हँसी कैसी बिखरी रहती है। किसी ने मोहन दीक्षित को परेशान नहीं देखा।

मोहन दीक्षित के लिए इस प्रकार के कार्यक्रम कोई इकलौते न रहते। वे सालभर कुछ न कुछ करते रहते। शाम उनकी अपने मुहल्ले के कोने में ही गुजरती। वरिष्ठ नागरिकों के लिए कार्यक्रम हो या किसी का छोटा-सा व्याख्यान, वार्षिक गणेशोत्सव या कि किशोरों का संगीत सम्मेलन... मोहन दीक्षित निरन्तर व्यस्त रहते। अब उनके साथ कुछ युवा मित्र जुड़ गये थे। विविध क्षेत्र के युवा साथी। फिर कार्यक्रमों की पत्रिकाएँ छपवाना-बाँटना, हॉल बुक करना। खर्चों के लिए प्रायोजक ढूँढ़ना, फिर कार्यक्रमों के समाचार अखबारों में देने जैसे कामों में वे निरन्तर व्यस्त होते। मंच पर वे कभी न होते। हर बार मुहल्ले के ही लोगों को आगे कर उन्होंने ऐसे अतिथि जुटाये, जिनके आकर्षण से लोग इन कार्यक्रमों में शरीक हो सकें। सबसे कठिन काम उन्हें लोगों को इकट्ठा करने का होता था। कई जगहों से उपेक्षित होने के बाद भी उनकी हँसी कोई नहीं छीन पाता।

खरे का बेटा रवीन्द्र अब मोहन दीक्षित का मित्र था। कार्यक्रम की सजावट और चित्र बनाने में सक्रिय। खरे कुढ़ता रहता, एक सम्मान देकर रवीन्द्र को फुसला लिया इसने। खरे के घनचक्कर दिमाग में मोहन दीक्षित के कार्यों की बैलेंस शीट चक्कर काटती। वह अजीब-अजीब दृष्टि से मोहन दीक्षित को देखता, पर मोहन दीक्षित

की मुस्कान पर जरा-सा भी खरे का ग्रहण नहीं लगा। अपने बेटे रवीन्द्र को भी वह नहीं रोक सका। रवीन्द्र अब टीवी के सामने कम मोहन दीक्षित के सामने ज्यादा होता। बाल्कनी में नये-नये चित्र बनाता।

एक दिन उसने बताया कि मोहन दीक्षित सभी किशोरों को लेकर पर्वतारोहण के लिए जा रहे हैं। ''कितने रुपये माँग रहे हैं।'' खरे का पहला और महत्त्वपूर्ण सवाल था।

''केवल बीस रुपये बस का किराया। भोजन का खर्च नुक्कड़ वाले 'आशा आइस्क्रीम' की ओर से है। मेरा टिकट भी वे ही देंगे। मोहन अंकल ने कहा कि इस वर्ष जिनको पुरस्कार मिला है, उन्हें संस्था की ओर से ले जाया जाएगा।''

खरे की आँखें बुझ गयीं। पैसे भी नहीं देने थे। बस से जा रहे थे। जमा-खर्च का हिसाब ही नहीं था। उन्होंने बेटे को स्वीकृति दे दी जाने की। लेकिन, मोहन दीक्षित को लेकर उनकी उत्सुकता, कुतूहल, कुछ-कुछ आशंकाएँ निरन्तर बढ़ते रहे।

मोहन दीक्षित ने भरी बरसात में पर्वतारोहण का एक उत्साही कार्यक्रम पूरा किया। एक-एक लड़के-लड़कियों को उनके घर तक पहुँचाया, फिर अपने घर पहुँचे रात ग्यारह बजे।

सुबह-सुबह रवीन्द्र की आँखों में थकान और अधूरी नींद थी। स्कूटर पर स्कूल जाते हुए वह ऊँघ रहा था, तभी मोहन अंकल के दूर से ही हाथ की उछाल से वह चौंक गया और जवाब में एक स्नेहिल हाथ लहरा दिया। खरे ने पीछे हलचल महसूस की और पूछा, ''कौन है?'' ''मोहन अंकल...'' कहकर वह मचल उठा। अचानक उसने खरे की कमर में अपने किशोर हाथ बाँध दिये। खरे को लगा यह स्नेह भरा उपहार मोहन दीक्षित के लिए है। आज तक रवीन्द्र ने अपना स्नेह इस तरह नहीं जताया। स्कूटर पर तो वह उसे पिछले तीन साल से स्कूल पहुँचा रहा है।

रवीन्द्र मौन था। उसकी आँखों के सामने कल का निर्बाध झरना, बारिश में झूमते पेड़ और फिसलते हुए पहाड़ पर चढ़ने की एक सुखद होड़ नाच गयी थी। बस घर पहुँचते ही जूते और कपड़े खराब करने पर माँ की डाँट ने एक झनझनाहट के साथ सब कुछ छीन लिया था।

स्कूल आ गया था। खरे ने रोज की तरह हाथ उछाल कर रवीन्द्र को स्कूल के लिए रवाना किया। रवीन्द्र की आँखों में आज एक नयी चमक देखी उसने।

आज रविवार का दिन था। सब सुस्ता कर उठ रहे थे। अलसाये दिन को खरे चाय से तरोताजा करने की कोशिश कर रहे थे। तभी अखबार आया। राजकुमारी डायना की नाटकीय और भयावह मौत की खबर ने सारे अखबार को लील लिया था। फोटो, बॉक्स न्यूज, श्रद्धांजलियों ने अखबार को कस लिया था। एक और खबर

भी जगह बना चुकी थी— एक विदेशी कलाकार का आतंकवादियों ने कश्मीर की वादियों के चित्र खींचते समय अपहरण किया। शर्तें सरकार ने नहीं मानीं, इसलिए उस कलाकार का सीना भरे चौक में दिन-दहाड़े छलनी कर दिया और चुराई गयी मारुति कार से भाग गये। पूरा रविवार 'हॉरर शो' बन गया। खबरों के आगे-पीछे सारे विवरण रोंगटे खड़े कर देने वाले थे। "ये क्या हो रहा है।" कहकर खरे ने अखबार पटक दिया। "चलो आधी कप चाय और बनाओ," कहकर उन्होंने पत्नी को रविवार होने का एहसास दिलाया।

"पहले बच्चों को उठाओ, फिर चाय मिलेगी।" हमेशा की शर्त सामने रखकर उनकी पत्नी भी अखबार में खो गयी। डायना के तलाक और प्रेम, प्रेस की सनसनीजन्य भूख पर उन्होंने आपस में बातें कीं। आतंकवादियों की हरकतों पर वे कुछ नहीं बोले, केवल हेडलाइन ही पढ़ी थी— दोनों ने। शायद अब इस तरह की खौफनाक हत्याएँ, अपहरण उतनी सनसनी नहीं फैलाते। खरे की पत्नी अचानक सँभल कर बैठी। और गौर से दूसरी खबर पढ़ने लगी, "अरे, देखा आपने?"

"क्या है...?" खरे ने कहा।

"देखिये... देखिये... मोहन दीक्षित का असामयिक निधन..."

पत्नी ने कहा था।

खरे ने अखबार छीन लिया। छोटी-सी खबर थी। छोटा-सा शीर्षक था—कोने में। रात को नींद में मोहन दीक्षित का हार्ट फेल हो गया। उम्र केवल पचास वर्ष।

बस, पति-पत्नी इस अप्रत्याशित खबर से चौंक गये। मोहन दीक्षित पास की ही बिल्डिंग में रहते थे। दूसरी चाय को कब का भूलकर वे मोहन दीक्षित के घर की ओर निकल पड़े। उन्होंने देखा कि अच्छी-खासी भीड़ इकट्ठा हो गयी है। आसपास के अधिकांश लोग वहाँ पहुँच गये थे। दूर-दूर से शहर के कोने-कोने से भी कुछ आये थे। खरे को अपने देर से पहुँचने को कुछ क्षण के लिए अफसोस हुआ। इलाके के विधायक ने अपनी सक्रियता बढ़ा दी। एम्बुलेंस और दूसरी व्यवस्था के लिए वे अधिक चिन्तित लग रहे थे।

हर क्षेत्र के लोग वहाँ थे। व्यापारी, साहित्यकार, राजनीतिज्ञ, कलाकार और पूरे इलाके से, हर घर से कोई न कोई था। आज खरे को मालूम हुआ— मोहन दीक्षित इन सबके घर हो आये होंगे— मेरे घर की तरह। क्योंकि इनमें से कोई उनका रिश्तेदार नहीं था। बिल्डिंग के नीचे पार्किंग की जगह, मोहन दीक्षित का पार्थिव शरीर रखा था। चेहरे पर वही जीवित मुस्कान थी। मोहन दीक्षित की पत्नी दूर पीछे गुमसुम खड़ी थी। उनके आँसू सूख गये थे। वे मोहन दीक्षित की माँ को सँभाले हुए थीं। मोहन दीक्षित की बेटी जर्मन में एम.ए. कर रही थी। बेटा बारहवीं की परीक्षा की तैयारी कर रहा... बस सूचनाओं के आदान-प्रदान में भीड़ उनके इस तरह

अचानक चले जाने पर नियति की क्रूरता को कोस रही थी। कुछ दबे स्वर में कहते— उन्होंने अपनी तबीयत का कभी खयाल नहीं रखा। बहुत अधिक डाइबिटीज होने के बावजूद बहुत परहेज नहीं रखा। किसी के घर चाय को वे सख्ती से टाल नहीं पाये और न ही फीकी चाय के लिए निःसंकोच कह पाये। खरे के सामने वह दिन घूम गया जब उन्होंने अत्यधिक औपचारिकता से चाय पिलाई थी। मोहन दीक्षित ने कुछ अधिक विरोध नहीं किया था। पहली बार खरे को अपनी बात का अफसोस हुआ।

सारी भीड़ हतप्रभ थी। एम्बुलेंस आ चुकी थी। मोहन दीक्षित के घरवालों ने शायद पहली बार अनुभव किया कि इतने सारे लोगों तक दीक्षित पहुँच चुके थे। इस इलाके के सबसे बड़े उद्योगपति जो किसी कार्यक्रम में मुश्किल से ही आ पाये वे भी शालीनता से हाथ बाँधे शोकमग्न थे। केवल विधायक ही एक ऐसे व्यक्ति थे, जो अपनी उपस्थिति का प्रत्यक्ष एहसास करवाने की कोशिश करते रहे। बाकी सब मोहन दीक्षित से संवाद करते रहे, मृत्यु को तौलते रहे, नियति को विस्मित और दुखी मन से महसूस करते रहे। इतनी विशाल भीड़ थी, पर हर आदमी इस मृत्यु से अकेला हो गया था। निश्चित ही यह श्मशानी विरक्ति नहीं थी।

एम्बुलेंस जब बढ़ने लगी तो खरे का रवीन्द्र नंगे पैरों भागता हुआ विह्वल होकर मोहन दीक्षित को ढूँढ़ रहा था। चीख को जज्ब किये यह चौदह साल का किशोर बेचैन हो इधर-उधर शोकाकुल चेहरों को देख रहा था, तभी उसके पिता ने उसे देखा। पिता से लिपटकर रवीन्द्र फूट पड़ा। जोरों से फफककर रो पड़ा वह। दूसरे पूछने लगे थे— आपस में कि कौन लगता है यह दीक्षित जी का। परन्तु, मोहन दीक्षित का बेटा भी उसे नहीं पहचान पाया।

रवीन्द्र ने अपने पिता खरे का निर्देश ठुकरा दिया और श्मशान जाने की जिद नहीं छोड़ी। वह मोहन दीक्षित को देखना चाहता था। 'अन्तिम दर्शन' शब्द का उसे अर्थ मालूम नहीं था। वह उन्हें देखना चाहता था। खरे आज उसे नहीं रोक पाये रवीन्द्र अपने साथियों से जा मिला।

श्मशान में मोहन दीक्षित की पार्थिव देह उतारकर जब रखी गयी तो लोगों ने उनके अन्तिम दर्शन लिये। रवीन्द्र ने उनका वही प्रफुल्लित चेहरा देखा और उसकी आँखें पता नहीं कैसे बहुत दृढ़ हो गयीं। खरे ने सोचा था कि वह डर जाएगा, सहम जाएगा... उस पर विपरीत असर होगा। पर रवीन्द्र के ऐसा कुछ नहीं हुआ। खरे जैसे नितान्त दुनियादार आदमी ने अनुभव किया कि उनका बेटा दीक्षित से संवाद कर रहा है। मन ही मन बातें कर रहा है और मोहन दीक्षित मुस्कराते हुए रवीन्द्र को सुन रहे हैं। खरे को पहली बार एहसास हुआ कि उनका बेटा अब बड़ा हो चला है।

विधायक जब तीन-चार लोगों के साथ अलग खड़े हुए तब भीड़ शोकसभा में बदल गयी। विधायक अपनी श्रद्धांजलि में बार-बार यह बताने की कोशिश करते कि किस तरह उन्होंने नयी कल्पनाओं-योजनाओं को मदद दी। उनके स्वभाव, समर्पण और सक्रियता को उन्होंने तयशुदा भाषा में सराहा। पर बार-बार वे मोहन दीक्षित की जगह मोहन जोशी का उल्लेख करते। उस शोकाकुल वातावरण में भी विधायक पर उपहासपूर्ण हँसी उछल पड़ी। क्योंकि मोहन जोशी एक हास्य अभिनेता है, जो इसी शहर का है। कई और लोगों ने भी अपनी भावनाएँ व्यक्त कीं। भावविवश वातावरण में जब बिजली दाह-यन्त्र से चड़-चड़ की आवाजें उठतीं तो रवीन्द्र सिहर जाता। उसके जबड़े अदृश्य के लिए कस जाते। सब लोग भारी मन से धीरे-धीरे बाहर जाने लगे। 'जगत मिथ्या' जैसे भाव उनके चेहरे पर थे। पर सब केवल मोहन दीक्षित के अचानक इस तरह चले जाने से बहुत दुखी थे— भीतर तक। खरे भी यही कुछ सोच रहे थे। उन्हें लग रहा था रवीन्द्र कुछ ज्यादा ही जुड़ गया था दीक्षित के साथ। रवीन्द्र के कदम ठिठक जाते पल-पल। बार-बार निगाहें दाह-गृह से टकरातीं। वह अन्तर्मुखी हो गया था। सबको आगे बढ़ने देता और भीड़ में जान-बूझकर पिछड़ता रहा। खरे उसके साथ थे।

करीब-करीब सारे लोग मेन गेट पार कर चुके थे। रवीन्द्र भी मेन गेट की ओर बढ़ रहा था। खरे अब उससे कुछ न कहते। रवीन्द्र गेट पर पल भर के लिए ठिठका। पीछे मुड़कर देखा उसने और धीरे-धीरे गुमसुम सड़क पर आ गया।

खरे ने सोचा, हर कार्यक्रम में सबसे अन्त में मोहन दीक्षित निकलते थे। पिछले तीन सालों से वे मोहन दीक्षित के कई कार्यक्रमों में गये थे— रवीन्द्र के कारण। रवीन्द्र हर कार्यक्रम के बाद मोहन दीक्षित के बारे में कई-कई प्रसंग सुनाता। यही कुछ सोचते आगे बढ़ रहे थे नगेन्द्र खरे।

रवीन्द्र चुपचाप बोझिल कदमों से पिता के साथ-साथ चल रहा था। उसे लगा कि हर कार्यक्रम की तरह आज भी मोहन दीक्षित सब को धन्यवाद के साथ विदा कर रहे हैं। कार्यक्रम में आने के लिए आभार व्यक्त कर रहे हैं। मोहन दीक्षित साथ में ही हैं उसके। उनसे संवाद अधिक मुखर हो उठा है। चारों ओर केवल मोहन दीक्षित हैं—उसके भीतर भी। स्कूटर पर पिता के पीछे चुपचाप बैठ गया वह। हाथ हवा में लहराते-लहराते ठहर गया था उसका...!

□

सुबह तो हुई!

टैक्सी में हम तीन ही थीं। सबको मालूम हो चुका था कि अब किसी भी स्थिति में ट्रैफिक जाम से बाहर निकलना बहुत मुश्किल काम है। वैसे तो दोपहर बारह बजे से ही चारों ओर भगदड़ मची हुई थी और ऑफिस से लोगों का घर भागना शुरू हो गया था। हमने भी सोचा था, पर ऐसा लग रहा था कि पानी अजगर की तरह सड़कों को लील जाएगा। ऐसा अजगर जिसका पूरा शरीर ही विकराल मुँह हो और हर चीज उसका निवाला।

ट्रेनें कब की बन्द हो चुकी थीं। मुम्बई की खासियत है कि हर बरसात में वह एक-दो दिन के लिए ट्रेनों को आराम देती है। लोग भी ऐसी अनचाही छुट्टी को खूब मनाते हैं। पर यह दौर तो अभी-अभी आकर गुजर चुका था... फिर भी चारों ओर पानी ही पानी... बारिश है कि... रुकने का नाम ही नहीं लेती। एक मटमैला सागर शहर में पसर रहा था।

हमारा टैक्सीवाला भी बहुत परेशान था, टैक्सी के आधे पहिये डूब चुके थे। पर पानी तो चारों ओर था। ऊपर से धुआँधार बारिश। चारों तरफ अफरा-तफरी। जो भी दिखता दहशत में सिर पर पैर रखकर भागता होता, अफवाहों का गोला उछल जाता... अरे आगे तो बाढ़-सी हालत है। तीन लोग बह गये... टैक्सी बहुत मुश्किल से मिलती। खतरा जो था, बह जाने का। पर इस टैक्सीवाले के अपने घर की तरफ जानेवाली लम्बी सवारी थे हम अंधेरी के लिए। हमें उसने बिठा लिया। फोर्ट से किसी तरह धीरे-धीरे हम आगे बढ़ते गये। कई बार टैक्सी के पहिये पानी में पूरी तरह डूब जाते। मेरा दिल डूबता जाता। मन ही मन देवी माँ को याद करती। मालूम था अब आदमी के हाथ में कुछ भी नहीं है। हम लगभग चार बजे दोपहर चले थे। पाँच घंटे हो गये दादर भी नहीं पहुँचे थे। आधे घंटे का रास्ता है— पाँच घंटे लग गये।

सहारा एक ही था— मोबाइल... बस घर फोन कर लेती। मोबाइल का इतना उपयोग कभी नहीं था। पर अभी तक घर कोई नहीं पहुँचा। सम्यक अभी तक नहीं पहुँचे। उन्होंने भी तो कहा था कि वे पाँच बजे ऑफिस से निकल चुके हैं। सम्यक को कितनी बार कहा कि अब मोबाइल ले ही लेना चाहिए। पर उनका कहना था

कि पहले साम्या के लिए लेंगे। वह कॉलेज में पढ़ती है। आजकल कॉलेज की सभी लड़कियों के पास मोबाइल होता है... इसलिए भी जरूरी है कि हमारी चिन्ताएँ कम रहेंगी और साम्या को सुरक्षा का अहसास रहेगा,

"मम्मा... कहाँ हैं आप?"

"बेटे, तू ठीक तो है न... घर पहुँच गयी?"

"मैं घर के पास हूँ... सेफ हूँ... डोन्ट वरी... आप कहाँ हैं?"

"मैंने अभी दादर पार किया है... पापा से कान्टेक्ट हुआ?"

"नहीं, घर का फोन खराब हो चुका है। मेरी दूसरी सहेलियों के घर भी फोन नहीं लग रहा है। वे दोनों मेरे साथ ही हैं। उन्हें बोरिवली जाना है। मैंने उनसे हमारे घर ही चलने के लिए कहा है।"

"तू अपना खयाल रख, बच्चे और तुम तीनों घर जाना सीधे। सँभलकर रहना, मेरी चिन्ता मत करो। मेरे साथ सुचेता और शुभ्रा आन्टी हैं। हम किसी तरह..." ये क्या हुआ फोन कट गया। मोबाइल आउट ऑफ रेंज... "हे भगवान... बच्ची की रक्षा करना... अब क्या होगा?"

"सुचेता तुम्हारा मोबाइल चल रहा है?"

"एक मिनट... है तो..."

"जरा जल्दी से तुम्हारा नम्बर साम्या को दे दो... कोई इमर्जेंसी रहे तो सम्पर्क रहेगा... बच्ची भी आश्वस्त रहेगी..."

सुचेता ने अपना मोबाइल मुझे दे दिया। मैंने साम्या का मोबाइल मिलाया और बताया कि यह सुचेता आंटी का है। हम साथ-साथ हैं। इस नम्बर पर कर लेना। साम्या ने भी राहत की साँस ली।

तभी टैक्सी लम्बे ट्रैफिक जाम में फँस गयी। धुआँधार बारिश। हाथ को हाथ न सूझता। टैक्सी के काँच दूधिया हो गये। केवल टैक्सियों की धूमिल-सी बत्तियाँ दिखाई देतीं। वाइपर घूमता तो था पर कोई फायदा नहीं। टैक्सीवाला भी बेचैन, बेहाल। शायद पेट्रोल भी कम था।

"मैडम, आप लोग उतर जाइये। मैं टैक्सी अगले ग्राउण्ड पर पार्क कर दूँगा, अगर आगे जा सके तो आप दूसरी टैक्सी ले लीजिए..."

"दूसरी टैक्सी?" तीनों के मुँह से अचानक एक साथ निकला। "ऐसा क्या कहते हैं... आप देख रहे हैं, सभी मुसीबत में हैं और आप दूसरी टैक्सी की बात करते हैं..." ऐसा लग रहा था, हम तीनों एक साथ बोल रही हों। हमने एक-दूसरे को देखा तो ऐसा ही कुछ लगा। फिर टैक्सीवाले की आवाज पर ध्यान दिया...

"टैक्सी के इंजिन में पानी चला गया तो सब ठप्प हो जाएगा... मेरा बहुत नुकसान होगा। फिर पेट्रोल भी कम है।" सुचेता और शुभ्रा एक-दूसरे को देखकर

रुआँसी हो गयीं। मुझे बहुत गुस्सा आया। मुट्ठियाँ भिंच गयीं, दाँत आपस में टकराये। पर यह समय गुस्सा दिखाने का नहीं था। दिमाग से काम लेना था। मैंने कहा, ''भाई साहब, आपके घर की बहन-बेटी ऐसे फँसी होतीं तो क्या आप यह सब इस तरह सोचते? आपको मालूम है, दूसरी टैक्सी अभी नहीं मिलेगी। किसी तरह हममें से किसी एक के घर आप छोड़ दीजिए... प्लीज... भगवान आपका भला करेगा...''

''पर मेरा नुकसान कौन देगा?''

''नुकसान की क्या सोच रहे हैं। कहीं खड़ी करेंगे, वहाँ से बह गयी तो? यहाँ जान की पड़ी है आप नुकसान की कह रहे हैं...'' बोल तो गयी मैं, पर लगा कुछ ज्यादा कड़ा हो गया। कहीं उसने ठान लिया और जबरन उतार दिया तो बहुत मुश्किल हो जाएगी। यह सोचकर मैंने उसकी तरफ देखा। वह कुछ बुदबुदाना चाह रहा था। मैंने तुरन्त कह दिया, ''भइया, हम आपका नुकसान भर देंगे। बस्स...'' उसने पीछे देखा और आगे बढ़ने के लिए टैक्सी शुरू की। हम अंग्रेजी में बातें कर रही थीं। मोबाइल आते। शायद उसे लगा होगा कि इनसे ज्यादा उलझना ठीक नहीं। काफी देर तक चुप्पी छायी रही। हम अपने-अपने परिवार के सदस्यों की चिन्ता को लेकर खोये रहते। तभी उसने कुछ नरम आवाज में कहा, ''बहन जी, हमारा बहुत नुकसान होगा।''

''पर आप जा भी कहाँ सकते हैं। हम सबका रास्ता एक— अँधेरी। कुछ मत सोचो। कुछ नुकसान होगा तो हम देखेंगे...'' मेरी आवाज में पता नहीं कहाँ से जोश आया। सुचेता और शुभ्रा की आँखों में मेरे लिए समर्थन था।

बिजली गुल हो गयी। पूरे सिस्टम में ही कोई खराबी थी। हम एक-दूसरे का चेहरा देख पा रही थीं मुश्किल से। क्योंकि टैक्सियों की टेल लाइट और हेड लाइट जल रही थी। वैसे चारों ओर अँधेरा था। टैक्सी के दरवाजे का लॉक हमने दोनों ओर सुनिश्चित किया। टैक्सीवाला शरीफ था। उसकी बातों से यह लग रहा था। पर डर भीतर गाढ़ा होता जा रहा था। तीनों चुप थीं। टैक्सीवाला भी। अब तो दस भी बज गये। जिन्हें-जिन्हें कोसना था, सब हो गये। महानगरपालिका के ड्रेनेज, सरकार की लापरवाही, रेल सेवा की असलियत... फिर घर का खयाल आया... साम्या पहुँची कि नहीं। सुचेता के मोबाइल से फोन करने ही वाली थी कि सुचेता का मोबाइल बजा। मैंने मोबाइल सुचेता को दे दिया। सुचेता के हलो कहते ही साम्या की आवाज ने मुझे चौंका दिया। सुचेता से लगभग मोबाइल छीनते हुए मैंने अपने कान में लगा लिया, ''बच्चा, ठीक तो है न तू... कहाँ है? घर पहुँची... पापा आये... फोन ठीक है...?''

''हाँ मम्मा... मैं ठीक हूँ। दोनों सहेलियाँ भी यहीं हैं। पर मम्मा आप कहाँ

हो? ठीक तो हो? अपना खयाल रखना। पापा घर आ गये हैं, लो बात करो..."

सम्यक ने कितनी आतुरता से मोबाइल लिया। कितने सवाल पूछे। मेरे पास उनके न पहुँच पाने की मजबूरी उन्हें ग्लानि में धकेल देती। मैं ही उन्हें आश्वस्त कराती रही। हम तीनों हैं। टैक्सीवाला भइया बहुत अच्छा है। आप चिन्ता मत करो। हम जैसे ही सुविधा होगी जल्दी पहुँच जाएँगे।

"पर मैंने सुना कि बान्द्रा के पास बाढ़ जैसी हालत है। एक कार और कई लोग बह गये..."

"सम्यक अब ऐसा कुछ मत सोचो। मुझे कुछ नहीं होगा। भगवान पर भरोसा रखो। जैसे भी सम्भव है हम पहुँच जाएँगे। देखो, तुम इधर निकल आने की बिल्कुल कोशिश मत करना। कोई फायदा नहीं... चिन्ता और बढ़ जाएगी।" मेरी बात चल ही रही थी कि सुचेता का मोबाइल भी ऑफ हो गया।

शुभ्रा, टैक्सी ड्राइवर के ठीक पीछे खिड़की के पास बैठी थी। वह बहुत देर से बेचैन थी। सभी बेचैन थे। पर वह कुछ दूसरी तरह ही बेचैन थी। सुचेता से धीरे से उसने कहा, "पास की दूसरी टैक्सी में बैठा वह आदमी मुझे काफी समय से घूर रहा है... मुझे तो डर लग रहा है..."

तभी टैक्सी ड्राइवर की आवाज सबने सुनी और हम तीनों दँग रह गयीं, "बहन जी, घबराने की कोई बात नहीं। मैं हूँ न! आप लोग बिल्कुल चिन्ता न करें।"

हमें ड्राइवर की इस आवाज पर पहले भरोसा ही नहीं हुआ। पर यह उसी की आवाज थी। उसकी आवाज में नफा-नुकसान का हिसाब गायब हो गया था और उसके भीतर का आदमी हम तीनों के साथ था। उसके साथ हमने जो शान्त व्यवहार किया था, उसने उसके भीतर के नुकसान और उसकी अपनी तकलीफों को हमारे साथ जोड़ दिया। शुभ्रा ने अब पास वाली टैक्सी की तरफ पीठ कर ली थी। आँचल सिर के ऊपर ढँक लिया था। मैंने उसे आश्वस्त किया, "कम ऑन शुभ्रा... कुछ नहीं होगा। इतनी टैक्सियाँ-गाड़ियाँ हैं, इतने लोग हैं... और तुम..."

"अक्षता, वह देर से हमारी ओर ताक रहा है। उसकी नजर सही नहीं है..." शुभ्रा टैक्सी के दरवाजे के लॉक को टटोल लेती।

"क्या करेगा... हँऽ... यहाँ जान की पड़ी है..." मुझे लगा कि इतनी आधी रात तक शुभ्रा को इस तरह अकेले में अटक जाने का खौफ तो है ही, ऊपर से उसकी स्त्री की बेचैनी... मुझे पता नहीं कहाँ से हिम्मत आती रही है... मैं ही बोलती रही इस टैक्सीवाले से और इस अँधेरे से, इस बारिश से... शायद अकेले बाहर टूर पर जाने के मेरे अनुभवों ने कुछ साहस दिया हो... पर वह लखनऊ एयरपोर्ट की रात... बाहर टैक्सीवाले ने अकेली देखकर किस तरह घेर लिया था...

मेरी तो बोलती बन्द हो गयी थी। ऐसा कभी नहीं हुआ था। तभी क्षितिज पास आये और अपनी टैक्सी में चलने के लिए ऑफर दिया। क्षितिज, मुम्बई की ही एक कम्पनी में काम करते हैं। बिजनेस के सिलसिले में उनसे मुलाकात कभी-कभार हो जाती थी। पर ऐसा कोई खास परिचय उनसे नहीं था। जिस स्थिति में वे मिले वह मेरे लिए बहुत बड़ा सहारा थे। मैंने अपनी किस्मत को धन्यवाद दिया। ईश्वर को लाख-लाख धन्यवाद दिये। एक पल की भी देर नहीं की और उनके साथ हो ली। टैक्सी शुरू होने के बाद काफी देर तक मेरे मुँह से एक भी शब्द नहीं निकला... उन्होंने ही पूछा...

"सब ठीक तो है... नयी जगह में ऐसी दिक्कतें आती ही हैं।"

मैंने बहुत साहसकर उनकी ओर देखा तो लगा आँखों की घनी बारिश में कुछ भी दिखाई नहीं दे रहा है, ज्यों किसी कार का वाइपर ऐसी बारिश में टूट गया हो। मेरे मुँह से केवल निकला "सॉरी..." और लगभग मैं फफक पड़ने को हुई। तभी क्षितिज की गहरी आवाज ने थाम लिया...

"कम ऑन, होता है, कभी-कभी..."

लखनऊ में अपना पहला प्रवेश मैं कभी नहीं भुला पायी। होटल के रिसेप्शन पर उन्होंने मुझे छोड़ा और बोले, "कब तक हैं यहाँ...?"

"परसों निकलना है..."

"अच्छा, मुझे तो कल शाम को ही दिल्ली जाना है।"

जब तक और बात हो होटल के रूम बॉय ने मेरा लगेज उठा लिया था और मैं इतना ही कह पायी...

"क्षितिज जी, थैंक्स फॉर एवरी थिंग..." मेरी आँखें कृतज्ञता से भर आयी थीं...

क्षितिज... अँधे आकाश में अनायास एक आभास... एक हल्की-सी मुस्कान चेहरे पर छिटक गयी। शुभ्रा मेरी हिम्मत से आश्वस्त होकर मुझे कब से निहार रही थी... मैंने अपनी अधूरी मुस्कान में शुभ्रा को आश्वस्त पाया। तभी टैक्सीवाले की आवाज ने फिर हम तीनों को एक-दूसरी की निगाहों के सामने ला दिया, "बहन जी, आप लोग बिल्कुल चिन्ता न करें, जब तक मैं जिन्दा हूँ, आप लोगों को कुछ नहीं होगा... निश्चिन्त रहें..."

हम तीनों चुप... एक-दूसरे को देखती रहीं... तभी धुआँधार बारिश की घनी बौछारों ने बाहर की दुनिया से हमें अलग-थलग कर दिया। घूरनेवाला आदमी तो दूर, उसकी टैक्सी भी दिखाई नहीं दे रही थी...

रात के दो बज रहे थे। बारिश कुछ कम हुई थी। सभी सम्पर्क कट चुके थे। केवल हम तीनों एक-दूसरे को दिलासा दे रही थीं। हाँ, अब टैक्सीवाला भी हमारी

चिन्ताओं का भागीदार बन गया था। घुप्प अँधेरा चारों ओर... कभी टैक्सी चलती, कभी रुक जाती... पता ही न चलता कि हम कहाँ हैं। बाहर कुछ भी दिखाई न देता।

शुभ्रा ने सिर पर आँचल ओढ़ लिया था। उनींदे तो सभी थे, पर उसे थोड़ी झपकी लग जाती। मैं जब भी आँखें बन्द करती, मुझे सुचेता का खयाल आता। वह हम दोनों के बीच में बैठी थी। डर उसके भीतर अधिक था। मेरी झपकी से वह बेचैन हो जाती। मैं आँखें खोलती तो लगता वह कब से मेरी खुली आँखों का इन्तजार कर रही है। वैसे झपकी मुझे भी कहाँ थी। हम मौन बातें करते। तभी टैक्सीवाले की आवाज काफी देर बाद सुनाई दी, ''अब हम बान्द्रा फ्लाई ओवर पर हैं। अब कम से कम बहने का खतरा नहीं है और न ही डूबने का...''

उसकी आवाज में जान की सलामती की खुशी तो थी ही, साथ ही, अब उसकी टैक्सी भी सुरक्षित रह सकेगी। लम्बा फ्लाई ओवर था। पक्का ट्रैफिक जाम...

सुचेता की हलचल ने मेरी भारी आँखों को जबरन खोला। घड़ी देखी, सुबह के छह बज रहे थे। शुभ्रा की आँख लग गयी थी।

सारी टैक्सियाँ, गाड़ियाँ चींटी की कतार में, न कोई ओवर टेक, न कोई स्पीड...

सुचेता की थकान से एक आश्वस्ति झाँक रही थी, ''चलो, आखिर सुबह तो हुई...'' उसकी उतनी-सी आवाज से शुभ्रा हड़बड़ाकर जाग गयी। सबसे पहले उसने टैक्सी का लॉक टटोला... बन्द था। फिर हम दोनों को देखकर एक निःश्वास छोड़ा और बगल में झाँका तो एक टैक्सी हमारी टैक्सी के बिल्कुल पास... वह चीखी, जोर से... वही घूरने वाला आदमी इतने करीब आ गया था। वह सुचेता से बुरी तरह लिपट गयी। सुचेता भी अपनी सिहरन नहीं बचा पायी। उसने भी शुभ्रा को भींच लिया। मैंने गौर से देखा, बगलवाली टैक्सी की पिछली सीट पर बैठा आदमी एक टक देख रहा था। काँच पर उसका सिर टिका हुआ था। आँखें खुली थीं। मैंने इधर-उधर हिल-डुलकर उसे गौर से देखना चाहा। पर वह निर्विकार... इधर बड़ी मुश्किल से शुभ्रा ने फिर अपना मुँह हमारी ओर कर लिया और सँवरने की कोशिश करने लगी। अब सुबह भी हो चली थी। रात का आतंक कम हो गया था। हालाँकि बारिश जारी थी। पर हम फ्लाई ओवर पर थे। हमारा टैक्सीवाला नीचे उतरा— कुछ तमतमाया हुआ। उसकी सवारियाँ आहत थीं। कोई शरारत कर रहा था। भला इस तरह कोई किसी को घूरता है। शुभ्रा के साथ वह भी आहत था। वह तैयारी से नीचे उतरा था। उस आदमी के सामने वह खड़ा था। कोई अनहोनी मुझे कचोटने लगी थी। पर ऐसा भी क्या घूरना कि कोई बेचैन ही हो जाए।

हमारे टैक्सीवाले ने घूरने वाले आदमी के पास जाकर टैक्सी का शीशा थपथपाया... पर घूरने वाले की आँखें निर्विकार... पथरीली... सफेद फक्क... हमारे टैक्सी ड्राइवर को कुछ अनहोनी लगी... काँपते हाथों और थर्रायी आवाज में वह शब्दहीन अजीब-सा चीखा और लगभग शीशे को झिंझोड़ते हुए चिल्लाया, "अरे देखो, इसे क्या हो गया?" उस आदमी के पास बैठे आदमी ने हड़बड़ाकर उसे देखा और चीखते हुए दूसरे आदमी के साथ टैक्सी से बाहर हुआ। वे दोनों और उसके टैक्सी ड्राइवर की हड़बड़ी और बेचैनी से लग रहा था कि वे किसी भयानक दु:स्वप्न से जागे थे... ज्यों कोई बर्फीला अजगर उनकी टैक्सी में घुस आया हो। वे चारों आपस में परिचित नहीं थे। केवल मुम्बई की बस जानलेवा बारिश ने उन्हें जोड़ा था।

उसकी बगल में बैठे आदमी ने कहा, "यह आदमी रात भर जाग रहा था, रह-रहकर उसके बदन में थरथराहट होती... कुछ उल्टी जैसा उसे लगता और वह चेहरा शीशे की ओर कर लेता... मुझे थोड़ी-सी झपकी लगी और मैंने उसकी थरथराहट महसूस की थी... पर लगा इसे या तो फिट आने की बीमारी होगी या तो इसे बहुत ज्यादा ठंड लग रही होगी... मैं चाह कर भी आँखें नहीं खोल पाया... अधजगी नींद में मुझे लगा कोई विशाल अजगर मेरे बेडरूम में घुस आया है... मेरी आँखों के सामने लाल रँग-सा उभरा और सारा बदन ज्यों बर्फ से ढँक गया हो... मैं चीख रहा था नींद में... पर आँख नहीं खुल रही थी... फिर आँख लग गयी!"

सब उसकी बात सुन रहे थे। पता नहीं मुझे क्यों— क्या लगा... मैं टैक्सी से बाहर आयी और बोली, "जरा देखिए, क्या हो गया! टैक्सी का दरवाजा भीतर से लॉक था। ड्राइवर ने लॉक खोला। टैक्सी का दरवाजा जैसे ही खुला, वह आदमी लुढ़ककर नीचे गिरा। बाहर बारिश थी, धुआँधार। सब कुछ खत्म हो चुका था। लोग भीगते हुए उस अनजान आदमी को घेरे खड़े थे— जो अब केवल 'बॉडी' रह गया था। सब हक्के-बक्के। किंकर्तव्यमूढ़।

शुभ्रा ने आँचल अपनी नाक में लगा रखा था और अब अधिक भयभीत नजर से उस आदमी को देख रही थी। बाहर धुआँधार बारिश, भीगते हुए हम सब, शुभ्रा की डबडबायी आँखें... और सवाल सिर पर... अब आगे क्या? सुबह का बेसब्री से इन्तजार था। सुबह तो हो गयी थी। पर सवालों का अँधेरा अधिक गहरा गया था। भीगते हुए लोगों की भीड़ बढ़ रही थी... बारिश है कि थमने का नाम ही नहीं ले रही थी!

□

छड़ी

वह फिर दिखाई दिया। उसके कान्धे पर छड़ियों का एक बड़ा गट्ठा था। वह झुका-सा लग रहा था, घर जाने का उसका समय अभी हुआ नहीं है। हालाँकि अब आठ बजने वाले थे— रात के। कुछ बूँदाबाँदी होने वाली थी। सैलानी कुछ खरीदारी तो कर रहे थे, पर संख्या बहुत कम थी। क्यों न कम हो, अब मौसम जो खत्म हो चला था। जो धुआँधार बारिश देखना चाहते थे, वे लोग ही महाबलेश्वर आये हुए थे। अनय ने जब उसे तीसरी या चौथी बार देखा तो ठिठक गया। वह भी अनय को अजीब निगाहों से ताक रहा था। अनय को बेटी ने गुड़ियों की दुकान में खींच लिया।

अनय का मन दुकान में नहीं लग रहा था। वह बार-बार मुड़कर बाहर झाँकना चाहता और बेटी सिमरन मुड़कर कोई गुड़िया उठाकर पापा की ओर देखती।

"पापा, मुझे ये गुड़िया चाहिए...।"

"बेटे, मम्मी से कहकर ले ले...।"

"पापा कैसी है गुड़िया?"

"अच्छी है बेटे, तुझे पसन्द है... ले ले..."

मम्मी जूट का एक बैग पसन्द करने में लगी थी। वह सिमरन की गुड़िया पर ध्यान नहीं दे पायी। सिमरन का भाई बारह साल का है। बहन की पसन्द पर उसकी मुहर लग गयी और सिमरन अपनी गुड़िया के साथ फुदकने लगी।

अनय दुकान में बेमन से खड़ा था। इधर-उधर किसी को तलाशता। परन्तु वह दुकान के भीतर क्यों मिलता? उसे याद आया कि 'सनसेट प्वाइन्ट' पर वह अधेड़ आदमी बुढ़ापे की ओर झुक गया था। वह अपनी छड़ियाँ बेचना चाहता था। शायद आज एक भी छड़ी नहीं बिकी। "बाबूजी, ले लीजिए, बहुत बढ़िया है और एकदम किफायती..."

"मुझे नहीं चाहिए...।" अनय आगे बढ़ गया। परन्तु वह पीछा करता रहा, "साहब, केवल एक सौ बीस में... इतनी सस्ती और मजबूत छड़ी आपको कहीं नहीं मिलेगी।"

अनय आगे बढ़ने लगा तो वह पीछे-पीछे चलने लगा, "साहब दस रुपये कम

दे देना...।''

कुछ दूर तो वह पीछे-पीछे चला, पर जब उसे लगा कि ये साहब छड़ी नहीं खरीदेंगे तो पता नहीं कब वह नये ग्राहक की तलाश में पीछे मुड़ गया।

अनय ने पीछे मुड़कर देखा, पर वह भीड़ में कहीं खो गया था।

'सनसेट प्वाइंट' पर भीड़ बढ़ रही थी। युवा सैलानी आगे बढ़ने की होड़ में। जुलाई में 'सनसेट प्वाइंट' पर इतनी भीड़ नहीं होती पर पिछले चार दिनों से बारिश नहीं हुई थी, इसलिए भीड़ यहाँ आ गयी थी।

वह भीड़ के बीच अपने ग्राहक तलाश रहा था। फिर उसने दिशा बदली और बस स्टॉप की ओर बढ़ा। कुछ उम्रदराज लोग अपनी गाड़ियों में ही बैठे थे... अनय बच्चों के लिए पानी की बोतल लेने गया था। बोतल लेकर जैसे ही पीछे मुड़ा, फिर वही आदमी छड़ी लेकर आगे आया, ''साहब सौ रुपये दे देना। बिल्कुल खरीद भाव में...।''

अनय ने एकबारगी उसे देखा और आगे बढ़ गया। सिमरन और सारंग प्यासे होंगे...। सिमरन पानी पीने लगी। सूर्यास्त का समय था। सारंग अपनी माँ के साथ खड़ा था। अनय के सामने पन्द्रह साल पुराना समय पलक झपकते ही उभर आया।

इसी प्वाइंट पर वह नयी नवेली पत्नी श्वेता के साथ खड़ा था। सूर्यास्त के समय इस प्वाइंट तक पहुँचने की फिराक में वह टैक्सीवाले पर कितना बरसा था और टैक्सीवाले ने भी पूरी शिद्दत से ड्राइव कर सही समय पर यहाँ पहुँचाया था। कितना खुश था वह। सूर्यास्त देखने के सही समय पर श्वेता को ला सका वह। अपने कैमरे से वह सूर्यास्त को 'क्लिक' करता रहा। श्वेता के फोटो भी अलग-अलग ऐंगल से खींचता रहा। फिर श्वेता का हाथ थामकर तब तक एकाग्र खड़ा रहा, जब तक सूर्य पूरी तरह डूब नहीं गया। बीच-बीच में श्वेता को निहार लेता। श्वेता से नजर मिलते ही उसकी आँखों में एक दुनिया उभर आती। दूर पहाड़ियों के चारों ओर लाली ही लाली थी। वह पता नहीं कब तक श्वेता के साथ खड़ा था। उसे लग रहा था सूरज की सारी ऊष्मा श्वेता की हथेलियों में उतर आयी है और वह अपने आपको बहुत सुरक्षित और सुख से लबरेज महसूस कर रहा था।

एक छड़ीवाला उसके सामने से गुजरा। वह छड़ियों की ओर देखता रहा... ''चालीस रुपये... चालीस रुपये...'' चिल्लाता हुआ छड़ीवाला गुजर गया। छड़ीवाले ने अनय और श्वेता की ओर ऐसे देखा जैसे वे इसके ग्राहक हो ही नहीं सकते... वह चिल्लाता रहा... ''चालीस रुपये... चालीस रुपये।''

अनय आँखों ही आँखों में एक छड़ी तय कर चुका था। बाबूजी का खयाल उसका पीछा कर रहा था। वह छड़ीवाले को पुकारने को हुआ। फिर एक व्यावहारिक खयाल ने उसे रोक दिया, ''आखिरी दिन ले लेंगे, अभी से कौन

सँभालेगा।'' श्वेता ने गुमसुम पति को भरपूर निहारा और अपनी खास अदा में एक मुस्कान बिखेरी। अनय का हाथ हथेली से छिटककर सिर पर एक हल्की-सी चपत के रूप में टपका और कान्धे पर आकर निढाल हो गया। फिर पता नहीं कब तक वे दोनों झूमते हुए सड़क पर चहलकदमी करते रहे। अचानक टैक्सीवाले को सामने पाकर वे सचेत हो गये। एक-दूसरे को देखकर हँस दिये और टैक्सी में बैठ गये। सीधे होटल न आकर वे बाजार में कहीं कॉफी पीने उतर गये और यूँ ही टहलने लगे। ठीक-ठाक होटल देखकर वे बैठ गये। काफी देर तक कॉफी की चुस्कियाँ लेते हुए बातें करते रहे। अनय की निगाह में अचानक कुछ चमका, ''बाबूजी ने सपनों-सी यह जिन्दगी देने के लिए क्या नहीं किया...।'' वह खयालों में खो गया। पर उसका खोना श्वेता की निगाहों से बच नहीं पाया।

''कहाँ खो गये?'' श्वेता की शोखी अनय को बटोर लायी और वह एक घूँट में बची हुई कॉफी गले के नीचे उतारकर उठ खड़ा हुआ।

''चलो होटल चलते हैं।''

''ठहरो ना, ऐसी भी क्या जल्दी है?''

''चलो भई''... श्वेता को अनय ने कुछ ऐसे अन्दाज से देखा कि श्वेता के मुँह से अनायास ही निकल गया, ''हट, शरारती कहीं के...।''

''अच्छा, ठीक है भई इसी सड़क पर टहलते हैं। सुना है, यहाँ का भुना चना बहुत मशहूर है।'' फिर चने का एक पैकेट लेकर वे दूर तक यूँ ही भटकते रहे। बाद में, श्वेता ने ही कहा, ''चलो अब होटल चलते हैं?'' फिर श्वेता अनय की बाँह पकड़कर चलने लगी।

सारंग पता नहीं कब से अपने पापा को निहार रहा था। अनय खिलौनों के बीच नारियल की जटाओं से बने साधु को निहार रहा था। बाबूजी याद आये थे। आँखें भर आयी थीं। उसकी डबडबायी आँखों में बाबूजी मानो मुस्करा रहे थे, ''बेटे तेरे परिवार को देखकर, तेरी सफलता देखकर मैं बहुत खुश हूँ...'' फिर जैसे उन्होंने अनय की बुदबुदाहट सुनी, ''बाबूजी बहुत कुछ छूट गया... बहुत कुछ करना छूट गया''... ''कुछ नहीं छूटा बेटे...'' जैसे अनय को छूकर कह रहे हों, ''सुखी रहो...।'' ''पर बाबूजी मैं आपके लिए छड़ी नहीं ला पाया था... तब। आपने याद से कहा था''... ''कोई बात नहीं बेटे... देखो मैं हूँ न तुम्हारे साथ... सारंग तुम्हें कैसे निहार रहा है?''

अनय ने आँखें पोंछी। साधु जटाओं के बीच से अनय को जैसे निहार रहा हो। सिमरन पापा का हाथ पकड़कर दुकान से बाहर चलने को कह रही थी। दुकान की भीड़ छँट चुकी थी। सारंग पापा की इस खोयी-सी मूरत को निहार रहा था। श्वेता को मालूम था अनय को जरूर बाबूजी याद आ रहे होंगे।

अनय को बड़ा अजीब लगा अपना खो जाना। उसने दोनों बच्चों को भींच लिया और श्वेता से बोला, ''चलो...।''

श्वेता से वह आँख नहीं मिला पाया था... श्वेता समझ रही थी अनय को, ''कम आन, अनय...''

दुकान से बाहर निकलकर उस छड़ीवाले आदमी को अनय की निगाहें बेसब्री से खोज रही थीं।

बाहर हल्की-सी बारिश हो रही थी। वह छड़ीवाला उसी दुकान के बाहर बारिश रुकने का इन्तजार कर रहा था। उसने बड़ी आशाभरी निगाह अनय पर डाली, जैसे कह रहा हो, ''आज एक भी छड़ी नहीं बिकी... घर क्या मुँह लेकर जाऊँ?'' अनय पलभर उसके सामने खड़ा रहा और एक छड़ी की ओर इशारा कर बोला, ''ये वाली निकालो...''

''साहब सिर्फ अस्सी रुपये में ही दे दूँगा। आज एक तो छड़ी बेचूँ।''

अनय ने छड़ी ले ली और उसे एक सौ बीस रुपये देकर अकेला ही आगे बढ़ गया... छड़ीवाला देखता रह गया... अनय रह-रहकर छड़ी पर हाथ फेर रहा था। मानो बाबूजी से बातें कर रहा हो।

पीछे-पीछे तीनों आ रहे थे। छड़ीवाला हैरत से उन चारों को निहार रहा था। फिर उसने पैसे गिने और माथे से लगाने के बाद जेब में रख लिये... अनय का चेहरा वह कभी नहीं भूल पाएगा।

उसने झटके से छड़ियों का गट्ठर पीठ पर उठा लिया। उसकी कमर कुछ सीधी हो गयी थी। उसे लगा कुछ दिन और वह बिना छड़ी के चल सकता है। छड़ीवाले के पैर तेजी से अपने घर की ओर बढ़ रहे थे।

□□□